W0317294

DE DOORBRAAK

Simone van der Vlugt

De doorbraak

2017 Prometheus Amsterdam

Eerste druk augustus 2017
Tweede druk augustus 2017
Derde druk september 2017

Omslagontwerp Roald Triebels
Foto omslag plainpicture/neuebildanstalt/Sven Schwalm
Foto auteur Wim van der Vlugt
www.uitgeverijprometheus.nl
ISBN 978 90 446 3330 6

1

De laatste tijd kan ik overvallen worden door een gevoel van vervreemding. Op zo'n moment kijk ik als een toeschouwer naar mezelf, alsof ik uit mijn lichaam ben gestapt. Dan ben ik de connectie met mezelf kwijt en vraag ik me af wie ik ben, wáár ik ben en hoe ik daar ben beland. Of ik daar wel wil zijn.

Zoals nu.

Ik sta voor het raam en kijk naar het besneeuwde gazon, en naar de hekken die de villa en de tuin afschermen van de buitenwereld.

Het is tien uur.

De verleiding is groot om de afspraak af te zeggen, het hele gesprek niet door te laten gaan. Wat bezielde me überhaupt om ermee in te stemmen?

Ik trek aan het elastiekje om mijn pols en laat het tegen mijn huid kletsen. Het zorgt voor een striem en een scherpe pijn die me bij de les houdt.

Focussen. Niet te veel vertellen. Wat mensen ook beloven, je kunt op niemand rekenen.

Waar blijft ze eigenlijk? Tien uur is tien uur. Van tevoren hebben we afgesproken anderhalf uur uit te trekken voor het gesprek. Dat is me eigenlijk te lang, ik heb mijn rust nodig.

Ik kijk naar het dunne laagje sneeuw in de tuin. Vorig jaar rond deze tijd lag er geen sneeuw. Het was een natte, zachte winter. Niet te geloven dat alles pas een jaar geleden begonnen is.

Mijn gedachten dwalen af, en ik draai me verschrikt om als de deur opengaat.

Met een vriendelijke lach en uitgestoken hand loopt Nicole naar me toe.

'Goedemorgen,' zegt ze. 'Sorry dat ik wat later ben.'

Ik geef haar een hand. 'Dat geeft niet.'

Ze wijst naar de stoelen bij het raam. 'Zullen we daar gaan zitten? En zullen we elkaar maar tutoyeren?'

Dat is ook zo'n trucje. Door alle vormelijkheid te laten varen, ontstaat er een ongedwongen sfeer waardoor je snel te veel vertelt. Ik stem in, maar ben op mijn hoede.

Nicole zet het opnameapparaat aan.

Elles, de hulp, komt binnen met koffie en als ze de kamer verlaten heeft, begint Nicole.

Ze wil weten wat het met me heeft gedaan, de roem. Of een carrière als die van mij, waarbij je altijd in de spotlights staat, offers vraagt. En in hoeverre ik bereid ben die te brengen.

Dat is een goede vraag.

Beroemd zijn is niets voor mij, dat weet ik nu. Roem doet gekke dingen met je. Het verandert je persoonlijkheid, hoe je er ook voor waakt dezelfde te blijven. Natuurlijk verander je als iedereen je naam kent en je overal herkend wordt.

In het begin viel het nog wel mee. De eerste keer dat iemand verrast opkeek als ik mijn naam noemde, of dat een volslagen vreemde op straat zijn pas inhield en me aanstaarde, begreep ik het niet direct. Had ik een vlek op mijn jas? Zat er iets in mijn haar?

Een tijd lang kon ik mezelf wijsmaken dat het iets dergelijks moest zijn, maar toen dat steeds vaker gebeurde, begreep ik dat het gedaan was met de anonimiteit.

Ik vertel het aan Nicole, die aandachtig luistert.

'Het is sowieso wennen als je beroemd wordt,' zeg ik, 'maar helemaal als het zo snel gaat als bij mij. Ik heb nooit om al die aandacht gevraagd. Ik wilde alleen maar zingen.'

'Dat wilde je van jongs af aan, toch?'

'Ja.'

'Werd je gestimuleerd thuis?'

Ik lach kort. 'Nee, niet echt. Mijn ouders vonden het maar niets. Ze hadden liever gezien dat ik was gaan studeren en een normale baan had gezocht.'

'Het was natuurlijk een heel onzeker bestaan waar je voor koos. Ik neem aan dat je ouders je wilden beschermen. Zijn ze het er nu wel mee eens?'

Ik kijk van haar weg. 'Geen idee. Ik heb geen contact meer met mijn familie.'

'Ik hou van al mijn kinderen evenveel en ik ben op alle drie even trots,' heeft mijn vader eens gezegd.

Over beide beweringen heb ik zo mijn twijfels.

Misschien komt het doordat ik het derde kind was, het kind waarop niet meer gerekend was. En een meisje bovendien. Mijn vader heeft zich eens laten ontglippen dat hij liever nog een zoon had gehad, in verband met het bedrijf. Eén van zijn kinderen moest dat later overnemen, en het was duidelijk dat ik dat als meisje niet zou zijn.

Wat mijn moeder betreft: ik heb altijd de indruk gehad dat ze niet zo goed raad met mij wist. Ik denk dat ze graag een echt meisje als dochter had willen hebben. In plaats daarvan kreeg ze mij, een druk kind dat veel aandacht vroeg en barbies stom vond. Ik spiegelde me aan mijn broers.

Met Niels scheel ik slechts een jaar, maar toch heb ik met hem altijd het minst contact gehad. Het was Rob, mijn oudste broer, die ervoor zorgde dat ik me geen buitenbeentje voelde.

Wij scheelden drie jaar, maar ik heb nooit de indruk gekregen dat hij me als een lastig zusje beschouwde. Als hij met zijn vrienden op zijn kamer zat te gamen stuurde hij me niet weg, maar mocht ik meedoen. Hij kwam als enige kijken naar mijn optreden in de eindmusical van de basisschool. Hij was degene naar wie ik toe rende als het 's nachts onweerde. Hij was er voor me. Tot hij er niet meer voor me was.

Ik moet oppassen dat ik niet te veel vanuit mijn emoties reageer. Boosheid, verdriet, gekwetstheid, ze liggen altijd op de loer. Volgens mijn familie heb ik een kort lontje, zelf denk ik dat ik hoogsensitief ben. Daar heb ik eens een boek over gelezen en ik herkende er veel in. Bij hoogsensitieve mensen komen emoties en prikkels veel harder binnen.

Als kind zong ik alle stress en angst van me af. Alles wat me dwarszat, zong ik 's avonds in bed weg, waarna ik opgelucht in slaap viel.

Ik heb altijd gezongen. In mijn kamer voor de spiegel, in de kerk, op de fiets, altijd en overal. Mijn broers stapten op een gegeven moment naar de bouwmarkt, haalden grote pakken isolatiemateriaal en maakten mijn kamer geluiddicht.

Maar ze moedigden me ook aan om mee te doen aan de talentenjachten waar we op televisie naar keken. Ik piekerde er niet over om me op te geven. Het leek me vreselijk om beoordeeld te worden.

Zingen was toen nog een liefhebberij voor mij. Meer leek me niet realistisch, tot ik de hoofdrol in de afscheidsmusical van groep acht kreeg. Ik zou er twee solo's in mogen zingen.

Trots en blij kwam ik thuis en vertelde het aan mijn moeder, die aan het stofzuigen was. In plaats van dat ding even uit te zetten, zoog ze gewoon door, zodat ik boven het geluid uit moest schreeuwen. Het duurde even voor ze me had verstaan, ik moest het wel drie keer herhalen.

Met een verbaasd gezicht zette ze eindelijk de stofzuiger uit. 'Echt waar?'

'Ja! Juf Gerda zei dat ik een heel mooie stem heb.'

'Dat heb je ook. Maar de hoofdrol...' Mijn moeder keek bedenkelijk. 'Weet je zeker dat je die wilt? Kun je dat wel aan?'

'Natuurlijk, ik ga toch oefenen?'

'Hm.' Mijn moeder zette de stofzuiger weer aan.

Onder het avondeten praatten we erover door.

'Het ging tussen Lisanne en mij,' zei ik. 'Lisanne kan ook heel mooi zingen, maar juf Gerda zei dat ik meer volume heb, en dat ik goed toneel kan spelen.'

'Daar heeft ze gelijk in,' zei Niels, op een toon die maakte dat ik een aardappel naar zijn hoofd gooide. Rob barstte in lachen uit.

'Doe eens even normaal, Romée,' zei mijn vader.

Er lag een klank in zijn stem die ik goed kende, en ik sloeg mijn ogen neer. 'Sorry, papa.'

'Jij vindt jezelf zeker heel wat, met die hoofdrol?'

'Nee, hoor.'
'Nee, hoor, wát?'
'Nee, hoor, papa.'
'O,' zei mijn vader. 'Dat blijkt anders niet uit wat je zegt. Als ik zo naar je luister, ben je er nogal trots op. En je weet wat ik van opscheppen vind.'
'Ik wilde niet opscheppen, papa. Echt niet.'
Rob schoot me te hulp. 'Ze vertelde alleen maar wat haar juf heeft gezegd.'
'Bemoei je er niet mee.' Indringend keek mijn vader hem aan en richtte zijn blik toen weer op mij. 'Wat de juf heeft gezegd interesseert me niet. Mensen zeggen zoveel. Waar het me om gaat is wat jij daarmee doet.'
Ik had geen idee wat hij bedoelde, maar ik voelde dat dit gesprek de verkeerde kant op ging. Ongerust keek ik naar mijn moeder, die het erg druk had met vlees snijden.
'Wat me niet bevalt, Romée, is dat toontje in je stem. Een toontje van "ik ben beter dan anderen".'
Niemand zei iets, mijn moeder was nog steeds druk met het vlees.
'Hou eens op,' zei mijn vader tegen haar.
Met een lichte zucht legde ze haar mes neer. De anderen stopten met eten. Ik staarde naar mijn bord.
'Je kunt misschien aardig zingen, maar wat ik absoluut niet wil, is dat jij praatjes krijgt, Romée. Ik heb een bloedhekel aan mensen met praatjes.'
'Ja, papa.'
'Dus wat ga je daaraan doen?'
Ik gluurde naar Rob. Hij trok een gezicht waaruit bleek dat hij ook niet wist wat mijn vader bedoelde.
'Ik zal geen praatjes hebben,' zei ik ten slotte.

'Heel goed. En daarom ga jij morgen tegen juf Gerda zeggen dat je die hoofdrol niet wilt.'

Even was ik sprakeloos, toen raakte ik in paniek. Alleen al het idee dat ik de hoofdrol zou moeten afslaan, maakte me zo van streek dat ik begon te huilen.

'Is dat niet een beetje overdreven, pa?' zei Rob. 'Waarom mag Romée die rol niet aannemen? Dat is toch leuk voor haar?'

'Leuk? Leuk? Sinds wanneer is de wereld leuk? Waarom moet altijd alles léuk zijn? Het gaat hier om iets fundamenteels, iets wat ik Romée, als haar vader, moet bijbrengen. Dat is mijn plicht. Een mens moet niet altijd op de voorgrond willen staan.'

'Overdrijf toch niet zo, Nico,' zei mijn moeder. 'Het is maar een schoolmusical. Wat kan dat nou voor kwaad?'

'Dat zal ik je vertellen: je kweekt er heel egocentrische mensen mee. Wil jij dat je dochter egocentrisch wordt? Nou?'

'Ik denk niet dat dat gaat gebeuren door een toneelstukje op school.'

'Nee? Jij denkt van niet? Je hoorde toch wat ze net zei: "Lisanne kan ook mooi zingen, maar juf Gerda zei dat ik meer volume heb, en dat ik goed toneel kan spelen."' Hij bauwde me met een raar stemmetje na.

Ik had bittere spijt van die uitspraak en probeerde te redden wat er te redden viel.

'Ik bedoelde het niet zo, papa. Ik zei alleen wat juf Gerda had gezegd, maar ik vind dat Lisanne veel mooier kan zingen.'

'Is dat zo?' Mijn vader keek me indringend aan. 'Meen je dat?'

Ik knikte hevig.

‘Vind je het dan rechtvaardig dat jij die hoofdrol hebt gekregen en Lisanne niet?’

‘Maar de juf zei...’

‘Waar het om gaat, Romée, is dat je aan anderen denkt, en niet alleen aan jezelf.’

‘Nico...’ zei mijn moeder.

Mijn vader negeerde haar. ‘Dus wat ga je doen?’

‘Tegen juf Gerda zeggen dat Lisanne de hoofdrol mag spelen,’ zei ik zacht.

Onmiddellijk veranderde de uitdrukking op zijn gezicht. De strengheid verdween en zijn stem klonk tevreden toen hij zei: ‘Zo ken ik mijn meisje weer. Jullie kunnen dooreten.’

2

'Dus je had het niet gemakkelijk thuis,' zegt Nicole. 'Hoe was het daarbuiten? Had je veel vrienden?'

Ik leun naar achteren en kijk uit het raam, alsof die vrienden er elk moment aan kunnen komen. 'Niet echt. Maar daar had ik ook niet zo veel behoefte aan. Vroeg of laat moet je ze mee naar huis nemen, en daar had ik geen zin in.'

'Dat lijkt me een heel eenzaam bestaan.'

'Ik wist niet beter. Ik had een leven thuis en een leven op school. Op de basisschool bewoog ik me tussen verschillende groepjes door zonder me ergens bij aan te sluiten. Pas in de brugklas kreeg ik voor het eerst een vriendin.'

Nicole slaat haar ene been over het andere en kijkt me belangstellend aan.

'Vertel eens iets over die vriendschap?'

Evy kwam halverwege het jaar bij ons op school. We waren een drukke, vrij lastige klas waarin twee meiden en drie jongens het voor het zeggen hadden.

Toen Evy binnenkwam en door de leraar Engels aan ons werd voorgesteld, keek ze stoer het lokaal in, maar ik wist dat ze het haar moeilijk zouden maken.

Ik zat alleen, omdat ik volgens de leraren erg druk was, en de plek naast mij was de enige die nog vrij was. Evy keek me niet aan toen ze naast me schoof. Ze hief haar kin en keek uitdagend in het rond. De klas nam haar op en wisselde blikken.

Toen de bel ging negeerden ze Evy. Ik bood aan met haar mee te lopen naar het volgende lokaal. Terwijl we door de gangen liepen, vertelde ze dat ze net verhuisd was.

'Woonde je ver weg? Kon je niet heen en weer reizen?' vroeg ik.

'Nee, ik woonde in Zeeland,' zei ze, en we lachten bij het idee dat ze elke dag van Zeeland naar Noord-Holland op en neer zou moeten.

Tijdens wiskunde kwam Evy weer naast mij zitten. Ik zat niet per se op gezelschap te wachten, maar ze leek me wel aardig, dus ik vond het best.

De eerste dag liet de klas Evy nog met rust, de tweede dag begonnen ze haar uit te proberen en de derde dag was het vonnis geveld. Aan het einde van de week stond Evy met haar rug tegen de muur in de gang, in het nauw gedreven door een groep meiden.

Ik keek het even aan. Tussen de hoofden van die meiden door ontmoetten mijn ogen die van Evy, en dat maakte een einde aan mijn passiviteit. Met twee broers boven me had ik een stevig robbertje leren vechten, en dat was me altijd goed van pas gekomen.

Ik hoefde niet eens zoveel te doen. Een paar flinke duwen, een klap voor een meisje dat terugduwde, een paar elleboogstoten om de rest van me af te houden en de dames dropen af.

Het waren niet eens écht verkeerde meiden. De meeste waren meelopers, bang voor het elitegroepje dat de pikorde bepaalde. Zodra ik Evy mijn vriendschap had verklaard, lieten ze haar met rust. Tot mijn verrassing bleek ze erg gevat te zijn, en met haar droge humor maakte ze de klas regelmatig aan het lachen. Haar populariteit steeg, het kliekje zette de deur voor ons open, maar wij sloegen de uitnodiging af. We redden ons wel samen.

Soms nam ik Evy mee naar huis, als ik zeker wist dat mijn vader op het land of in de schuur bezig was. Mijn moeder bemoeide zich niet zo erg met ons. Zolang we rustig waren, konden we doen waar we zin in hadden, en dus zaten we voor de tv of luisterden we naar muziek op mijn kamer.

Een halfuur voor ik mijn vader verwachtte, werkte ik Evy altijd de deur uit, maar op een gegeven moment ontmoetten ze elkaar toch. Evy stond haar jas nog aan te trekken toen ik mijn vader zijn klompen hoorde uitschoppen. Even later kwam hij de bijkeuken binnen.

'Zó,' zei hij, op langgerekte toon en met onderzoekende blik, 'en wie ben jij?'

'Evy.'

Mijn vaders wenkbrauwen vlogen omhoog en ik gaf Evy een duwtje.

'Je moet "meneer" zeggen.'

'Heel goed, Romée. Luister, Evy, in dit huis zeggen we netjes meneer en mevrouw. En we geven een hand. Ik geloof dat ik nog geen hand van jou heb gekregen.'

Evy werd een beetje rood. Opnieuw gaf ik haar een duwtje, en toen stak ze haar hand uit en stelde ze zich opnieuw voor.

'Goed zo,' zei mijn vader. 'Misschien is dat bij jou thuis niet belangrijk, maar hier zijn we beleefd tegen elkaar. Dat moet je goed onthouden, als je hier wilt komen. Begrepen?'

Evy knikte. Ik gaf haar voor de derde keer een duwtje, en ze corrigeerde zichzelf. 'Ja, meneer.'

Toen vluchtte ze langs mijn vader heen naar buiten. De keren daarna wilde ze liever bij haar thuis afspreken.

Misschien was het allemaal anders geweest als ik een zus had gehad, zodat niet alle aandacht op mij gericht zou zijn. Of als ik een jongen was geweest. Mijn vader had niet zoveel met meisjes. Volgens mij had hij evenmin veel met mijn moeder. Ik heb hem in ieder geval nooit kunnen betrappen op een lief gebaar of een kus.

Ooit was het anders geweest, dat zag ik op foto's en filmpjes uit hun jonge jaren, toen ze elkaar net hadden leren kennen. Daarna was er langzaam iets veranderd. Was het onze komst? Hadden ze beter niet aan kinderen kunnen beginnen?

Toen ik klein was zong mijn moeder voor me, dat herinner ik me nog heel goed. Ze zong vaak, tijdens huishoudelijke klusjes, en als ze niet hardop zong, neuriede ze. Maar op een bepaald moment is ze daarmee opgehouden. Ze werd steeds stiller. Ze diende mijn vader niet meer zo vaak van repliek. Haar protesten werden zwakker.

Op een avond, ik was dertien, kwam ik te laat thuis voor het eten. De deur zat op slot, het gordijn was dicht. Door een kier zag ik de anderen aan tafel zitten.

Ik klopte op het raam. Niemand reageerde. Ze aten gewoon door. Ik klopte wat harder. Daarna riep ik en bonsde op het raam. Rob keek van de een naar de ander en ik zag dat hij iets zei en naar het raam keek. Zonder op te kijken van zijn bord zei mijn vader iets terug. Ik hoorde zijn barse stem, maar kon ook hem niet verstaan.

Het was november en koud, en ik wachtte rillend tot mijn straf voorbij was. Bij het raam blijven staan had geen zin, dus liep ik naar de fietsenschuur om daar beschutting te zoeken. Maar ook die was afgesloten, net als de bollenschuur.

Ik weet niet hoelang ik buiten heb rondgelopen, nu en dan naar binnen kijkend, maar toen Rob me uiteindelijk stiekem binnenliet was ik zo verkleumd dat ik amper mijn jas uit kreeg. Mijn vingers waren verstijfd en tintelden. Buiten hadden ze al pijn gedaan, maar binnen werd het nog veel erger.

Rob hielp me.

'Waar is papa?' vroeg ik.

'Hij zit tv te kijken. Kom, we gaan naar boven.'

Ik liep naar mijn kamer en ging op de rand van mijn bed zitten.

Rob kwam naast me zitten, pakte mijn handen en hield ze net zo lang in de zijne tot de stekende pijn minder werd. Daarna trok hij me tegen zich aan en wreef me warm.

Het was heerlijk om daar zo te zitten, in de beschermende cirkel van zijn armen, maar erg lang duurde het niet. Voetstappen roffelden op de trap en het volgende moment stormde mijn vader naar binnen.

'Had ik gezegd dat zij binnen mocht komen? Bepaal jij wanneer dat gebeurt?' schreeuwde hij.

Een woedeaanval van dat kaliber was altijd genoeg geweest om ons ineen te doen krimpen, maar die dag was de uitzondering op de regel. Rob was vijftien, bijna zestien, en lang voor zijn leeftijd. Voor het eerst kon hij mijn vader recht in de ogen kijken, en dat deed hij.

Hij bleef indrukwekkend kalm.

'Als u Romée nog één keer buitensluit, bel ik de politie,' zei hij.

Daarna heeft mijn vader dat nooit meer gedaan.

3

Ik zocht mijn heil zoveel mogelijk buitenshuis. In tegenstelling tot zo'n beetje al mijn leeftijdsgenoten ging ik graag naar school. Al had ik, behalve Evy, geen echte vrienden, ik was daar honderd keer liever dan thuis.

Aan het begin van de derde klas meldden Evy en ik ons aan voor de toneelgroep van school. Evy kon goed toneelspelen. Ik had daar geen interesse in, maar omdat er ook veel aan musical werd gedaan en ik op school zangles kon krijgen, gaf ik me toch op. Mijn ouders vonden zangles aanstellerij en zonde van de tijd. Tijd die ik beter aan mijn huiswerk kon besteden.

Ik vertelde ze dus maar niets, deed alsof ik les had als we na school repeteerden en nodigde ze nooit uit om een voorstelling bij te wonen.

Het eerste wat mijn zanglerares mij leerde was naar mijn buik toe te ademen. Dat zou niet alleen mijn zang ten goede komen, maar ook mijn geest.

Als je gespannen bent houd je onbewust je adem vast, waardoor er minder zuurstof naar je hersenen stroomt, legde ze uit, wat vaak de oorzaak is van depressiviteit. Wie goed ademhaalt, gooit ballast weg en ontspant. We zuchten niet voor niets als het tegenzit.

Het was een te gek jaar. Ik maakte nieuwe vrienden, en de belangrijkste was Axel. Hij was een jaar ouder dan ik. Een paar dagen na mijn vijftiende verjaardag leerde ik hem kennen, op het schoolfeest. Ik had daar gezongen.

Niet op het podium, dat durfde ik toen nog niet, maar later op de avond, toen ik met een slok op de microfoon had gepakt. Natuurlijk mocht er geen alcohol geschonken worden op schoolfeesten, maar bijna iedereen had wat naar binnen gesmokkeld in onschuldig ogende frisdrankflesjes.

Ik zong 'Nobody's Wife' van Anouk en de groep die zich om me heen verzamelde werd steeds groter. Ze zongen stukken mee, moedigden me aan en klapten luid toen ik klaar was. Daarna kwam Axel naar me toe.

'Dat was goed,' zei hij. 'Echt goed.'

Ik lachte maar wat, zo verlegen door zijn compliment dat ik niet wist wat ik moest zeggen.

Axel stond op school bekend om zijn muzikaliteit. Hij schreef zelf nummers en liet die op schoolfeestjes horen. Hij was niet de hunk van de school, maar ik vond hem erg leuk. Misschien door de manier waarop hij zijn haar uit zijn ogen streek, of door zijn lachje, waarbij hij zijn hoofd altijd een beetje schuin hield. Hij had die avond ook opgetreden en ik had vol bewondering naar hem geluisterd. En toen was hij dus naar me toe gekomen.

'Je stem heeft soul. Hij is gevoelig en toch krachtig. Voor dit soort nummers heb je bite nodig. Ik ken geen meisjes die zoiets aankunnen. Echt heel tof.'

‘Nou, dank je,’ zei ik. ‘Jij speelt te gek.’

‘Hou je van gitaar?’

Ik knikte. ‘Ik wou dat ik zelf kon spelen, maar ik heb nooit muziekles gehad.’

‘Maar je hebt vast zangles.’ Axel ging op de rand van het podium zitten en klopte op de plek naast zich.

Toen ik erop probeerde te komen greep hij mijn arm en trok me omhoog.

‘Nee, ik heb nooit zangles gehad. Mocht niet van mijn ouders,’ zei ik.

‘Serieus? Waarom niet?’

Ik haalde mijn schouders op. ‘School.’

‘Aha.’ Hij schudde meewarig zijn hoofd. ‘Alsof er niets anders in het leven is.’

‘Precies.’

Hij nam een slok uit een plat metalen flesje en gaf het vervolgens aan mij. Zonder te vragen wat erin zat, zette ik het aan mijn mond. De inhoud was sterker dan ik had verwacht en brandde zich een weg langs mijn slokdarm naar beneden, waar het spul mijn maag begon lastig te vallen. Ik vertrok geen spier.

‘Ben jij de enige thuis die van muziek houdt? Heb je broers of zussen?’ vroeg Axel.

‘Mijn vader luistert graag naar muziek en mijn moeder kan best goed zingen, maar ze doet er niets mee. Ik heb twee broers boven me. Rob is helemaal niet muzikaal. Hij wil journalist worden en reizen.’

‘En je andere broer?’

‘Als je met muzikaal bedoelt dat iemand een liedje kan boeren, dan is Niels misschien wel muzikaal.’

Axel schoot in de lach. ‘Dus je bent een loner. Dat ken ik.

Daarom heb ik vrienden gezocht die een instrument bespelen. Kunnen we samen een beetje jammen.'

'Cool. Ik heb geen vrienden die dat doen.'

'Zin om een keer samen te spelen?' vroeg hij, en ik knikte.

Axel was vastbesloten het te gaan maken in de muziekwereld. Hij zong goed en speelde geweldig gitaar en piano.

Op een middag nam hij me mee naar zijn huis. Zijn ouders werkten overdag, dus we hadden het rijk alleen.

We gingen naar zijn kamer en daar liet hij me een melodie horen die hij zelf had geschreven. Hij pakte zijn gitaar, en met zijn haar half voor zijn gezicht begon hij te spelen.

Het intro raakte me. Het was alsof het instrument me toesprak en gevoelens blootlegde die ik liever verborgen hield.

Ik knipperde met mijn ogen en hoopte dat Axel niet zou zien dat ik geëmotioneerd was. Halverwege het nummer stond hij op en gaf me pen en papier.

'Schrijf het op,' zei hij. 'Schrijf de woorden erbij.'

Wezenloos keek ik naar het kladblok. 'Ik weet niet hoe. Ik heb nog nooit een nummer geschreven.'

'Noteer gewoon wat er in je opkomt, het maakt niet uit wat. Later kun je schaven en schrappen. Ik ga beneden iets te eten halen. Waar heb je zin in?'

'Doe maar wat,' zei ik, mijn blik gericht op het papier.

Het was vreemd, maar zodra Axel de deur uit was, kwamen de woorden als vanzelf. Alsof ze ergens diep vanbinnen hadden liggen wachten op een goed moment om naar buiten te komen.

Na een tijdje kwam Axel terug met cola en chips. Het verbaasde me dat hij dat zomaar mocht pakken terwijl zijn ouders niet thuis waren. Ik was bang dat hij er problemen mee zou krijgen, maar hij lachte en verzekerde me dat zijn ouders het niet erg vonden.

Hij ging naast me zitten en keek wat ik geschreven had. Even voelde ik me erg ongemakkelijk, maar hij knikte enthousiast, stelde hier en daar een wijziging voor en deed een voorstel voor de volgende strofe. De rest van de middag werkten we samen aan de tekst, en toen we klaar waren nam Axel plaats achter zijn keyboard en begon te spelen.

Hij knikte me toe en daardoor aangemoedigd begon ik te zingen.

'Dit is geweldig,' zei Axel met glinsterende ogen. 'Echt te gek! Weet je, Romée, de meeste muziek die in de top 40 staat is niet van binnenuit geschreven, maar gefabriceerd om een hit te worden. Jij hebt net iets echts gemaakt, iets wat je vóelt. En je zingt fantastisch. Die rifjes! Je zou naar het conservatorium moeten gaan.'

Tot dat moment had ik er niet zo over nagedacht wat ik later wilde doen, maar opeens zag ik de toekomst kristalhelder voor me.

'Ja,' zei ik, 'dat wil ik ook.'

Hij pakte mijn hand, trok me overeind en legde zijn handen op mijn heupen. Ik voelde het gewicht ervan, de warmte, de liefde. Dat laatste had ik al eerder gezien, in zijn ogen en in zijn gebaren, maar ik dacht dat dat kwam doordat we samen muziek maakten, wat een intieme sfeer creëerde.

Axels mond kwam dichterbij en een paar seconden lang wist ik niet wat ik moest doen. Toen duwde ik hem zachtjes maar beslist van me af.

Hij liet zijn handen langs zijn lichaam vallen, draaide zich om en pakte zijn gitaar. Hij begon te spelen alsof er niets was gebeurd. Mij kostte het wat meer moeite om de vanzelfsprekendheid en vertrouwdheid waarmee we met elkaar omgingen terug te vinden.

De volgende keer dat we elkaar zagen deed hij heel normaal. Ik was opgelucht dat ik mijn nieuwe vriend niet meteen weer was kwijtgeraakt.

4

'Niemand gelooft me als ik zeg dat ik maar een paar zanglessen heb gehad,' zeg ik tegen Nicole. 'Mijn ouders waren bang dat ik mijn school zou verwaarlozen omdat ik als puber alleen in muziek geïnteresseerd was. Ze wilden dat niet aanmoedigen. Zelf denk ik dat het me alleen maar vastbeslotener heeft gemaakt om die kant op te gaan. Als het in je zit, komt het eruit. Hoe dan ook.'

Nicole knikt. 'Dat denk ik ook. Vertel daar eens wat meer over. Hoe ging dat bij jou?'

Ik denk even na.

Mijn leertijd bestond uit de paar lessen voor de schoolmusical, en ik luisterde veel naar muziek. Ik oriënteerde me zo breed mogelijk, van klassiek tot pop, en zong nummers na. Ik ontdekte dat ik lange uithalen kon maken als ik mijn ademhaling beter verdeelde. Op internet zocht ik op hoe dat moest.

Axel leerde me gitaar spelen; hij vond dat ik aanleg had. Net als bij Evy ving ik bij hem thuis een glimp op van een andere wereld. Zijn ouders deden nergens moeilijk over en vonden het prima dat ik zo vaak kwam.

'Ik zie je nooit meer,' zei Evy in de pauze op school. 'Je bent altijd met Axel.'

'Dat valt toch wel mee?'

'O ja? Wanneer hebben wij voor het laatst samen iets gedaan?'

'Elke dag. We fietsen samen naar school.'

'Ja, omdat Axel de andere kant op woont. Anders zou je met hém meerijden.'

'Helemaal niet,' zei ik, maar ik wist dat ze gelijk had. Mijn vriendschap met Evy was veranderd. Ze luisterde graag naar muziek, maar ze begreep niet veel van mijn behoefte om zelf nummers te schrijven.

'Ben je verliefd op hem?' vroeg ze aan mij.

'Op wie?'

'Op Axel natuurlijk.'

'Nee, ik ben daar zo vaak omdat hij me gitaarles geeft. We zijn gewoon vrienden.'

Dat geloofde ze niet, maar het was waar. Goed, Axel wilde meer, dat wist ik ook wel, maar ik deed niets met de signalen die hij uitzond.

Na die keer dat hij geprobeerd had me te kussen, had hij geen tweede poging gedaan. Onze vriendschap was er gelukkig niet door veranderd.

'Dat meen je toch niet?' vroeg mijn vader, toen ik vertelde dat ik naar het conservatorium wilde. 'Dat is toch geen opleiding. Daar gaan alleen mensen naartoe die geen zin hebben om te studeren.'

'Dat is niet waar. Volgens mijn muzieklerares is het conservatorium hard werken en ligt de lat heel hoog. Je komt er niet zomaar binnen, je moet eerst toelatingsexamen doen,' zei ik.

'En jij denkt dat je dat redt? Dat je zo goed bent dat je wel even binnenkomt?'

'Ik kan het toch proberen?'

'Geen denken aan. De muziekwereld is veel te onzeker. Hoe denk je daar je brood mee te verdienen? Wat jij nodig hebt is structuur en zekerheid.'

'Dat is wat ú nodig hebt! Ik hoef geen vastigheid en een groot huis, ik wil doen wat ik leuk vind!'

'Sta je nou tegen me te schreeuwen, Romée? Kun je proberen normaal te praten?' Er lag een kille klank in mijn vaders stem.

'Ik schreeuw niet, ik verhef mijn stem een beetje omdat...'

'Omdat je je zin wilt doordrijven. Maar dat gaat niet gebeuren, meisje. Denk je dat je bijzonder bent? Dat er voor jou andere regels gelden?'

'Nee, helemaal niet, maar...'

'Jij gaat studeren en je zoekt later een normale baan. Wees blij dat je mág studeren. Op jouw leeftijd moest ik werken, en het geld moest ik aan mijn ouders geven. Ik had niets voor mezelf, helemaal niets. Denk je dat ik niet graag zo'n leven als jij had willen hebben? Zonder zorgen, en met ouders die alles voor je doen? Nou? Zit daar niet zo te kijken, geef antwoord!'

'Nee, pa,' zei ik. 'Ik denk niet dat u zo'n leven als ik had willen hebben.'

Hij hoorde niet eens wat ik echt zei, hij ging maar door. Over zijn jeugd, de tegenslagen in zijn leven, de problemen met het tuindersbedrijf, de manier waarop hij daarmee omging, zijn teleurstellende huwelijk, zijn teleurstellende kinderen, die maar niet begrepen hoe hard hij voor hen werkte en hem altijd beloonden met een grote mond en weerspannigheid, en vooral zijn teleurstelling in mij, zijn enige dochter, die nog de ergste was en die hij ook eigenlijk helemaal niet gewild had. Twee kinderen had hij wel genoeg gevonden, maar daar had hij nooit over geklaagd, hij had gewoon zijn plicht als vader gedaan, zelfs toen bleek dat ik een meisje was. Hij had geen onderscheid gemaakt en dit was zijn dank.

Mijn moeder kwam binnen met koffie en zette de kopjes op tafel.

'Nico, ze heeft huiswerk,' zei ze.

'Dit gaat voor. Romée heeft ook nog andere dingen te leren. Belangrijke levenslessen. Op school leert ze alleen maar onzin.'

'Ik dacht dat u studeren zo belangrijk vond,' zei ik.

'Dat ís het ook. Maar niet álles is belangrijk. Begrijp je het verschil niet?'

'Waartussen?'

'Tussen wat je op school leert en wat ik je met mijn levenservaring kan bijbrengen.'

'Jawel,' zei ik. 'Dat verschil is heel groot.'

'Precies. Dus wat kun je daaruit opmaken?'

'Waaruit?'

'Uit wat ik je net heb zitten vertellen natuurlijk. Wat is de moraal?'

'De moraal...' Ik deed alsof ik diep nadacht. 'Dat ik niets voorstel, dat het conservatorium me niet zal toelaten en dat ik een grote teleurstelling voor u ben?'

Hij richtte zijn wijsvinger op me. 'Maar daar valt aan te werken. Het eerste wat je nodig hebt om uit deze visuele cirkel te komen is inzicht.'

'Vicieus,' zei ik. 'Het is een vicieuze cirkel.'

In de kamer hoorde ik Rob ingehouden lachen.

Er viel een stilte, waarin mijn vader zijn armen over elkaar legde en me strak aankeek. 'Denk je dat je grappig bent, Romée?'

Ik zweeg.

'Ik krijg namelijk de indruk van wel. Dat je het één grote grap vindt wat ik je vertel.'

'Echt, pa, ik vind het niet grappig.'

'Dat hoop ik dan maar. En ik hoop ook dat je over mijn woorden zult nadenken. Ga nu je huiswerk maar maken.'

Ik schoof mijn stoel naar achteren en liep naar de huiskamer, waar Rob tv zat te kijken. We wisselden een blik en ik liep langzaam de trap op.

Even later kwam mijn moeder mijn slaapkamer in.

'Waarom doe je dat toch steeds? Je weet dat je vader veel minder opleiding heeft gehad dan jullie. Dat hoef je hem niet in te wrijven.'

'Hij wrijft mij ook zoveel in,' zei ik. 'Idiote dingen, mam. Dat vind jij toch ook?'

'Als je vader zich opwindt, weet hij niet meer wat hij zegt. Hij meent er niets van. Hij is juist heel trots op jullie, vooral op jou.'

Dat was zo'n verrassende mededeling dat ik haar sprakeloos aankeek. 'Dat vraag ik me af,' zei ik ten slotte.

'Echt waar. Tegen familie en vrienden schept hij altijd over je op. Dat je zo intelligent bent, en dat je zo veel zangtalent hebt. Dat je van al zijn kinderen het verst zult komen. Misschien dat hij je daarom wat harder aanpakt dan de jongens, omdat hij grote verwachtingen van je heeft.'

'Grote verwachtingen? Hij boort me elke keer de grond in!'

'Omdat je zijn dochter bent! Hij wil je helpen.'

Ik keek mijn moeder strak aan. 'Ik hoef zijn hulp niet. Ik wil naar het conservatorium.'

'Romée, dat is toch niets voor jou. Ik ben het echt niet altijd met je vader eens, maar op dit punt wel.'

'Waarom? Waarom vinden jullie dat niets voor mij?'

'Wat jij nodig hebt is structuur. Dat heb je niet als muzikant. Zo'n onregelmatig leven is helemaal niet goed voor je.'

'Dat papa dringend medicijnen nodig heeft, wil nog niet zeggen dat ík ze nodig heb! Je moet met hem naar een psychiater. Het zou me niet verbazen als ze hem meteen houden en opsluiten.'

Een harde klap trof mijn wang. Verschrikt hield ik mijn mond.

'Hij is misschien niet de makkelijkste,' zei mijn moeder, 'maar hij is nog altijd je vader. Een beetje respect, graag.'

Respect is een merkwaardig woord. Veel mensen denken dat je het zomaar kunt geven, alsof het een synoniem is van beleefdheid. In mijn ogen zijn het twee heel verschillende dingen. Beleefdheid kun je afdwingen, respect moet je verdienen. Dat weet ik nu ik wat ouder ben, maar destijds begreep ik het ook al. Ik kon het alleen nog niet onder woorden brengen.

Er was niet veel over van het respect voor mijn vader, en terwijl ik opgroeide, slonk ook het laatste restje.

Ik trok steeds meer naar Rob toe. De kloof van ruim twee jaar leeftijdsverschil die ons scheidde, werd minder diep.

Op mijn zeventiende verjaardag gaf hij me een zilveren schakelarmband. Ik sloeg mijn armen om zijn nek en hij trok me stevig tegen zich aan. Wat ik van mijn ouders had gekregen weet ik niet meer.

Het was zaterdag en er kwam de hele dag door visite. Axel kon niet komen, maar Evy was er wel. Ze besteedde meer aandacht aan Rob dan aan mij. Ik liet haar de zilveren armband zien en ze bewonderde hem een paar seconden. Daarna stond ze op om Rob te gaan helpen met de drankjes.

Ik keek naar hen, hoe ze grapjes maakten en lachten, en hoe Rob zijn plannen voor een wereldreis met haar deelde.

Daar had hij het de laatste tijd wel vaker over. Hij was negentien, klaar met het vwo, en, op wat losse scharrels na, ongebonden. Hij wilde de wereld zien.

Ik ging rond met een schaal gebak en keek naar mijn broer. Zoals hij daar stond, groot en knap, kon ik me moeiteloos voorstellen dat hij tijdens zijn reis de aandacht zou trekken van meisjes. Ze stonden hier in het dorp al in de rij, Evy incluis.

Misschien ontmoette hij in het buitenland wel iemand op wie hij zo gek werd dat hij daar bleef. In Australië of in Japan.

Bij die gedachte kreeg ik bijna geen lucht meer.

Mijn ogen dwaalden zijn kant op, en net op dat moment keek hij op. Hij glimlachte en knipoogde, en alles in me kwam weer tot rust.

Het waren waarschijnlijk wilde plannen, zoals iedereen die wel eens had, maar die lang niet altijd uitgevoerd werden. Hij kon niet zomaar uit mijn leven verdwijnen, dat zou hij me nooit aandoen.

5

Maar hij ging wel. De laatste maanden voor Robs vertrek stonden in het teken van een naderende ramp die ik niet kon afwenden. Rob bereidde zijn wereldreis voor. Afrika, Indonesië, Azië, Nieuw-Zeeland, hij wilde alles zien.

Ik werd steeds neerslachtiger en probeerde het hem uit het hoofd te praten.

'Je kunt me niet zo lang alleen laten! Wat moet ik zonder jou? Ik gooi me voor de trein als je weggaat.' Mijn stem klonk net zo wanhopig als ik me voelde.

Rob pakte me bij de schouders en keek me aan. 'Praat niet zo raar, Romée. Natuurlijk gooi jij jezelf niet voor de trein. Wat jij gaat doen is je school afmaken en daarna ga je auditie doen voor het conservatorium. Ik weet zeker dat je aangenomen wordt.'

'Pa wil het niet betalen.'

'Hij zal wel moeten. Wees maar niet bang, ik heb met hem gepraat. Hij laat je wel gaan. En anders praat je erover op school, met je decaan. Zij zal je helpen. Ik heb haar ook gesproken.'

‘Ben jij naar mijn school geweest?’
‘Ja. Je denkt toch niet dat ik je zomaar achterlaat.’
‘Wacht nog even,’ zei ik smekend. ‘Een jaartje maar. Tot ik op het conservatorium zit.’
Er verscheen een gepijnigde uitdrukking op zijn gezicht. ‘Ik kan geen jaar wachten. Ik wil een tussenjaar om te reizen, niet om mijn tijd te verdoen met thuiszitten of met een of ander baantje. Als ik dacht dat je het niet zou redden, zou ik echt niet weggaan.’
Diep in mij zat iets wat boos en verdrietig was, wat huilde en wilde blijven protesteren. Maar ik leunde alleen tegen Rob aan en sloot mijn ogen.
‘Je komt terug, hè? Beloofd?’
‘Beloofd,’ zei hij, en hij kuste me op mijn kruin.

Wat kan ik zeggen over die laatste weken? Ze waren verschrikkelijk. Ik was humeurig, kattig en maakte met iedereen ruzie. Vooral met mijn vader, die erop reageerde als een officier op een muitende soldaat. Ik zat meer voor straf in mijn kamer dan dat ik beneden was.
Al een paar dagen had ik een sporttas met wat kleding en toiletartikelen onder mijn bed klaarstaan. Ik was niet van plan om thuis te blijven zonder Rob als bliksemafleider. Zodra hij vertrokken was, zou ik weglopen.
Maar ik ging al eerder. Soms kan een klein voorval uitmonden in iets groters en totaal uit de hand lopen.
Op de middag waarop mijn leven voorgoed veranderde had ik gesport. Toen ik terugkwam was ik alleen thuis en nam ik een warm bad. Daarna liep ik wat rond in mijn ondergoed, tot ik beneden voetstappen hoorde. Ze klonken zwaar, dus mijn moeder was het niet.

Ik ging voor de kledingkast staan. De voetstappen kwamen de trap op. Ik trok een skinny spijkerbroek van de plank en wurmde me erin.

De deur stond halfopen, maar mijn kamer lag achteraan op de overloop, ik verwachtte geen bekijks. Gekleed in alleen die spijkerbroek en een kanten bh'tje zocht ik een shirt uit.

Sommige mensen beweren dat ze iemands aanwezigheid of blik kunnen voelen. Dat was bij mij niet het geval. Ik wist dat er iemand was doordat de voetstappen dichterbij kwamen en ophielden voor mijn kamer. Ik draaide me om.

Wat er toen voorviel vertel ik niet aan Nicole. Het is te persoonlijk, het gaat haar niets aan. Bovendien heb ik nog steeds moeite om de gebeurtenissen terug te halen. Ik heb ze zo diep weggedrukt dat ik de details kwijt ben. In grote lijnen weet ik natuurlijk heel goed wat er is voorgevallen. Alsof je zoiets kunt vergeten. Alsof de herinnering eraan niet in elke vezel van je lichaam ligt opgeslagen.

Na afloop krabbelde ik overeind en zette het raam van mijn slaapkamer open. Terwijl mijn vader en Rob vochten op de overloop, gooide ik mijn sporttas uit het raam en sprong op het dak van de aanbouw. Vanaf dat punt was het niet moeilijk om heelhuids beneden te komen.

Ik stapte op mijn fiets en reed naar het station van Anna Paulowna. Daar kocht ik een kaartje naar Amsterdam en tien minuten later stapte ik op de trein. Ik was niet van plan om ooit nog terug te komen.

Aan Nicole vertel ik alleen dat er thuis ruzie was en dat ik ben weggelopen.

Ze fronst haar wenkbrauwen. 'Wat heftig. Wat gebeurde er toen?'

'Ik was van plan om naar Axel te gaan,' zeg ik. 'Hij had zijn diploma gehaald en was naar Amsterdam vertrokken. We zagen elkaar daarom niet zo vaak meer, alleen als hij naar Anna Paulowna kwam. Maar we appten wel af en toe. Ik wist dat hij in de Kinkerstraat woonde, en ik wist zeker dat hij me zou helpen.'

'En? Deed hij dat?'

'Eerst moest ik hem nog vinden,' zeg ik. 'En dat was een probleem, want ik was mijn telefoon vergeten.'

In een soort trance kwam ik aan op het Centraal Station. Het was spitsuur, de trein liep leeg, op het perron stonden groepen reizigers klaar van wie de eersten zich al naar binnen wurmden nog voor anderen de trein verlaten hadden.

Ik stapte uit, hield mijn sporttas stevig in mijn hand en liep naar de roltrap.

In de aankomsthal bleef ik staan. Het was er ontzettend druk. Mensen liepen gehaast, keken op de borden of renden om een trein te halen.

Ik keek een beetje verloren om me heen. Spijt of angst voelde ik niet, het was alleen prettig geweest als ik me beter had voorbereid.

Goed, ik had een tas klaargezet en in een zijvak contant geld gestopt, zodat ik niet meteen hoefde te pinnen. Ik had genoeg tv-series gezien om te weten dat de politie je zo te pakken had als je geld pinde. Maar eigenlijk was ik niet zo bang dat mijn ouders de politie zouden waarschuwen.

Ondanks dat besloot ik in één keer al mijn geld op te nemen. Maar daarmee was ik er nog niet. Ik kon bijna niet geloven dat ik zo stom was geweest om mijn telefoon thuis aan de oplader te laten liggen. Ik kende Axels nummer niet uit mijn hoofd, dus ik kon geen contact met hem opnemen. Ik had geen idee waar ik naartoe moest.

Buiten, op het grote plein voor het station, bleef ik staan. Amsterdam verwelkomde me met een lage winterzon. Ik knipperde.

Muziek, knarsende en rinkelende trams, gelach en gepraat, overal was lawaai. Ik dacht aan het verlaten stationnetje van Anna Paulowna en een vreemd gevoel maakte zich van me meester. Ik was me bewust van mijn hopeloze situatie, maar zonder de wanhoop die je daarbij zou verwachten. Diep in mij roerde zich iets, de overtuiging dat ik mezelf wel zou redden en dat een heel nieuw leven op mij wachtte.

Het eerste wat ik moest doen was naar de Kinkerstraat gaan en Axel vinden.

Ik zou er gewoon wat rondlopen en vragen of iemand hem kende. Als ik Axel had gevonden, zou ik werk gaan zoeken. Dat kon niet moeilijk zijn in zo'n grote stad.

Ik kocht een ov-kaart, informeerde welke tram ik moest hebben en stapte op lijn 17. Onderweg werden de haltes omgeroepen en in een wat grauwe buurt stapte ik uit. Ik zag dat ik aan het begin van de Kinkerstraat stond. En dat hij ontmoedigend lang was.

6

Ik had een wat kortere straat verwacht, met oude bomen en koopmanshuizen uit de Gouden Eeuw, maar de Kinkerstraat bleek een eindeloze weg die half Amsterdam leek te doorklieven. Er reden trams en aan weerszijden waren winkels, supermarkten, cafés en restaurants. Het zag er allemaal wat armoedig uit, maar dat kon ook komen door het sombere weer.

Ik liep maar voort, op zoek naar deuren met naambordjes. Er waren wel deuren, maar geen naambordjes. Hoe moest ik Axel in vredesnaam vinden?

Mijn plan was geweest om hier en daar aan te bellen en te informeren of iemand hem kende. Dat idee leek nu vrij belachelijk. Maar ik zou het in cafés en winkels kunnen proberen.

Ik ging een eetcafé binnen, vroeg aan de man achter de bar of de naam Axel Landgraaf hem iets zei, en ik beschreef zijn uiterlijk.

De man keek me verbaasd aan. 'Heb je enig idee hoeveel mensen hier op een dag komen, meissie?'

'Vast heel veel,' zei ik. 'Maar jullie hebben toch zeker wel vaste klanten?'

'Ja, maar ik weet echt niet hoe ze allemaal heten. Patricia! Ken jij iemand die Axel heet?'

Patricia zette een bestelling op een tafel en draaide zich om. 'Axel? Nee, nooit van gehoord.'

'Hij heeft bruin haar dat schuin voor zijn ogen hangt,' zei ik. 'Hij is heel lang en hij is muzikant.'

Ze keek me meewarig aan. 'Heeft hij het uitgemaakt?'

'Nee, we zijn elkaar uit het oog verloren. Ik weet dat hij naar Amsterdam is gegaan, naar de Kinkerstraat.'

'Tja, die is best lang,' zei de man achter de bar.

'Als hij hier binnenstapt en jullie herkennen hem, zouden jullie dan willen zeggen dat Romée hem zoekt? En willen jullie dan zijn adres of telefoonnummer vragen?'

'Heb je zijn nummer niet meer?' vroeg Patricia.

'Dat staat in mijn telefoon, en die is gestolen.'

'Welkom in Amsterdam,' zei de man. 'We zullen naar hem uitkijken, maar ik geef het niet veel kans.'

Het werd langzaam schemerig terwijl ik alle broodjeszaken en cafés afliep. De ene na de andere zaak sloot zijn deuren, rolluiken gingen ratelend naar beneden.

Alleen de kroegen en restaurants waren nog open, en ik bleef onvermoeibaar informeren. Tussendoor kocht ik een broodje warm vlees, dat ik lopend opat. Af en toe dacht ik aan thuis. Ze vroegen zich nu vast af waar ik bleef. Mijn moeder zou de inhoud van de pannen over de borden verdelen en zeggen: 'Wie er niet is, die eet niet.' Waarschijnlijk was ze eerder geïrriteerd dan ongerust. Op welk moment zou ze gaan rondbellen?

Dat zou nog wel even duren. Mijn telefoon lag op mijn bureau, er was geen reden om te denken dat ik niet terugkwam. Pas veel later, als ze mijn kamer gingen doorzoeken, zouden ze misschien merken dat er kleding ontbrak.

Ik schudde de gedachte aan thuis van me af en keek naar een Indisch afhaalrestaurant. Axel hield van Indisch eten. Hoopvol ging ik naar binnen, maar algauw stond ik weer buiten.

Vertwijfeld keek ik de Kinkerstraat in. Het zag er niet naar uit dat ik Axel op deze manier ging vinden. In ieder geval vanavond niet meer.

Even verderop zag ik de naam van een hotel oplichten. Bij de receptie vroeg ik naar de kamerprijzen. Hoewel de receptioniste me bezwoer dat vijfenvijftig euro voor Amsterdamse begrippen echt heel goedkoop was, was het voor mij veel geld.

Ik vertelde dat ik op zoek was naar een vriend die hier in de buurt moest wonen, en dat ik niet op hotelkosten had gerekend.

Het meisje, Laura heette ze volgens haar naambordje, kreeg blijkbaar medelijden met me toen ze mijn wanhopige gezicht zag.

'Weet je wat, ik geef je die kamer voor de helft. Anders staat hij toch maar leeg. Alle kamers staan leeg. Heb je een identiteitsbewijs?'

Ik gaf haar mijn ID-kaart en ze noteerde mijn gegevens.

'Niet tegen mijn baas zeggen dat ik je uit mezelf die korting heb gegeven,' zei ze, terwijl ze me de sleutel gaf. 'Je hebt over de prijs onderhandeld, oké?'

'Oké. Dank je. Moet ik meteen afrekenen?'

'Dat kan ook als je uitcheckt.'

Laura legde uit waar mijn kamer was. Ik liep een trap op, een gang door en ging naar binnen. De kamer was erg klein, meer dan een bed, een bureautje met een stoel en een kast kon er niet in. De badkamer was een soort inloopkast met een douche en een wastafeltje. Hij had geen ramen. De kitranden in de douchebak zagen zwart van de schimmel.

Ik liet mijn tas op de grond vallen, ging op het bed liggen en staarde lange tijd naar een grote bruine vlek op het plafond.

Het was vreemd. Ik wist dat ik veilig was, dat geen mens kon weten waar ik was, dat de deur op slot zat en niemand mijn kamer in kon komen, en toch wisselden die nacht de nachtmerries elkaar af.

Tegen de ochtend zat ik op de rand van het bed, klaarwakker en totaal in de war. Ik trilde over mijn hele lichaam. Ik wilde dat ik kon huilen, maar ergens vanbinnen zat de grendel erop.

Met een warme douche probeerde ik de ergste spanning te verdrijven, maar het hielp niet.

Pas toen ik ontbeten had en de straat op ging, voelde ik me wat beter. Het was goed om in beweging te zijn, om een doel te hebben. Ik moest Axel vinden, dan zou alles goed komen.

Ik vroeg naar hem in winkels waarvan ik vermoedde dat hij er kwam. Toen dat niets opleverde, vroeg ik aan een voorbijganger of er een muziekwinkel in de buurt zat, en ik werd doorverwezen naar de Lijnbaansgracht. Er zaten er zelfs twee.

In de eerste winkel konden ze me niet helpen, maar de eigenaar van de tweede zaak meende hem wel eens gezien te hebben. Niet dat Axels naam hem iets zei, maar hij dacht hem te kennen aan de hand van mijn beschrijving.

'Als hij weer komt, wilt u dan vragen of hij zijn gegevens achterlaat?' vroeg ik. 'Zeg maar dat Romée hem zoekt.'

'Komt goed,' zei de man. 'Laten we hopen dat er een snaar van zijn gitaar knapt, dan zie ik hem wel verschijnen.'

Ik bedankte hem en vertrok. Het was middag geworden en mijn maag rommelde. In een broodjeszaak at en dronk ik iets aan een tafel bij het raam. Ik deed zo lang mogelijk met het broodje en de thee en speurde intussen de straat af.

Buiten was het koud en vochtig. Het regende niet, maar alles was nat van de mist. Het was niet erg aanlokkelijk om weer die hele Kinkerstraat af te lopen. Wat had het ook voor zin. Ik was overal geweest.

Terwijl ik de straat in de gaten hield, dacht ik aan Axel, en toen aan Rob. Ik speelde met de zilveren armband, die ik nooit afdeed, en vroeg me af of hij aan me dacht. Eigenlijk wist ik wel zeker dat dat zo was, en dat hij ongerust zou zijn.

Hij had me vast geappt. Wat oneindig stom van me om mijn telefoon te vergeten.

Ik kon terug naar huis gaan om hem te halen. Het enige wat ik hoefde te doen was in een onbewaakt ogenblik mijn kamer binnen glippen.

Een tijdje speelde ik met dat idee. De herinnering aan wat er gebeurd was voor ik vertrok hield me tegen. Ik zag het gezicht van mijn vader weer voor me.

Ik voelde opnieuw de paniek die me uit het raam had doen klimmen, en ik liet het idee om snel even terug te gaan los. Het risico dat ik mijn vader tegen het lijf zou lopen was te groot.

7

Drie nachten sliep ik in het hotel, toen begon Laura vragen te stellen. Wat ik deed in Amsterdam. Waar ik vandaan kwam. Ik kon haar niet de hele waarheid vertellen, maar wel een halve.

'Ik heb ruzie gehad thuis.'

'Dus je bent weggelopen?'

Ik knikte.

'Dat dacht ik al,' zei ze, met de zelfvoldane klank van iemand die het leven meent te kennen. 'Ik heb gekeken of je gezocht wordt, maar dat is niet zo. Tenminste, ik kon niets vinden op internet of in de krant.'

'Ik denk niet dat mijn ouders me zoeken of de politie hebben gewaarschuwd.'

'Waarom niet?'

'Omdat het ze geen barst kan schelen.'

Dat was niet helemaal waar, mijn moeder zou beslist ongerust zijn, maar het leek me inderdaad sterk dat ze naar de politie waren gestapt. Zeker na wat er die middag was gebeurd.

‘Ik kan hier trouwens niet langer blijven. Mijn geld is bijna op,’ zei ik.

‘Oké. Wat ga je nu doen?’

‘Werk zoeken. Weet jij misschien iets?’

Laura schudde haar hoofd. ‘Als het hier zo rustig blijft, kan ik straks zelf ook op zoek gaan naar werk. Maar ik zal voor je informeren. Loop af en toe maar eens binnen.’

Met een groeiend gevoel van onrust zocht ik zowel naar Axel als naar werk, net zo lang tot ik blut was. Helaas slaagde ik er niet eens in om ook maar een eenvoudig baantje als afwasser te vinden.

Uiteindelijk sliep ik op straat.

Nou ja, niet letterlijk. Inmiddels had ik de Kinkerbuurt goed leren kennen, en ik had overdag bootjes zien liggen in de gracht langs de Da Costakade, sommige overdekt met zeil. De eerste nacht buiten vond ik daar een slaapplaats. In het toilet van een restaurant trok ik alle kleren die ik bij me had over elkaar aan, wat mijn tas een stuk lichter maakte en mij in een soort poolreiziger veranderde.

Het was eind februari, en ondanks al die lagen kleding was de nacht koud en oncomfortabel.

Bibberend luisterde ik naar de geluiden van de stad. Thuis, op het platteland, was het ’s nachts stil. Je hoorde hoogstens schapen blaten of een hond aanslaan. Daar, in mijn bootje, werd ik wakker gehouden door het lawaai van trams en auto’s. Het getingel van de trams hield op een gegeven moment op, maar de rest van het verkeer ging nog lang door.

Laura hielp me. Toen ik na drie nachten in het bootje te hebben geslapen langskwam, bekeek ze me vol verbazing.

‘Wat zie jij eruit! Wat is er gebeurd?’

Voor mijn gevoel zag ik er redelijk verzorgd uit. Ik poetste elke dag mijn tanden en friste me op in de toiletten van restaurants en cafés. Maar blijkbaar zag ze toch een verandering aan me.

‘Je zwerft, hè? Ik heb je al een paar keer voorbij zien komen.’ Haar ogen gleden naar mijn sporttas, alsof dat het standaardattribuut van een dakloze was.

‘Ja,’ zei ik.

Ze nam me onderzoekend op. ‘Kan ik iets voor je doen? Heb je honger?’

‘Best wel.’

‘Kom maar mee. Het kan wel even, het is niet druk.’ Ze knikte naar de deur achter haar.

Het was een klein kantoortje. Lekker warm en het rook er naar koffie. Laura schonk een beker voor me in.

‘Ga zitten, dan haal ik iets te eten voor je,’ zei ze, en ze liep weg.

Ik ging zitten en warmde mijn handen aan de beker. Even later kwam Laura terug met een omelet.

‘Heeft onze kok snel voor je gebakken.’

In een vorig leven hield ik niet van omelet, in dit leven kon ik me niets heerlijkers voorstellen. Het zout van de ham, de gesmolten kaas, het heerlijk verse brood, ik viel erop aan.

Bij de receptie ging de telefoon en Laura liep weg. Terwijl zij haar werk deed, at ik alles op. Daarna keek ik, een beetje soezerig van de plotselinge warmte en mijn volle maag, naar buiten. Nog niet eerder was de tegenzin om het grauwe weer in te gaan zo groot geweest.

Laura kwam terug en liet de deur op een kier staan. Ze

pakte koffie voor zichzelf, schonk mij nog eens bij en zei: 'Hoe is dit allemaal zo gekomen?'

'Dat kan ik niet vertellen. Sorry.'

'Oké,' zei ze. 'Blijkbaar is het zo erg dat je niet terug kunt, maar je hoeft niet te zwerven. Er zijn instanties die je kunnen helpen.'

Ze begon op haar telefoon te tikken en schreef een paar adressen op. 'Ga er maar meteen naartoe, en als ze geen plek hebben, kom dan terug. Als het moet, heb ik hier wel een bed voor je. Daar hoeft mijn baas niets van te weten.'

Ik bedankte haar, pakte mijn tas en nam afscheid.

'Succes, Romée. Laat je nog even weten hoe het met je gaat?'

Dat beloofde ik. Een heel eind verderop, waar Laura me niet kon zien, bekeek ik de adressen. Het trok me totaal niet om tussen zwervers en junks te overnachten. Ik gooide het briefje in de vuilnisbak.

8

'Wat een zware tijd moet dat voor je zijn geweest,' zegt Nicole.

Ik kijk voor me uit.

'Toch?' zegt ze, als ik niet reageer. 'Het lijkt mij heel moeilijk om op straat te leven. Zeker voor een jong meisje.'

Dat kan ik niet ontkennen. 'Ja, maar in zekere zin was het ook een mooie tijd. Het heeft me veel gebracht. Op straat heb ik mezelf leren kennen. Thuis stond ik er ook grotendeels alleen voor, dus zo veel verschil maakte het niet. Ik ontdekte dat ik sterk was, een overlever.'

'Maar je was leerplichtig. Wilde de schoolleiding niet weten waar je was?'

'Nee, ik was zeventien, dan ben je niet meer leerplichtig. Ik had mijn havodiploma en deed toen vwo. Mijn ouders hadden gezegd dat ik ermee was gestopt.'

Nicole knikt en noteert iets op haar kladblok. 'Wat vond je ervan dat je ouders niet naar je op zoek gingen?'

Die vraag verbaast me. 'Prima natuurlijk. Ik wilde helemaal niet gevonden worden.'

Ik had niet eens in de gaten dat ik afgleed. Na twee weken deed ik nauwelijks nog moeite voor mijn persoonlijke verzorging. Er hing een doordringende zweetlucht in mijn kleren, die ik wel opmerkte maar waar ik ook aan gewend raakte.

Het meest confronterend was de eenzaamheid. In bepaalde mate was ik daaraan gewend, maar buiten de maatschappij staan veroorzaakte evengoed een gevoel van volstrekte verlatenheid en uitzichtloosheid.

Als ik er nu op terugkijk besef ik dat ik in die tijd depressief was. Dat verklaart waarom ik zo weinig deed om iets aan mijn situatie te veranderen.

Aan die eenzaamheid kwam een einde toen ik Mahmoud ontmoette. Ik had hem wel eens zien zitten met zijn gitaar, vergezeld door een hond die op een oude jas lag.

Hij leek me ver in de dertig, later kwam ik erachter dat hij achtentwintig was.

Op de avond dat we met elkaar in gesprek raakten, zat hij op een laag muurtje gitaar te spelen. Hij speelde goed, maar helaas vond hij het nodig er ook bij te zingen, wat zijn optreden er niet beter op maakte.

Ik kende het nummer, 'Everybody Hurts' van R.E.M., en in een opwelling viel ik in.

Hij keek op en lachte, zonder op te houden met spelen. Hij hield wel op met zingen, en hij knikte naar de plek naast hem. Ik ging zitten en viel in. Ik lette niet op de voorbijgangers, maar concentreerde me op de muziek. De hond had zijn kop omgedraaid om te kijken wat er gebeurde en besloot blijkbaar dat als zijn baas mij accepteerde, hij dat ook wel kon doen.

Er bleven mensen staan om te luisteren. Steeds meer.

Toen het nummer afgelopen was, stond er een hele groep

die applaudisseerde en geld in het bakje gooide.

De man met de gitaar keek me aan, tokkelde het intro van een bekend nummer en ik begon weer te zingen.

Een paar mensen liepen weg, maar hun plaatsen werden ingenomen door anderen. We traden meer dan een uur op, toen begon het te regenen en opeens was iedereen verdwenen.

De man veegde de muntstukken bij elkaar en telde ze. Het was een aardig bedrag, meer dan twintig euro. Hij schoof de helft naar mij toe.

Ik protesteerde, maar de man drong erop aan dat ik het geld aannam. Zijn Nederlands was gebrekkig, hij was mager en zag er afgeleefd uit. Er ontbrak een tand in zijn bovengebit, maar zijn ogen straalden vriendelijkheid uit.

'Dank je,' zei ik. 'Ik ben Romée.'

'Mahmoud.' Hij wees op zichzelf en stelde voor om weg te gaan.

In de verte kwam er politie aan, en ik liep snel met hem mee.

Aan het einde van de Kinkerstraat staken we de brug over de Kostverlorenkade over. Intussen praatte Mahmoud aan één stuk door, in gebrekkig Nederlands waarvan ik vooral de vriendelijkheid verstond. Gelukkig sprak hij ook een beetje Engels. Hij vertelde dat zijn hond Ghazi heette, naar zijn zoontje dat in Syrië was overleden.

Hij liet me een foto zien van een jongetje dat zijn armen om de nek van een jonge vrouw geslagen had. Dat was zijn vrouw Emira, vertelde hij.

Ik bekeek de foto lange tijd voor ik hem teruggaf.

We liepen over de Baarsjesweg, langs het water, en daar sloegen we af. Even later stonden we op een pleintje dat gedomineerd werd door een moskee.

Mahmoud liep naar een Arabisch uitziende horecagelegenheid op de hoek en ging naar binnen.

Ik aarzelde, vroeg me af of dit niet een tent was waar alleen moslims welkom waren, maar Mahmoud wenkte me.

'Kom! Kom! Hier werkt vriend van mij. Is de baas.'

Binnen was het warm en gezellig, met goudkleurige en roze banken, kroonluchters en tafels met kleedjes waar vaasjes met rode rozen op stonden.

Mahmoud werd hartelijk verwelkomd door zijn vriend, de eigenaar, die zich voorstelde als Hasad.

'Ik heb geld,' zei Mahmoud.

'Prima, prima, ga lekker zitten. Willen jullie iets eten? Drinken?' Hasad keek ons vragend aan. 'Kost niet veel,' stelde hij me gerust, toen ik niet meteen antwoord gaf.

We gingen zitten en ik bestelde het eerste het beste Turkse gerecht dat op de kaart stond.

'Van Hasad helft gratis,' zei Mahmoud. 'Hij goede vriend. Soms ik slaap hier ook.' Hij wees naar de banken langs de wanden.

'Wat aardig van hem. Kom je hier vaak?'

'Als regent en koud is. Is vaak koud in Nederland.' Hij lachte zijn slechte gebit bloot.

'Je zult je eigen land wel missen. Je bent zeker voor de oorlog gevlucht?'

Hij knikte en begon te vertellen. Het was een huiveringwekkend verslag van het leven in een land dat werd geterroriseerd door IS en gebombardeerd door het Westen. Ogenschijnlijk emotieloos vertelde hij dat zijn zoontje van twee en zijn vrouw tijdens een luchtaanval waren omgekomen. Daarna had Mahmoud besloten te vluchten.

‘Maar waarom leef je nu op straat? Je kunt toch naar een asielzoekerscentrum?’ vroeg ik.

‘Ik vier dagen te laat met aanmelden bij centrum. Kon niet meer binnen.’

Niet-begrijpend keek ik hem aan. ‘Omdat je je een paar dagen te laat had aangemeld toen je in Nederland kwam? Moet je dat dan meteen doen?’

‘Ja, meteen,’ zei Mahmoud. ‘Is procedure. Ik ging weg, en zij zeggen ik ben zelf gegaan en heb geen recht meer op hulp. Wel op verblijfsvergunning maar niet een huis. Nu ik leef op straat.’

‘Jezus, wat achterlijk. Ik dacht dat het zo goed geregeld was in Nederland.’

‘Nederland veel regels.’

Ons eten werd geserveerd en we bleven het grootste deel van de middag zitten praten. Het was blijkbaar lang geleden dat iemand interesse in Mahmouds verhaal had getoond.

Omgekeerd was hij ook benieuwd naar wat ik te vertellen had. Ik vertelde hem dat ik zangeres wilde worden, maar dat mijn ouders dat niet zagen zitten.

‘Jij goede zangeres,’ zei Mahmoud vol vuur. ‘Wij samen zingen, ja? Dan krijgen wij veel geld.’

Ik vond het best.

9

Overdag zwierven Mahmoud en ik rond en traden we op waar het druk was. Niet alleen in de Kinkerbuurt, hij sleepte me heel Amsterdam door. In alle delen van de stad had hij adresjes waar hij kon slapen, maar het kwam ook voor dat hij nergens terechtkon. Dan wist hij wel weer iets anders, een leegstaand kantoorpand bijvoorbeeld, en één keer, toen we echt wanhopig waren, een buis in een speeltuin.

Via Mahmoud leerde ik andere daklozen kennen.

Vroeger dacht ik bij het woord dakloze aan vieze bebaarde zwervers met een drankprobleem, of aan junks die spuitend en stelend door het leven gingen.

Die had je ook, maar een grote groep bleek uit sociaal kwetsbare mensen te bestaan, uit mensen met schulden die uit hun huurwoning waren gezet of zzp'ers die door de crisis geen inkomen meer hadden.

Mahmoud stelde me aan hen voor, aan Pauline, Jack en Fons.

Fons was vierendertig, had een klitterige baard, dronk

niet, maar was wel verslaafd aan wiet.

'Twee jaar geleden werkte ik als zelfstandige en verdiende ik goed,' zei hij, toen we met een groepje rond een allesbrander in een kraakpand zaten. 'Ik maakte websites en ik had meer werk dan ik aankon. Maar dat bleef niet zo.' Hij nam een hijs en blies de rook voor zich uit. 'Ik kwam in de bijstand en kluste zwart een beetje bij. Maar dat kwam uit. En toen was ik de sjaak.'

'Je raakte je uitkering kwijt,' zei ik.

'Dat niet, maar ik moest wel een enorm bedrag terugbetalen. En ik kreeg een boete waar ik me rot van schrok.'

'Die krijg je nog steeds, boetes,' zei Pauline met een brede grijns.

Fons trok een gezicht naar mij. 'Ik was laatst ingedommeld op de Dam.'

'Kreeg je daar een boete voor?'

'Ja, en een flinke ook. Alsof ik nog niet genoeg geldproblemen heb.' Opnieuw nam hij een hijs, en hij bood de joint daarna aan mij aan.

Ik had met Axel wel eens geblowd, maar ik vond er niet veel aan. Toch nam ik hem aan. Ik inhaleerde voorzichtig en voelde me meteen licht in mijn hoofd worden. Dit spul was wat sterker, of ik was er gevoeliger voor geworden. Na een tweede trekje gaf ik de joint aan Fons terug.

We zaten een tijdje zwijgend rond de allesbrander. Om ons heen werd het steeds donkerder.

'En jij?' vroeg Fons aan mij. 'Wat doet zo'n knappe, jonge meid als jij hier?'

'Het ging thuis niet meer,' zei ik, en de anderen knikten alsof ze het volkomen begrepen. Wat misschien ook wel zo was.

Ik had er zelf voor gekozen om buiten de maatschappij te staan. Ik hoorde hier niet, en ik wist dat ik zó weer in een normaal bestaan zou kunnen stappen, maar om de een of andere reden deed ik dat niet.

Misschien kwam het door de berustende houding van de mensen met wie ik nu omging, door hun vermogen om in het moment te leven. Dat sprak me aan.

Ik begon hen als een nieuwe familie te beschouwen, mensen die het me niet lastig maakten of me dingen verboden, maar juist het weinige dat ze bezaten met me deelden, die me waardeerden om wie ik was en bij wie ik me niet anders hoefde voor te doen.

Zittend op een stuk karton in een tochtig kraakpand voelde ik me completer en geliefder dan ik me in lange tijd had gevoeld.

Een tijd lang gaf ik toe aan die manier van leven. Ik blowde met mijn nieuwe vrienden en maakte muziek met Mahmoud.

Hij was heel muzikaal, tokkelde wat op zijn gitaar en dan kwamen er de mooiste nummers uit. Met name het nummer waarin hij over zijn leven op straat vertelde raakte me. Hij zong het in het Arabisch, maar hij vertaalde het voor me, zo goed en zo kwaad als dat ging, en ik schreef de Nederlandse tekst op. We noemden het nummer 'Homeless' en traden ermee op.

Op een dag zag ik Laura tussen het publiek staan. Even voelde ik iets van gêne, maar ze lachte, stak haar duim op en pakte haar telefoon om ons te filmen. Toen we pauzeerden en ik om me heen keek, bleek ze al te zijn doorgelopen.

Dat ze ons filmde had me op een idee gebracht. Als ik de muziek die Mahmoud en ik maakten kon opnemen, zou het veel gemakkelijker zijn om onze nummers te onthouden en in te studeren.

Het valt niet goed te praten, ik heb me er altijd voor geschaamd, maar toen ik de gelegenheid kreeg, jatte ik een telefoon. Veel mensen gingen erg nonchalant met hun eigendommen om. Ze droegen hun portemonnee in hun kontzak, legden hun telefoon op tafel of op de bar, letten niet op hun tas.

Ik koos de BlackBerry van een praatjesmaker in de kroeg. Een man van eind dertig, strak in het pak, die eruitzag alsof hij geen hap minder zou hoeven eten als hij een nieuwe moest kopen.

Ondanks mijn schaamte was ik blij met de telefoon. Hij was niet eens vergrendeld, en de batterij was nog helemaal vol. Dat was mooi, want ik had natuurlijk geen oplader. Als ik zuinig met de batterij omging, kon ik er heel wat nummers mee opnemen.

Toen ik dat aan mijn vrienden vertelde, kwam Pauline een dag later met een oplader aanzetten.

'Eerlijk gekregen, hoor,' zei ze. 'Van een vriend die me nog wat schuldig was.'

Ik geloofde er niet veel van, maar dat zei ik niet. Ik bedankte haar blij en een beetje ontroerd.

Op een dag kwam de eigenaar van een eetcafé waar ik vaker was geweest naar buiten. Leunend tegen de deurpost rookte hij een sigaret en luisterde een tijdje naar ons.

'Jij zingt niet slecht,' zei hij tegen mij. 'En jullie trekken klanten. Zin in een broodje?' Hij gaf ons allebei een papieren zakje waar een volkorenpistolet met brie en sla in zat.

Ik bedankte hem.

'Graag gedaan.' De man, die zich voorstelde als André, nam me van top tot teen op. 'Red je het een beetje?'

'Jawel. Ik ben op zoek naar werk.'

'Heb je een dak boven je hoofd?'

'Meestal wel.'

'Als je niks hebt, kom je maar naar mij. Dan slaap je in de zaak. Ik wil niet dat een meissie van jouw leeftijd op straat slaapt.' Andrés ogen gleden naar Mahmoud, die met enige moeite, vanwege zijn slechte gebit, het broodje zat op te eten. 'Maar alleen jij. Ik heb geen zin in rottigheid. En even wat anders: ben je nog steeds op zoek naar die vriend van je?'

'Naar Axel? Ja. Hebt u hem gezien?'

'Hij kwam gisteren binnenlopen. Patricia herkende hem van je beschrijving en vroeg hoe hij heette. Hij zei Axel.'

'Echt? Hebt u zijn adres?'

'Dat wilde hij niet zomaar geven, en gelijk heeft hij. Hij zei dat hij vanmiddag om twee uur weer zou komen. Of ik dat aan jou wilde doorgeven.'

'Geweldig! Hoe laat is het nu?'

André keek op zijn horloge. 'Tien over halftwaalf.'

Nog bijna tweeënhalf uur. Het klonk niet lang, zeker niet na al die weken op straat, maar nu ik wist dat ik Axel zou zien, was elke minuut wachten er één te veel.

Ik nam mijn plaats naast Mahmoud weer in en zei: 'Ik heb mijn vriend gevonden. Tenminste, bijna. Om twee uur is hij hier.'

'Góed,' zei Mahmoud enthousiast. 'Dat is heel goed voor jou, Romée.'

'Ja. Hij zal me helpen.'

'Vrienden zijn goed. Vrienden moeten helpen.'

Ik legde mijn hand op zijn arm. 'Jij bent ook mijn vriend, Mahmoud. Ik zal jou ook helpen.'

Hij knikte me vriendelijk toe. 'Goed,' zei hij weer, en hij pakte zijn gitaar en begon te spelen.

10

Het begon te regenen. Zo'n vieze miezer die aanvankelijk niet veel voorstelde, maar waarvan je na een tijdje net zo nat werd als van een korte stortbui. André riep me naar binnen, maar negeerde Mahmoud.

Mijn vriend knikte me geruststellend toe, pakte zijn spullen en floot zijn hond. Ik keek hem na toen hij de Kinkerstraat overstak en de gracht op liep.

Ik besloot Mahmoud later op te zoeken bij een van de plekken waar we altijd optraden en me nu te concentreren op mijn weerzien met Axel. Aan een tafeltje bij het raam keek ik naar de regen en wachtte.

Terwijl de tijd verstreek begon ik nerveus te worden. Wat als hij niet kwam? Wat als hij me alleen even wilde begroeten en het hem verder niet interesseerde wat ik met mijn leven deed?

Het werd twee uur en ik keek onophoudelijk naar de deur.

Vijf over twee, geen Axel.

‘Hij komt echt wel, lieverd. Hij is gewoon een beetje laat,’ zei Patricia.

Ik speurde de straat af.

Kwart over twee. Eindelijk zag ik verderop iemand aankomen die hem zou kunnen zijn.

De manier van lopen, die lange leren jas, het halflange haar, ja, dat was Axel. Hij zag er goed uit, een beetje mysterieus en artistiek.

Ik stond op. Axel kwam binnen, keek in het rond en zag me. Met lange passen liep hij tussen de tafeltjes door, naar mij toe.

Zonder een woord te zeggen stonden we tegenover elkaar en keken elkaar aan.

‘Hé,’ zei hij toen.

‘Hé.’

We omhelsden elkaar en hij hield me lang vast.

‘Wat doe jij nou hier?’ vroeg hij uiteindelijk.

‘Dat is een lang verhaal.’

Hij nam me op met een lange, peilende blik. ‘Laten we gaan zitten.’ Hij nam plaats aan het tafeltje waar ik had gezeten en bestelde voor ons beiden koffie.

Patricia knipoogde naar mij en liep weg. Ik was ook gaan zitten en vouwde een beetje nerveus mijn handen.

‘Vertel,’ zei Axel. ‘Hoe gaat het met je? Je ziet er een beetje... vreemd uit. Anders dan anders.’

Ik had zelf het gevoel dat het wel meeviel, maar ik werd me er opeens van bewust hoe ik op Axel over moest komen met al die lagen kleding en die muts op mijn hoofd. Zou ik stinken? Onzeker keek ik naar mijn handen, mijn vieze nagels.

Axel boog zich naar me toe. ‘Die man vertelde me dat je zwerft. Is dat waar?’

'Nou, dat is een beetje overdreven. Het is niet dat ik op straat leef of zo.'

Ik lachte, maar Axels blik bleef kritisch op mij gericht.

'Ik slaap meestal binnen,' zei ik na een korte stilte. 'Er zijn best veel mensen die me willen helpen.'

'Dus het is waar! Goeie god, Romée, waarom? Wat is er gebeurd?'

'Zoals ik al zei, het is een lang verhaal...'

'Vertel het me. Ik heb Niels gebeld en hij zei dat je van huis was weggelopen.'

'Ja, dat klopt. Ik ben naar Amsterdam gegaan om een nieuw leven te beginnen.' Onzeker keek ik hem aan. Misschien zat hij helemaal niet op mij te wachten. Zou hij minachting of medelijden met me voelen. Ik wist niet welke van de twee ik erger zou vinden.

'Wat wilde je dan doen hier?'

'Weet ik veel. Op mezelf wonen, de muziek in, zoiets... Ik dacht, ik zoek jou op, maar ik wist niet precies waar je woonde, en ik had mijn telefoon thuis laten liggen.'

Nadenkend veegde hij het haar uit zijn ogen. 'Ik begreep al niet waarom je me niet gewoon belde. Waarom ben je weggelopen?'

'Het ging niet meer,' zei ik. 'Je weet dat ik problemen had met mijn vader. Op een gegeven moment werd het te erg en toen ben ik weggegaan.'

Ik had Axel nooit veel verteld over mijn thuissituatie en hij had mijn terughoudendheid altijd gerespecteerd. Gelukkig deed hij dat nu nog steeds.

'Weten je ouders inmiddels waar je zit?'

'Nee. En je mag het ze ook niet vertellen.'

'Ze zullen wel heel ongerust zijn.'

'Dat betwijfel ik. De politie is niet naar me op zoek, dus dat betekent dat mijn ouders me niet als vermist hebben opgegeven. En dat verbaast me niets.'

Patricia zette koffie voor ons neer, en twee plakken cake. 'Van het huis.'

Ik glimlachte dankbaar.

'En nu?' vroeg Axel, toen Patricia weer weg was. 'Die mensen hier zeiden dat je me zocht. Waarom wilde je mij wél zien?'

'Omdat je mijn vriend bent. Ik weet wel dat ik me niet als een vriendin gedragen heb, dat ik op een gegeven moment niets meer van me heb laten horen, maar dat kwam door thuis. Alles was zo moeilijk, en toen zei Rob ook nog dat hij weg zou gaan.'

'Hij is op wereldreis, hè? Niels vertelde het.'

Ik knikte.

'Rob kon natuurlijk moeilijk thuisblijven tot jij klaar was met school.'

'Dat weet ik, maar een wéreldreis... Als hij gewoon was gaan studeren, had ik hem kunnen opzoeken. Of ik had bij hem kunnen wonen. Ik had nooit verwacht dat hij me in de steek zou laten.' Mijn stem klonk opeens heel dun.

Axel pakte mijn hand. 'Je kunt bij mij wonen. We gaan samen op zoek naar woonruimte voor jou, en tot die tijd blijf je bij mij. Ik woon niet groot, maar het zal wel lukken. Oké?'

'Ik heb geen geld.'

'Dan zoek je een baantje. Maar eerst moet je van de straat af. Na een tijdje ga je aan iemand zien dat hij zwerft.'

Ik droogde mijn tranen met een servetje en knikte. 'Oké, dank je. Echt te gek, Axel. Je bent mijn beste vriend.'

'*I know.*' Hij stond op. 'Zullen we dan maar gaan?'

Axel woonde inderdaad niet groot. Hij had een eenkamerappartement in een zijstraat van de Kinkerstraat, aan de Da Costakade, niet ver van het bootje waar ik in geslapen had.

Vanaf de tweede verdieping stond ik ernaar te kijken terwijl de regen tegen de ramen tikte.

'Niet echt weer om buiten te slapen,' zei Axel.

Ik draaide me om en zag dat hij ergens een dekbed vandaan getoverd had.

'Onder mijn bed ligt een matras,' zei hij. 'Daar kun jij op slapen. Je moet het alleen wel elke ochtend terugschuiven.'

'Dank je. Ik hoop dat ik snel iets voor mezelf vind. Ik ga morgen meteen op zoek naar werk.'

'*No rush.*' Axel legde het dekbed op een hoek van de bank. 'Vanavond eten we trouwens met z'n drieën. Mariska komt ook.'

'Mariska?'

'Mijn vriendin.'

'Oké,' zei ik.

'Als ze kattig tegen je doet moet je je daar niets van aantrekken, hoor. Ze is soms een beetje jaloers.'

Om halfvijf kwam Mariska, een fors, blond meisje dat totaal uit het veld geslagen leek toen ze mij zag. Ik had gedoucht, drie keer mijn haar gewassen en een shirt van Axel aangetrokken. Voor het eerst sinds lange tijd voelde ik me weer mezelf.

Axel stelde ons aan elkaar voor. Hij vertelde Mariska dat ik een tijdje onderdak nodig had, maar niet dat hij me van de straat had geplukt.

Ik deed mijn best om Mariska's vertrouwen te winnen, hielp haar met koken, informeerde of ze werkte of studeerde – ik verwachtte iets als kapster of nagelstyliste, maar tot mijn verrassing studeerde ze biologie – maar ik slaagde er niet in de spanning tussen ons weg te nemen.

Tegen tienen vertrok ze. 'Dus hoelang blijf je hier ook alweer, Romée?' vroeg ze met een glimlach waar ik zo doorheen prikte.

'Niet zo lang,' zei ik geruststellend.

Ze bleef glimlachen. 'Eén nacht? Twee nachten?'

'Romée blijft zo lang ze wil,' zei Axel.

Mariska's glimlach verdween. Ze kuste Axel en fluisterde iets in zijn oor. Hij reageerde er niet op en liep met haar mee naar de deur. Ik hoorde ze nog een tijdje druk fluisteren in de gang, toen kwam Axel weer binnen.

'Volgens mij mocht je vriendin me niet erg,' zei ik.

'Jawel, hoor. Ze was best aardig tegen je. Je zou haar eens moeten zien als ze een hekel aan iemand heeft. Ik zei al dat ze een beetje jaloers is aangelegd.'

'Ik wil niet dat jullie door mij problemen krijgen.'

'Maak je daar maar geen zorgen over.'

Dat deed ik natuurlijk wel. Het leek me niet verstandig om al te lang bij Axel te blijven, en dat vertelde ik hem ook.

'Vanwege Mariska?' vroeg hij.

'Ja. Ik denk niet dat dit gaat werken.'

'Komt goed. Ik regel het wel.'

De volgende dag maakte Axel het uit met Mariska.

Ik ging op zoek naar Mahmoud en vond hem op de plek waar ik hem ontmoet had. Hij zat op zijn gitaar te spelen en keek op toen ik voor hem bleef staan.

'Axel is gekomen,' zei ik.

Hij glimlachte. 'Dat is goed.'

'Ja. Ik mag voorlopig bij hem wonen.'

‘Dat is héél goed. Jij moet niet op straat, Romée. Geen goed leven, op straat.’

Besluiteloos keek ik op hem neer. ‘Maar jij dan? Voor jou is dit ook geen goed leven.’

‘Komt goed. Ik zoek werk en dan ik ga van straat af.’

‘Beloofd?’

‘Beloofd.’ Hij knikte ernstig.

‘Goed,’ zei ik. ‘Nou, dan ga ik maar. Ik zie je nog wel.’

‘Ja, wij zien elkaar,’ zei Mahmoud. ‘Groeten aan jouw vriend.’

Nog even stond ik te dralen, toen legde ik mijn laatste geld in zijn bakje en liep weg.

11

Ik heb mijn vrienden van de straat nooit meer gesproken, en Mahmoud pas maanden later weer. Ik zocht hem wel, maar blijkbaar hing hij in een ander deel van de stad rond, want ik zag hem niet meer in de Kinkerbuurt.

Aan contact met de andere daklozen had ik geen behoefte. Ze hoorden thuis in een wereld die ik achter me gelaten had. Ik miste ze niet, daarvoor hadden we elkaar te kort gekend.

Bovendien had ik Axel nu.

Van werk zoeken kwam niet veel, we deden niets anders dan muziek maken. Ik kreeg weer gitaarles van Axel en ik vorderde snel. Axel stelde voor te gaan optreden in kroegen, wat me doodeng leek. Op straat zingen was wat anders, dat was voor een klein publiek.

'We doen het toch samen?' zei Axel. 'Vind je dat ook eng? Op school trad je ook op.'

'Dat was anders,' zei ik. 'Voor de lol durf ik het wel, maar voor betalend publiek...'

‘Het ís voor de lol. Wat is nou leuker dan mensen die uitgaan vermaken? Kom op, Romée!’

‘Ik weet het niet. Straks gaan ze met bier gooien.’

‘Je zult inderdaad wel eens rottigheid meemaken, maar daar moet je tegen kunnen.’

‘Ik weet het niet. Ik vind het leuker om thuis muziek te maken en die op te nemen.’

Daar waren we ook mee begonnen, demo’s opnemen en die rondsturen naar platenmaatschappijen. We kregen alleen nooit een reactie.

Uiteindelijk liet ik me overhalen om te gaan optreden, maar vooral omdat ik een bijdrage in de huur wilde leveren. Vanaf dat moment verdienden we genoeg om van te leven.

Ik kon zelfs een beetje sparen. Van Axel hoefde ik niet veel te betalen, omdat hij, zoals hij zelf zei, niet wist hoe hij een matras op de grond in rekening moest brengen. Bovendien vond hij het fijn dat ik er was.

Ik voelde natuurlijk wel dat hij hoopte op meer dan vriendschap, en omdat ik vond dat ik hem iets verschuldigd was, wees ik hem niet af toen hij een versierpoging deed. We hadden seks, niet één keer maar regelmatig, en het was best oké. Ik dacht gewoon aan andere dingen en zorgde dat hij snel klaarkwam, zodat het niet langer dan noodzakelijk duurde.

Ze zeggen wel eens dat misère de beste voedingsbodem is voor creativiteit. Dat geldt ook voor voorspoed. Axel was gelukkig en schreef in hoog tempo prachtige nummers. Ik was geen geboren tekstschrijver, maar ik leerde veel van hem.

‘Je wilt het te mooi doen,’ zei hij, toen ik zelf een liedje, ‘The Hard Way’, had geschreven. ‘Less is more. De zeggingskracht van je woorden wordt sterker als je niet aan mooischrijverij doet. Zeg gewoon wat je bedoelt.'

En dus schreef ik op wat ik bedoelde, maar op de een of andere manier werd het niet zoals ik het wilde. Axel hielp me. Met zijn inbreng werd de tekst pas echt krachtig en raak. Wat hij schreef was authentiek en poëtisch, al begreep ik niet alles.

'Dat hoeft ook niet,' zei hij. 'Nooit uitleggen waar je muziek over gaat. Dat mag de luisteraar zelf bepalen, dat móet hij zelf bepalen. Muziek moet zich een weg zoeken in iemands gevoelswereld, om daar emoties op te wekken, steun te bieden of vrolijkheid te geven. Als muzikant reik je alleen maar iets aan.'

Zelfs zijn uitleg klonk als poëzie.

Axel probeerde me over te halen om het contact met mijn familie te herstellen, maar daar had ik geen enkele behoefte aan. De enige reden dat ik na een tijdje naar huis ging, was om mijn telefoon te halen. Ik wilde weten hoe het met Rob ging, en ik wist zeker dat hij geprobeerd had me te bellen.

Op een zonnige dag eind april stapte ik op de trein naar Anna Paulowna.

Hoe verder hij Noord-Holland in reed, hoe mooier de omgeving werd. De eerste bollenvelden stonden in bloei en strekten zich uit naar de horizon alsof iemand kleurrijke tapijten had uitgerold.

Aangekomen op het station zocht ik mijn fiets, maar die stond er, zoals te verwachten was, niet meer. Dus nam ik de bus.

Onderweg keek ik met een gevoel van afstandelijkheid uit

het raam. Twee maanden was ik weg geweest, niet eens zo lang, maar gevoelsmatig hadden ze een kloof geschapen waar nu een heel wankel plankje overheen lag.

Hoe dichter ik bij huis kwam, hoe onbehaaglijker ik me voelde. De bus stopte op de landweg waar mijn ouderlijk huis stond, het laatste stukje moest ik lopen. Met elke stap ging mijn hart sneller slaan, en toen ik het bord BLOEMBOLLENBEDRIJF WALRAVEN zag, bleef ik staan.

Mijn handen voelden klam, mijn mond was droog, maar ik wilde per se mijn telefoon.

Ik liep door. Bij het tuinpad bleef ik weer staan en keek naar het huis, het erf en de schuren.

Wat een bollen had ik hier gepeld. Kisten vol.

Zonder enige moeite kon ik de muffe geur van de aarde ruiken, voelde ik weer het kledderige van een rotte bol die in moes veranderde als ik hem pelde. Ik hoorde het gelach en gepraat van de andere pellers, het ratelende geluid van een teil bollen die in een kistje werd geleegd, de banen van licht die door de ramen en wijd openstaande deuren naar binnen vielen, en waar stof in ronddanste.

Mijn broers reden altijd rond op de heftrucks om de kistjes weg te brengen en de kuubskisten met ongepelde bollen aan te voeren.

Vanwege mijn stofallergie mocht ik op een gegeven moment helpen op het land. Rob bestuurde de rooimachine en ik stond op de wagen die ernaast reed en gaf kisten aan waarin de bollen werden opgevangen. Niels zette de volle kisten weer op een andere wagen.

Om de zoveel tijd hadden de jongens een verrassing voor me. De ene keer was het een kikker die ze op mijn wagen zetten, de andere keer gooiden ze een nest blinde muizen naar me toe. Dan gilde ik de boel bij elkaar en kwamen zij niet meer bij van het lachen.

Regelmatig kwamen er, tegelijk met de bollen, pasgeboren haasjes in de rooimachine terecht. Ik wilde ze altijd meenemen, maar Niels gooide de diertjes in de sloot.

'De moederhaas stoot die jongen af, Romée,' zei hij, toen ik aan zijn arm hing om te verhinderen dat hij een haasje verdronk. 'Ze komen ellendig aan hun einde. Dit duurt maar heel even.'

Ik geloofde hem niet, vocht met hem, en een keer ben ik de sloot in gegaan voor een reddingsactie. In het troebele water kon ik de haasjes natuurlijk niet meer vinden. 's Avonds in bed kreeg ik visioenen van de moederhaas, zoekend naar haar kinderen, en zong ik mezelf in slaap.

Overspoeld door herinneringen bleef ik een tijdje aan de rand van het erf staan en opeens begon ik te trillen. Ik probeerde niet te denken aan mijn laatste middag thuis, maar de reactie van mijn lichaam kon ik niet zo gemakkelijk uitschakelen. Mijn maag trok samen van angst en even overwoog ik terug naar Amsterdam te gaan.

Maar als ik wilde weten waar Rob zat, had ik echt mijn telefoon nodig. Ik wist zijn nummer niet uit mijn hoofd, en al zou ik daar natuurlijk via Niels of vrienden wel achter kunnen komen, ik wist zeker dat er persoonlijke boodschappen op mijn telefoon stonden.

Ik zou stiekem naar binnen glippen en zo snel mogelijk weer vertrekken.

De auto stond er niet. Dat betekende dat mijn vader ook weg was, want hij liet er niemand anders in rijden.

Ik glimlachte om zo veel geluk, iets van de maagkramp

trok weg. Toch kostte het me moeite om het erf op te lopen. Halverwege zag ik mijn moeder in de boomgaard staan, waar ze de was ophing.

Zou ik haar even gedag zeggen?

Ik keek naar haar rug en aarzelde. Een nieuwe herinnering overviel me. Ik zag mezelf op het erf rondlopen, voorovergebogen, zoekend. Mijn eerste melktand had losgezeten en was eruit gevallen. Ik had dagenlang met die tand zitten wiebelen. Hoe ik er ook met mijn tong tegenaan duwde, hij bleef koppig zitten. Nu was hij er eindelijk uit en kon ik hem niet meer vinden.

De melktanden van mijn broers lagen geëtaleerd in zilveren doosjes. Als klein meisje was ik gefascineerd door die tanden, uitgespreid op donkerblauwe kussentjes, sommige met het opgedroogde bloed er nog aan. Ik had aan mijn gebit gevoeld en vond het een gek idee dat op een dag mijn tanden ook in zo'n doosje zouden liggen. Ik verheugde me erop.

Maar de eerste tand die eruit viel, was al meteen onvindbaar en ik was ontroostbaar.

'Hou toch op met dat stomme gejank. Het is maar een tand,' had mijn vader gezegd.

Toen de volgende melktand los kwam te zitten, pakte ik het anders aan. Rob bond er een draadje aan, gaf een flinke ruk en ik had de tand in mijn hand. Trots liet ik hem aan mijn ouders zien, maar om de een of andere reden was hij nooit in een zilveren doosje terechtgekomen. Mijn andere melktanden evenmin.

Ik deed een stap naar achteren toen mijn moeder bewoog, maar ze bukte alleen om wasknijpers en een hemd uit de mand te halen. Als ze iets opzij had gekeken, had ze me gezien.

Terwijl ik mijn moeder in de gaten hield, liep ik verder het erf op en glipte door de keukendeur het huis in.

12

Ik werd omgeven door de geuren en geluiden uit mijn jeugd: de lucht van de warme maaltijd die nog in de keuken hing, de tabak van mijn vaders pijp, het tikken van de klok en het zachte zoemen van de oude koelkast.

Even bleef mijn blik rusten op de eettafel, waaraan ik zo veel uren had gezeten, kaarsrecht op een stoel, tegenover mijn vader die eindeloze preken afstak.

Ik liep vlug de zitkamer in, half en half in de verwachting mijn broers te zullen zien, hangend voor de televisie. Het enige wat aan die tijd herinnerde, waren de sleetse plekken in de ingezakte kussens.

Op mijn tenen, alsof ik niet alleen in huis was, ging ik de trap op naar boven. Er lag nieuw tapijt op de overloop, en de muren hadden nieuw behang gekregen, maar aan mijn slaapkamer was niets veranderd.

Ik keek in het rond. Daar stond mijn bed, met het vertrouwde gebloemde dekbed er nog op. Op mijn bureau lagen al mijn spullen, precies zoals ik ze had achtergelaten toen ik overhaast vertrok.

Ik liep ernaartoe en zocht mijn telefoon. Vreemd, hij lag er niet. Ik trok de laden open en doorzocht ze, maar tevergeefs.

Haastig keek ik in de laatjes van mijn nachtkastje. Ik keek zelfs onder het bed, maar mijn telefoon was nergens te bekennen.

Ik belde mezelf met de BlackBerry, maar hoorde mijn oude toestel niet overgaan. Hij had aan de oplader gelegen toen ik vluchtte, dus hij kon niet leeg zijn.

Zachtjes scheldend trok ik de kledingkast open en begon erin te rommelen.

Onder in de kast lag de rugzak die ik altijd had gebruikt voor school; daar propte ik zoveel mogelijk in. Er lag ook nog een grote tas die ik goed kon gebruiken.

Vervolgens inspecteerde ik de laden van mijn bureau, maar daar zat niet veel bijzonders in. Snuisterijen, foto's, hebbedingetjes waar ik wel buiten kon. Ik had niet zo veel behoefte aan herinneringen aan mijn vorige leven. Wat ik nodig had, was mijn telefoon. Waar kon dat ding zijn? Misschien hadden mijn ouders hem.

Ik luisterde of ik beneden iets hoorde, en toen alles stil bleef, liep ik naar de slaapkamer van mijn ouders. Daar wierp ik een blik op de boomgaard. De waslijn hing vol, de mand moest bijna leeg zijn.

Snel doorzocht ik de kamer, trok kasten en laden open, en opeens zag ik mijn telefoon. Op mijn moeders kaptafel, met de oplader ernaast. Snel pakte ik ze.

Aan de voorkant van het huis kwam een auto het erf op rijden.

Mijn hart begon als een bezetene te slaan. Ik vloog terug naar mijn eigen kamer en keek naar buiten.

Daar stond de auto van mijn vader. Hij stapte net uit.

Als bevroren zag ik hem de achterklep opentrekken en een zak pakken. Toen gooide hij de klep weer dicht en keek omhoog.

Haastig deed ik een stap naar achteren. Had hij me gezien?

Ik ging op mijn tenen staan om van een afstand een blik op hem te werpen, en ik zag dat hij nog steeds omhoogkeek.

Het zweet brak me uit. Ik greep mijn rugzak en mijn tas, stopte mijn telefoon en oplader erin, en liep snel naar de overloop. Halverwege de trap hoorde ik de sleutel in het slot van de voordeur, en op dat moment wist ik genoeg. Mijn vader kwam nooit via de voordeur binnen. Hij moest me hebben gezien.

Ik ging terug naar mijn kamer en wachtte een paar seconden. Zodra ik zijn voetstap op de onderste traptree hoorde, werd ik van onder tot boven koud. Gejaagd opende ik het raam en klom eruit, net als twee maanden daarvoor. De tas liet ik staan, ik nam alleen de rugzak, die ik al om had, mee.

Door het lawaai dat ik maakte kon ik geen voetstappen horen, maar ik wist dat mijn vader elk moment in mijn kamer kon verschijnen. Ik sprong op het dak van het lagergelegen schuurtje en keek naar boven. Niemand.

Toen ik op de rand van het dak ging zitten en me omdraaide om naar beneden te klauteren, zag ik nog steeds niemand. Ik liet me naar beneden zakken, hing nog even met twee handen aan de dakrand, en liet toen los. Met een plof belandde ik op de grond.

Boven me verscheen mijn vader in de raamopening. Hij zei niets, keek alleen maar naar me. Heel even ontmoetten onze ogen elkaar, toen draaide ik me om en ging ervandoor.

Ik rende de weg voor ons huis op, naar de bushalte. Gespannen ging ik in de verlaten abri staan, mijn blik gericht op mijn ouderlijk huis.

Op een gegeven moment verscheen mijn vader aan de rand van het erf, zijn handen in zijn zakken, zijn gezicht nors als altijd. Hij maakte geen aanstalten om naar me toe te komen. Het was alsof de weg een grens tussen ons markeerde die hij niet kon oversteken. Een grens die ik zelf beter ook niet meer kon passeren.

Niels wachtte me op bij het station. Hij stond naast zijn auto en gooide de sleutel van de ene hand in de andere.

Ik bleef staan. Van een afstandje staarden we elkaar aan, toen kwam Niels langzaam naar me toe gelopen.

'Pa zei dat je thuis was geweest,' zei hij. 'Wat doe je hier?'

'Ik kwam mijn spullen halen.'

'Ben je alleen daarvoor teruggekomen?'

'Ja.'

'Heb je ma gesproken?'

Ik schudde mijn hoofd.

'Vind je dat normaal? Weglopen, twee maanden niets van je laten horen en dan het huis in sluipen om de rest van je spullen te halen?' Niels' stem klonk agressief.

Ik hees het hengsel van de rugzak wat verder over mijn schouder en liep langs hem heen.

'Wat ben je van plan? De rest van je leven wegblijven?' Niels greep me bij de arm. Zijn gezicht stond precies zoals mijn vader kon kijken, en ik rukte me los.

'Ik wil pa niet meer zien, Niels. Dat begrijp je toch wel?'

'Ja, maar dan hoef je ma en mij toch niet te ontlopen? Wij hebben toch niets gedaan?'

‘Jullie hebben me ook niet echt geholpen. De enige die me ooit geholpen heeft is Rob.’

‘Rob.’ Geërgerd keek hij weg.

‘Het is toch zo? En nu we het er toch over hebben, ik had een wat hartelijkere begroeting verwacht.’ Met flinke stappen liep ik naar het station.

Niels kwam achter me aan. ‘Waarom heb je nooit iets van je laten horen? We hadden geen idee waar je zat. Pas toen Axel belde om te zeggen dat het goed met je ging, kregen we een beetje rust.’

Met een ruk keek ik om. ‘Heeft Axel jullie gebeld?’

‘Ja. Hij wilde niet zeggen waar je zat, maar wel dat je oké was. En dat hij zou proberen je zover te krijgen dat je zelf contact opnam.’

Ik kon mijn oren niet geloven. Waarom zou Axel dat in vredesnaam gedaan hebben?

‘Hij vertelde dat je op straat hebt geleefd. Is dat waar?’

Ik knikte.

Daar was hij even stil van. ‘Wauw,’ zei hij toen. ‘Lang?’

‘Een maand of zo.’

‘Heftig.’ Niels keek me aan alsof hij me voor het eerst echt zag. De woede was uit zijn ogen verdwenen. ‘Sorry, ik begroette je inderdaad niet zo enthousiast, maar voor mij is het ook klote geweest.’

‘Ja, dat zal wel,’ zei ik, en na een korte stilte: ‘Waar zit Rob eigenlijk op dit moment?’

Toen het stil bleef, keek ik Niels van opzij aan en zag dat zijn kaken weer strak stonden.

Net toen ik dacht dat hij geïrriteerd zou doen, gaf hij antwoord.

‘Geen idee.’

‘Hoe bedoel je, geen idee?’

‘Wat ik zeg. Hij laat niet veel van zich horen. De laatste keer was anderhalve maand geleden.’

‘Wat gek. Dus je weet niet waar hij is?’

‘Nee, pa en ma ook niet. Maar dat is toch niet zo vreemd.’

Dus Rob was inderdaad weggegaan. En nee, dat was zeker niet vreemd. Maar ik vond het wel gek dat hij geen contact had gehouden met Niels en mijn moeder.

‘Wat is er die middag precies gebeurd? Waarom ging je ervandoor? Pa en ma hebben wel iets verteld, maar volgens mij niet alles,’ zei Niels.

‘Rob en pa gingen op de vuist. Het liep nogal uit de hand, en Rob riep dat ik weg moest gaan. Dat was ik toch al een tijdje van plan, dus mijn tas stond klaar. Ik ben uit het raam geklommen en naar het station gefietst. Ik weet niet hoe het thuis is afgelopen. Jij?’

‘Het liep inderdaad uit de hand. Toen ik thuiskwam zaten ze allebei onder het bloed.’

‘Echt? Waren ze gewond?’

‘Pa was gewond, aan zijn hoofd. Deze keer was hij niet de enige die doordraaide. Als ik niet tussenbeide was gekomen...’

Ik probeerde dat nieuws te verwerken, maar dat lukte niet zo snel. ‘En mama?’

‘Die kwam helemaal over de rooie aanrennen en riep dat ze moesten ophouden. We hebben ze samen uit elkaar gehaald en toen is Rob schreeuwend weggelopen.’

‘Mankeerde hij iets?’

‘Hij had een flinke bloedneus, maar hij kon nog tekeergaan, dus waarschijnlijk viel het wel mee.’

‘Is hij daarna nog teruggekomen?’

Niels haalde zijn schouders op. 'Ik heb hem niet meer gezien. Zeg eens, waarom was je thuis, Romée? Echt alleen voor je spullen?'

'Ja, ik wilde mijn telefoon hebben. Dan kan ik contact opnemen met Rob.'

'En? Heb je hem?' Zijn stem klonk koel en afstandelijk.

Ik knikte.

De trein kwam eraan, en ik gaf Niels een kus op zijn wang. Hij onderging het, maar kuste me niet terug.

In de trein bekeek ik onmiddellijk mijn berichten. Rob had me één appje gestuurd, bestaande uit emoticons. Geen tekst, geen beloftes, alleen drie kusjes.

Hoe langer ik ernaar keek, hoe meer ze op een afscheid leken. Ik borg mijn telefoon op en keek uit het raam. Drie kusjes, wat moest ik daarmee? Dat Rob geen contact met mijn vader wilde kon ik begrijpen, dat hij mijn moeder en Niels negeerde vond ik vreemd, maar dat hij mij buitensloot had ik niet verwacht.

Terug in Amsterdam vroeg ik Axel waarom hij mijn familie had verteld waar ik zat.

'Dat heb ik niet gedaan,' zei hij. 'Alleen dat je veilig bent en bij mij woont. Je ouders hadden er recht op om dat te weten. Ik kon ze niet in onzekerheid laten.'

'Het zal wel meevallen met die ongerustheid. Trouwens, toen ze wisten dat ik bij jou woonde, was het niet zo moeilijk om erachter te komen waar. Ze hoefden alleen maar jouw ouders te bellen. Dat hebben ze niet gedaan, dus zo erg missen ze me ook weer niet.'

Daar had Axel geen weerwoord op.

'Heb je je telefoon terug?' vroeg hij.

‘Ja. Rob heeft me één bericht gestuurd.’ Ik liet het hem zien.

‘Goed, toch?’ zei hij. ‘Nu weet je in ieder geval dat hij oké is. Waarschijnlijk heeft hij gewoon even wat ruimte nodig.’

Daar leek het wel op. Er zat niet veel anders op dan mijn leven op te pakken en rustig af te wachten tot mijn broer van zich liet horen.

13

Er is een stilte gevallen. Nicole zit aantekeningen te maken; wat ik niet goed begrijp, want ze neemt ons gesprek op.

Na een tijdje kijkt ze me aan en vraagt: ‘Kun je wat meer vertellen over de relatie met je broer?’

‘Met Niels?’

‘Nee, met Rob.’

‘Liever niet.’

Er verschijnt een begripvolle blik in haar ogen. ‘Is hij nog steeds niet terug van zijn wereldreis?’

Ik schud mijn hoofd.

‘Denk je dat hij ooit nog terugkomt?’

‘Ik praat liever niet over mijn broer.’

‘Waarom niet?’

‘Dat is te persoonlijk,’ zeg ik. ‘En te pijnlijk.’

‘Oké.’ Nicole zet een streep op het papier, alsof ze iets wil afsluiten. ‘Laten we het dan over je nieuwe leven hebben.’

Dankzij Axel kreeg ik een uitgebreide vriendenkring. We zaten met z'n allen te blowen in zijn appartement of we gingen uit in nachtclubs, waar we dansten in felgekleurd licht.

Dat ik een tijdje op straat had geleefd, intrigeerde mijn nieuwe vrienden.

'Waar leefde je dan van? Zakkenrollen?' vroeg Fabian, een van Axels beste vrienden.

'Nee, natuurlijk niet. Er zijn ook eerlijke manieren om aan geld te komen,' zei ik. 'Ik trad op.'

'Op straat? Stond je te zingen op straat?' Eline, zijn vriendin, keek me met opgetrokken wenkbrauwen aan.

Ik knikte, en zij zei: 'Wauw. Dat je dat durfde.'

'Ja, gek hè? Ik vond het eng om met Axel in kroegen te gaan optreden, maar op straat was het anders.'

'Anoniemer?'

'Ik denk het. Ik was iemand anders in die tijd. En ik had honger.' Er viel een respectvolle stilte.

'Cool,' zei Fabian ten slotte. 'Jammer dat je daar geen beelden van hebt. Als je zoiets op YouTube zet, krijg je vast veel views.'

'Tja, een mobieltje was op dat moment iets boven mijn budget,' zei ik, en zij lachten.

Ik vroeg me af of ik kon vertellen dat ik de BlackBerry die ik aldoor gebruikt had, gejat had, maar ik besloot dat voor me te houden. Opeens herinnerde ik me dat Laura Mahmoud en mij had gefilmd toen we 'Homeless' zongen. Zou ze die opname nog hebben?

Ik pakte mijn telefoon en zocht het nummer van het hotel waar ze werkte op.

Toen ik het had gevonden, bedacht ik me. Ik kon net zo goed bij haar langsgaan.

Laura zag er niet uit alsof ze het druk had. Een beetje verveeld stond ze achter de receptie in een tijdschrift te bladeren. Haar gezicht klaarde op toen ze mij zag.

'Romée! Hoe is het met je?' Ze kwam achter de balie vandaan en omhelsde me. Daarna nam ze me uitgebreid op. 'Wat zie je er goed uit. Ik heb je een tijd niet gezien, zeg.'

'Ik woon nu bij Axel, die vriend naar wie ik op zoek was.'

'Mooi,' zei ze. 'Heb je zin in koffie?'

We dronken koffie in het kantoortje achter de receptie, waar ik in een ander leven bij de verwarming had gezeten.

Nadat ik had verteld hoe ik Axel had gevonden, viel er een stilte. Toen ze bleef zwijgen, vroeg ik hoe het met haar ging, in het besef dat ik eigenlijk niets van haar wist.

'Gaat wel,' zei ze. 'Het is niet zo druk in het hotel. Al een tijdje niet, vandaar dat ik jou wel stiekem een kamer kon geven. Maar als het zo doorgaat, ben ik bang dat ik mijn baan verlies.'

'Dat is kut.'

'Ja...' Met een somber gezicht roerde ze in haar koffie.

'Als het zover komt, heb ik tips genoeg voor gratis slaapplekken,' zei ik, in een poging grappig te zijn.

Het werkte, ze moest lachen. 'Waar woon je nu?'

'Aan de Da Costakade.'

'Hier om de hoek, wat leuk. Zullen we vaker afspreken? Wat is je telefoonnummer?'

Dat herinnerde me aan de reden van mijn bezoek.

Laura had het filmpje van 'Homeless' nog. Ze appte het naar me en ik bekeek het zodra ik thuis was.

Het geluid was goed, en de beelden ook. Ik had me niet veel van mijn openluchtoptreden voorgesteld, maar het klonk geweldig. Laura had wisselend op mij, Mahmoud en het publiek ingezoomd.

Ik vergrootte het beeld en keek naar Mahmouds magere, vriendelijke gezicht. Hoe zou het met hem gaan?

Opeens voelde ik me schuldig dat ik niet meer moeite had gedaan om hem te vinden.

Ik keek naar mijn eigen witte, schrale gezicht op het filmpje, naar het slordige haar onder de wollen muts en mijn zwaar ogende postuur door al die lagen kleding, en ik begreep niet hoe ik toen had kunnen denken dat ik er goed uitzag.

Maar mijn stem was dik in orde. Het nummer klonk droevig, met een ondertoon van berusting. De omlijsting van de troosteloze Kinkerstraat en onze zwerversuitstraling maakten het filmpje, al zeg ik het zelf, ontroerend.

Dezelfde middag zette ik het op YouTube.

De weken gingen voorbij. Ik leefde in een roes waarin ik voortdurend nieuwe mensen leerde kennen met wie ik muziek maakte en uitging. Ik deed een poging om Mahmoud te vinden, maar toen dat niet lukte, vergat ik hem weer.

Tot mijn verrassing werd het filmpje van ons optreden goed bekeken. Ik was al half vergeten dat ik het online had gezet, tot Fabian erover begon.

'Je hebt onwijs veel views,' zei hij enthousiast. 'Iedereen deelt het. Mensen vinden dit mooi, het is anders, authentiek. Je wordt beroemd!'

Ik pakte mijn telefoon en keek hoeveel views ik inmiddels had. Meer dan honderdvijftigduizend.

'Te gek,' zei Axel, die over mijn schouder meekeek. 'Honderdvijftigduizend man die jou hebben horen zingen. Moet je je voorstellen hoeveel mensen dat zijn als je ze bij elkaar zet. In Ahoy gaan zestienduizend mensen, in het GelreDome dertigduizend. Zie je het voor je, Romée?'

Ik probeerde het. Om eerlijk te zijn zag het er vrij beangstigend uit.

14

Eigenlijk is het succes me overkomen. Ik heb er amper moeite voor hoeven doen. Ik heb nooit meegedaan aan talentenjachten op televisie, zoals *The Voice*, of *Idols*. Ik heb niet op het conservatorium gezeten.

Achteraf zou je je kunnen afvragen of het wel de bedoeling was dat ik beroemd werd.

Op een dag liepen Axel en ik door de hal van station Amsterdam Centraal, waar vrolijke klanken wervelden. Die waren afkomstig van een piano, die daar stond voor wie de behoefte voelde om een stukje te spelen.

Hij kwam net vrij, en Axel liep ernaartoe. Zonder zichtbare zenuwen zette hij een nummer in dat we samen geschreven hadden en keek me lachend aan.

Ik schudde verschrikt mijn hoofd.

'Dames en heren, Romée Walraven!' riep Axel met een handgebaar naar mij.

Een paar mensen applaudisseerden. Ik had natuurlijk gewoon weg kunnen lopen, maar dat was mijn eer te na. Na een dodelijke blik in de richting van Axel nam ik mijn plaats naast de piano in.

Zonder microfoon en tegengewerkt door een waardeloze akoestiek begon ik te zingen, ervan overtuigd dat het vals klonk, of dat mensen er niets van konden verstaan.

Dat laatste klopte, maar ze kwamen gewoon wat dichterbij staan. Ik bestudeerde hun gezichten, maar kon niets van spot of minachting ontdekken. Er werd aandachtig geluisterd, niemand liep weg. Integendeel, er kwamen steeds meer mensen bij en toen ik de laatste woorden had gezongen en Axels laatste noten wegstierven, ging er een applaus op.

Axel kwam lachend achter de piano vandaan, boog en pakte mijn hand. 'Dat gaan we vaker doen,' zei hij toen we wegliepen.

Op een avond zaten we met pizza en bier over een track te brainstormen. Terwijl Axel notities maakte, keek ik op mijn telefoon en zei: 'Ik heb bericht van een platenmaatschappij.'

Axel keek met een ruk op. 'Echt?'

'Ja, op Facebook.'

Ik gaf hem mijn telefoon. Hij las het bericht snel door en we staarden elkaar aan.

'Het is aan jou gericht,' zei Axel ten slotte. Hij gaf mijn telefoon terug en ik las het bericht nog een keer.

Beste Romée,

Mijn naam is Leon van der Ven, managing director van The Music Company. Neem me niet kwalijk dat ik op deze manier contact met je opneem, maar ik heb natuurlijk geen gegevens van je.

Ik heb je video op YouTube gezien, en ik vind dat je een mooie sound hebt. Graag zou ik een keer een kop koffie met je willen drinken om daarover te praten.
Wil je contact opnemen met mijn secretaresse om een afspraak te maken?

Vriendelijke groet,

Leon van der Ven
Managing director

'Hij heeft mijn filmpje gezien en wil met me praten!'

The Music Company, daar had ik nog nooit van gehoord, maar *what the hell*, het was een platenmaatschappij. En ze namen contact op met mij. Met míj!

Lachend keek ik naar Axel, en meteen verdampte mijn vrolijkheid.

'We gaan natuurlijk samen,' zei ik vlug. 'We zijn een duo.'

'Ze hebben jóu geschreven.'

'Nou en? We gaan er evengoed samen naartoe. Misschien kunnen we een van onze tracks laten horen, en anders laat je een demo achter.'

'Ik weet het niet,' zei Axel.

'Waarom niet? Zo'n kans krijg je nooit meer, Axel! Je zegt zelf altijd dat je brutaal moet zijn, dat je moet netwerken, jezelf ertussen moet wringen. Ga mee! Zorg dat je gehoord wordt!'

Er verscheen een glimlach op Axels gezicht. 'Zeker weten? Ga je niet liever alleen?'

Ik bleef benadrukken dat hij mee moest gaan, en uiteindelijk gaf hij toe.

'Maar ik ga eerst uitzoeken wat voor bedrijf dat is,' zei hij. 'Straks is het een stel oplichters, of zitten we vast aan een wurgcontract.'

Hij downloadde *De Muzikantengids*, waar een overzicht in stond van alle platenmaatschappijen en boekingskantoren, en waarin uitgebreid werd uitgelegd hoe een contract eruit hoorde te zien.

The Music Company stond erbij, en het leek geen malafide bedrijf te zijn. Ik mailde de secretaresse van Leon van der Ven.

Op een zonnige dag fietsten we naar The Music Company, dat kantoor hield in een bedrijfspand in een buitenwijk van Amsterdam.

We reden door straten en stadsparken vol bomen die in één keer groen leken te zijn geworden, terwijl we fantaseerden over de toekomst en tegelijkertijd nuchter probeerden te blijven.

De ontvangst was hartelijk. Er was koffie en thee en er lagen gevulde koeken op tafel. Leon van der Ven was een lange man met rechte rug, die er gedistingeerd uitzag met zijn grijzende slapen. Hij was keurig gekleed in een donkergrijs jasje met zwarte coltrui. Zo stijfjes als zijn uiterlijk was, zo ongedwongen was zijn houding. Joviaal schudde hij ons de hand.

'Hallo Romée, leuk je te ontmoeten. Ik zie dat je iemand meegenomen hebt?'

'Ja, dit is Axel, mijn vriend. We zijn een duo.'

'Een duo? Heel goed! Ga lekker zitten, jongens.' Leon gebaarde naar de tafel en begon meteen enthousiast te vertellen hoe geweldig hij mijn optreden vond.

'Ik ben op zoek naar artiesten die iets te melden hebben,'

zei hij, terwijl hij koffie inschonk. 'Niet dat gelikte repertoire dat nu in de hitlijsten staat. Ik wil originaliteit.' Hij kwam tegenover ons aan tafel zitten en leunde wat naar achteren. 'Goede teksten gaan over een zoektocht. De zoektocht naar jezelf, naar je plek in de wereld, naar innerlijke balans.'

'Daar ben ik het helemaal mee eens. Je gevoel moet erin liggen. Muziek moet een reflectie zijn van wie je bent,' zei Axel.

'Precies! Schrijven jullie zelf?'

'Ja,' zei ik. 'Meestal samen.'

Axel nam een slok koffie en knikte. 'We hebben een demo meegenomen.' Hij haalde een geluidsstick uit zijn zak en schoof hem over tafel naar Leon toe.

'Heel goed. Ik zal er binnenkort eens naar luisteren. Maar vertel, Romée...'

'Ik had eigenlijk gehoopt dat u er meteen naar zou willen luisteren,' zei Axel. 'We zijn er zelf heel tevreden over, maar het is natuurlijk interessant om te horen wat u ervan vindt.'

Ik schrok een beetje van zijn brutaliteit.

Leon keek Axel even met opgetrokken wenkbrauwen aan, toen glimlachte hij, trok een laptop naar zich toe en stak de stick erin. Een paar seconden was het stil, toen klonken onze stemmen.

Het was een goede track, ik kon me niet voorstellen dat Leon er anders over zou denken, maar toch voelde ik me opeens onzeker worden. Ik durfde niet naar Axel te kijken. Dat was ook niet nodig, ik wist hoe hij erbij zat als hij gespannen was, hoe zijn kaken dan verstrakten en hoe hij zijn vingers ineenstrengelde. Vanuit mijn ooghoeken zag ik zijn krampachtige greep onder tafel.

Leon luisterde aandachtig, neuriede zelfs een beetje mee

en trok halverwege de stick uit de laptop.

'Dat was goed, jongens. Heel goed. Jullie hebben een eigen geluid, er zit soul in jullie stemmen.' Hij wees naar Axel. 'Jij hebt een krachtige, vrij hoge stem voor een man. Heb je wel eens musical gedaan?'

'Vroeger, op school. Tegenwoordig niet meer. Ik ben niet zo gek op musical.'

'Nee? Waarom niet?'

'Het is me te netjes, te geschoold.'

'Je stem is er wel heel geschikt voor.'

'O ja? Nou, ik vind musical niet zo'n prettig medium om een verhaal te vertellen. De brede gebaren, dat gegalm, het is niets voor mij. Niet als artiest en ook niet als toeschouwer. Elke keer als ik lekker in het verhaal zit, barst iemand in gezang uit, en dan word ik er weer aan herinnerd dat het maar een voorstelling is.'

Leon knikte. Daardoor aangemoedigd praatte Axel door over zijn muziekvoorkeuren, en Leon luisterde aandachtig. Ik begon me af te vragen wie er nu eigenlijk uitgenodigd was voor een gesprek.

'Heb je veel opgetreden?' vroeg Leon aan hem.

'Best wel. We hebben aardig wat optredens, hè, Romée?' Axel keek opzij.

Ik knikte. 'Laatst nog, in de hal van het station. Op de piano.'

Axel fronste licht zijn wenkbrauwen. Dat was natuurlijk niet wat hij bedoelde, dat begreep ik ook wel, maar Leon moest lachen.

'Een goed team dus. Hoe zit het met dat filmpje op YouTube, Romée? Je zingt over het leven op straat, maar je bent toch niet echt dakloos geweest?'

'Jawel.'
'Serieus? Hoelang?'
'Niet zo heel lang. Een paar weken of zo.'
'Een paar weken!'
'Ja, maar ik heb niet zo vaak buiten geslapen, hoor. Ik vond altijd wel mensen die me een slaapplek wilden geven.'
Leon keek me aan alsof hij niet kon geloven wat hij hoorde. 'Waar leefde je dan van? Van optredens?'
'Ja, van optredens op straat. Daar verdiende ik net genoeg mee. Ik wist dat ik niet op straat hóefde te leven, ik had misschien wel ergens een baantje kunnen krijgen als ik had volgehouden, maar eigenlijk vond ik het niet eens zo erg. Ik heb er vrienden gemaakt en in die weken heb ik mijn beste liedjes geschreven.'
Leon zei niets. Hij tikte met een pen op een vel papier en staarde ernaar alsof hij iets had willen opschrijven maar vergeten was wat.
Toen keek hij naar Axel. 'En jij? Dat ben jij niet, op dat filmpje.'
'Nee, Romée zocht mij en toen ze me gevonden had, is ze bij mij komen wonen.'
Leon knikte nadenkend, legde zijn pen neer en stond op. 'Laten we eens gaan kijken wat jullie nog meer kunnen.'
We liepen met hem mee naar de studio. Terwijl ik door de gang liep, trilde ik van de zenuwen, maar vreemd genoeg was dat over zodra ik de studio binnenstapte. Misschien omdat het zo'n compacte, afgeschermde ruimte was. Het voelde als een plek waar ik mijn hele leven naar had gezocht. Veilig. Beschut.
Ik voelde me heel rustig en ook Axel maakte een zelfverzekerde indruk. Iemand gaf hem een gitaar. Axels hand zocht naar het openingsakkoord, we keken elkaar aan en hij begon

te spelen. Ik zette in, met een overtuiging in mijn stem die nog nooit zo sterk was geweest.

We zongen een paar nummers en het kostte me geen enkele moeite. *Ad libs*, rifjes, de ingewikkelde brug, alles kwam er zuiver uit.

Toen we klaar waren begonnen Leon en de geluidstechnicus te applaudisseren. Lachend namen Axel en ik de complimenten in ontvangst.

'Nou, heb ik te veel gezegd?' riep Leon tegen de technicus. 'Dit was geweldig, jongens! Mooi, zoals jullie stemmen bij elkaar kleuren. Dit liedje lijkt eenvoudig, maar het is best gecompliceerd. Het gaat van kopstem naar borststem, dat is lastig. Romée, op het einde pakte je het heel mooi zacht. Complimenten.'

We stonden stralend op en verwachtten dat we een contract voorgelegd zouden krijgen, dat er met champagne gespoten zou worden. Maar Leon begeleidde ons naar de uitgang en drukte ons de hand.

'Wij gaan overleggen en dan horen jullie nog van me,' zei hij. 'Waarschijnlijk vandaag nog.'

15

Leon belde inderdaad, aan het einde van de dag. Naar mij.

'Romée, ik moet je iets ter overdenking geven,' zei hij. 'We vinden jou goed, echt steengoed. We willen graag met je verder.'

'Oké,' zei ik voorzichtig, want ik voelde een 'maar' aankomen.

'Je begrijpt het waarschijnlijk al, we willen alleen jou contracteren. Je vriend is goed, maar niet goed genoeg. We hebben betere begeleidende muzikanten voor jou in gedachten.'

Er viel een lange stilte.

'Dus ik moet Axel vertellen dat ik wel een contract krijg en hij niet,' zei ik uiteindelijk.

'Ja. Het spijt me. Hoe sta je daartegenover?'

'Ik vind dat wel heel moeilijk. Kunt u Axel echt geen contract geven? Hij speelt toch goed?'

'Het spijt me,' zei Leon weer. 'Weet je wat, denk er een paar dagen over na. Ik begrijp dat dit rauw op je dak valt.'

Dat was zacht uitgedrukt. Totaal uit het veld geslagen verbrak ik de verbinding. Ik ging voor het raam staan en staarde voor me uit naar de gracht.

Axel was even de deur uit, wat me wat tijd gaf om de boodschap te verwerken. Om eerlijk te zijn hoefde ik niet lang na te denken. Hoe zou ik deze kans kunnen laten gaan? Het was kut dat Axel geen contract kreeg, maar moest ik daarom Leons aanbod afslaan? Dat was te veel gevraagd. Ik hoopte dat Axel dat zou begrijpen.

Een kwartiertje later, toen Axel thuiskwam, vertelde ik hem het nieuws. Vol ongeloof hoorde hij me aan.

'Maar we zijn toch een duo?' zei hij.

'Ja, natuurlijk, maar ik kan deze kans niet laten gaan. Dat snap je toch wel?'

Verslagen zakte Axel neer op de bank. Ik ging naast hem zitten, pakte zijn hand, bezwoer hem dat ik alles zou doen om hem vooruit te helpen. Als ik eenmaal de juiste mensen kende, kon dat niet moeilijk zijn.

Met een ruk trok hij zijn hand los en kwam overeind. Hij schold me uit, noemde me een godvergeten egoïst.

'Ik kan er toch ook niets aan doen! Denk je dat ik het leuk vind?' riep ik.

'Om eerlijk te zijn weet ik dat niet, Romée,' zei hij met een stem die ik nauwelijks herkende. 'Ik heb geen idee wat jij denkt en of je dit leuk vindt. Waarschijnlijk vind je het heel leuk voor jezelf en interesseert het je geen fuck hoe het voor mij is.'

Dwars door mijn begrip voor zijn teleurstelling heen sijpelde boosheid, maar die duwde ik weg. 'Dat is niet waar. Als je me een beetje kende, zou je weten dat ik dit heel erg vind.'

Met een vertrokken gezicht keek hij me aan. 'Dat is het probleem. Na al die jaren dácht ik te weten wie jij bent. Blijkbaar heb ik me enorm vergist. Je had erop kunnen staan om een duo te blijven, dan hadden ze ons misschien wel allebei genomen. Heb je dat eigenlijk wel voorgesteld?'

Ik zei niets.

'Zou je weg willen gaan?'

Onthutst keek ik Axel aan. 'Dat meen je niet.'

'Nou en of ik dat meen. Mariska had gelijk. Je hebt nu wel lang genoeg misbruik van me gemaakt. Wegwezen!'

Zonder iets te zeggen draaide ik me om, pakte mijn spullen en vertrok.

Ik begreep Axels woede en verdriet. Het speet me oprecht voor hem, maar het was niet anders. Het was tijd om verder te gaan.

Voor de tweede keer stond ik op straat, maar deze keer was één appje naar Leon genoeg om me aan een dak boven mijn hoofd te helpen. Een vriend van hem verhuurde kamers aan studenten en had nog wel een plekje voor mij over aan de Egelantiersgracht.

Groot was het niet, twee kleine kamers, maar het was wel een benedenwoning. Ik was de koning te rijk met een plek voor mij alleen.

Van het voorschot dat ik ontving kocht ik de belangrijkste huisraad, en een gitaar. Door de breuk met Axel was ik mijn leraar kwijt, maar op YouTube stonden gitaarlessen die ik kon volgen.

Leon stelde me voor aan Casper van Rheen, die mijn manager werd. Het was een aantrekkelijke man, halverwege de dertig en getrouwd. Hij had een dochtertje van drie, Emma, zoals hij me tijdens onze kennismaking vertelde. Meteen haalde hij zijn telefoon tevoorschijn om foto's te laten zien, die ik beleefd bewonderde. Daarna vroeg ik wat zijn plannen voor mij waren.

Volgens Casper moest ik eerst veel optreden, in kroegen en op feestjes. Ik moest ervaring opdoen en een publiek opbouwen. Hij regelde meteen een optreden in een populaire kroeg, waar ik covers zou gaan zingen.

Ook al had ik daar al eens met Axel opgetreden, ik was bloednerveus; deze keer moest ik het alleen doen.

Op zich ging mijn optreden goed, als je buiten beschouwing liet dat niemand aandacht aan me besteedde. Het publiek stond gezellig te praten en te drinken, met de rug naar mij toe, en ging daar tijdens mijn optreden gewoon mee door.

Ik deed alsof het me niet uitmaakte, zong vol overgave, maakte tussendoor wat grappen en focuste me op het handjevol mensen dat vooraan stond en wél toekeek en applaudisseerde.

Na afloop zat ik huilend in het hokje dat ik als kleedkamer toegewezen had gekregen.

'Hé, wat is er nou? Het ging toch goed?' Casper kwam binnen en sloeg een arm om me heen.

'Goed? Ik werd compleet genegeerd!'

'Hoe kom je daar nou bij? Ik zag heel veel enthousiaste reacties. Het publiek dat hier komt is heel kritisch. Normaal gesproken jouwen ze een artiest die niet bevalt uit. Dat ze jou lieten optreden is al heel wat.'

'Goh, bedankt zeg. Moet ik me nu beter voelen?' Ik keek in de spiegel naar mijn bleke gezicht.

'Dat is wel de bedoeling, ja. Je zult hieraan moeten wennen, Romée. Het publiek is grillig, je moet ze veroveren. In deze business krijg je niets cadeau. Ik heb artiesten met heel wat grotere teleurstellingen zien dealen. Voor zo'n groot optreden, in een tent als deze, ging het helemaal niet gek.'

Caspers nuchtere commentaar beurde me een beetje op. Ik kende hem nog niet zo goed, maar voor zover ik het kon beoordelen was hij niet het type dat zomaar wat zei. En hoe vaak had ik zelf niet een optreden bijgewoond waarbij ik de muziek als sfeervolle achtergrond beschouwde. Vreemd genoeg had ik me toen nooit afgevraagd hoe dat voor die artiesten moest zijn.

We gingen een paar dagen de studio in en namen 'Homeless' op. Leon kwam luisteren en was onder de indruk.

'Dat was erg goed, Romée. Ik hoorde heel mooie harmonieën. En je hebt zo'n eigen sound, je klanken zijn zo helder. Maar waar het mij om gaat is dat ik je geloof.'

Hij liet in de media doorsijpelen dat hij me van straat had geplukt, een dakloos meisje met een tragische jeugd maar met een geweldig talent. Het was het klassieke sprookje, en de media sprongen erbovenop.

Opeens stond ik in tijdschriften en kranten. Radiostations begonnen aandacht aan mijn single te besteden.

'Jij komt er wel,' zei Casper. 'Je zingt waanzinnig, je schrijft je eigen liedjes, je ziet er goed uit, ik heb er alle vertrouwen in. Maar de concurrentie is groot. We hebben snel een tweede nummer nodig. Heb je al iets klaarliggen?'

'Ik heb wel het een en ander, maar daar ben ik nog niet tevreden over,' zei ik.

Het enige wat ik had, waren de nummers die ik had gemaakt toen ik met Axel samenwoonde. Misschien kon ik daar wat mee. Ik besloot er later naar te kijken, maar zei er nog even niets over.

We waren onderweg naar een optreden in Gelderland, waar ik 'Homeless' en een paar covers zou zingen. Op het podium speelde ik geen gitaar, daar was mijn spel nog niet goed genoeg voor. Ik speelde alleen thuis, voor de lol.

Casper haalde een vrachtwagen in en keek toen opzij naar mij. 'Misschien heb je het er liever niet over, maar hoe ben je eigenlijk op straat beland?'

Ik had inderdaad niet veel zin om daarover te praten, maar ik wilde ook niet bot zijn. Enigszins terughoudend vertelde ik het een en ander over mijn jeugd, mijn familie en mijn drive om muziek te maken.

Casper luisterde aandachtig en vroeg weinig, maar de keren dat hij iets zei bleek hij over een grote dosis begrip te beschikken.

Stukje bij beetje gaf ik wat meer prijs over mijn jeugd.

Ik vertelde over mijn kinderjaren, over mijn puberteit en over het jaar waarin ik was weggelopen van huis en van adres naar adres trok. Of over de nachten waarin ik op straat had geslapen.

Op zijn beurt vertelde Casper me over zijn huwelijk, dat niet zo goed was.

'Eigenlijk denk ik niet dat Jennifer en ik nog bij elkaar zouden zijn als we Emma niet hadden,' zei hij. 'Ik hou nog wel van haar, daar gaat het niet om, maar Emma is ziek, en dat veroorzaakt problemen tussen ons.'

'Wat heeft ze dan?'

Casper zuchtte. 'Dat is niet helemaal duidelijk. Ze is te klein en te mager voor haar leeftijd, eet niet goed, groeit niet voldoende en klaagt over pijn in haar buik. Ze wordt onderzocht, maar tot nu toe hebben de dokters nog niet ontdekt wat de oorzaak is.'

'Wat vreemd,' zei ik. 'We reizen door de ruimte, we zijn technologisch verder dan we ooit hadden kunnen denken, maar als een kind buikpijn heeft, kunnen de dokters er niet achter komen hoe dat komt.'

'Zoiets zei Jennifer ook. Nou ja, op dit moment gaat het redelijk goed met Emma. Laten we hopen dat dat zo blijft.'

Dat hoopte ik ook. Niet alleen voor Casper, Jennifer en Emma, maar ook voor mezelf.

16

'Vertel eens wat meer over je jeugd. Waarom ben je zo jong het huis uitgegaan?' vraagt Nicole.

Tot nu toe voelde ik me redelijk op mijn gemak tijdens ons gesprek, maar nu schuif ik de grendels ervoor. Ik zwijg.

'Als puber was je ongelukkig,' zegt Nicole. 'Dat is duidelijk, anders loop je niet van huis weg. Maar hoe was het daarvoor, als klein meisje? Hoe was jouw kindertijd?'

'Ik kon niet opschieten met mijn vader.' Dat is het antwoord dat ik altijd heb gegeven, en het enige wat ik er ook nu over wil zeggen.

'Waarom niet?'

'Ik praat liever niet over hem.'

Nicole knikt langzaam, maar geeft het nog niet op. 'Uit je teksten spreekt een grote eenzaamheid.'

'Ja,' zeg ik, en na een korte stilte: 'Mijn liedjes zeggen alles. Daar heb ik niet zoveel aan toe te voegen.'

'Dat begrijp ik.' Ze buigt licht naar voren en glimlacht warm, waarschijnlijk om empathisch over te komen. 'Maar je teksten zijn vrij cryptisch. Als je ernaar luistert, weet je nooit helemaal zeker wat je bedoelt.'

Ik glimlach haar toe. 'Dat is ook de bedoeling.'

Ik miste Rob. Hoe vaak ik hem ook belde, mailde of appte, ik kreeg nooit een bericht terug. Ik kon niet geloven dat hij het contact vrijwillig verbroken had. Er moest hem iets zijn overkomen.

Het kon ook niet waar zijn dat er geen enkele aanwijzing was over de vraag waar Rob uithing. Zouden Niels of mijn ouders in zijn computer hebben gekeken?

Ik belde Niels om te vragen wat voor naspeuringen hij had gedaan. Hij zuchtte diep.

'Ben je nou nog steeds met Rob bezig? Ik hou zijn Facebook-pagina en Twitter in de gaten. Hij post niets, maar hij heeft nooit veel met social media gedaan.'

'Iemand die niet gevonden wil worden, post niet op social media. Maar hij moet wel een reisplan hebben gehad. Hij is toch niet vertrokken zonder iets te boeken? Hij wilde naar Afrika, daar ga je niet op de bonnefooi naartoe.'

'Maak je niet druk, Romée. Hij heeft vorige week een mailtje naar mam gestuurd. Hij schreef dat we ons geen zorgen hoefden te maken, en dat hij wel zou zien wanneer hij terugkwam.'

Ik was zo verbluft dat ik geen woord kon uitbrengen. 'Waarom zei je dat niet meteen? Heeft hij verteld waar hij zit?'

'Ergens in Afrika. In Kaapverdië, geloof ik. Hij wilde een rondreis maken langs die eilanden.'

'Ik wil dat mailtje zien. Kun je het doorsturen?'

'Dat moet je aan ma vragen.'

'Jij kunt het toch ook wel even doen?'

'Oké,' zei hij, opnieuw met een zucht. 'Zodra ik tijd heb.'

De hele verdere dag was ik van slag. Waarom nam Rob geen contact met mij op? Wilde hij dat echt niet? Dat weigerde ik te geloven. Onze band was altijd zo goed geweest. Ik móest met hem praten.

Ik wachtte een paar dagen, maar Niels stuurde het mailtje niet door. Vervolgens belde ik mijn moeder. Ze leek overrompeld maar ook blij om mijn stem te horen. Zelf vond ik het ook fijn om haar te spreken. Ik vertelde haar dat het goed met me ging, maar dat wist ze al. Ze had de interviews gelezen.

We praatten een tijdje en toen bracht ik het gesprek op Rob, en op zijn mail. Vervolgens kreeg ik alleen maar vage antwoorden.

Mijn moeder wist niet meer precies wat er in dat berichtje stond. Iets over Kaapverdië, inderdaad. Daar zou Rob inmiddels wel zitten. Zijn mail was niet zo duidelijk.

'Lees eens voor,' zei ik.

Dat ging niet, ze had al haar mails per ongeluk verwijderd. Mijn moeder was niet erg handig op dat gebied. Met een vervelend gevoel verbrak ik de verbinding.

Een tijd lang zat ik voor me uit te staren. Niels deed vreemd. Mijn moeder deed vreemd. Hoe langer ik erover nadacht, hoe meer ik ervan overtuigd raakte dat ze iets voor me verborgen hielden. Ze wisten waar Rob was, maar om de een of andere reden wilden ze het mij niet vertellen.

Als ik antwoorden wilde, moest ik terug naar huis. Er zat niets anders op.

Op de eerste vrije dag die ik had, stapte ik op de trein naar Anna Paulowna. Daar aangekomen nam ik de bus en ging er wat eerder uit om het laatste stuk te kunnen lopen.

Het was juni en schitterend weer. Opeens viel me op hoe groen en rustig het hier was. En hoe mooi. Dat had ik nooit zo in de gaten gehad.

Ik naderde mijn ouderlijk huis en de serene rust die over me neergedaald was, verdween. Met tegenzin liep ik het erf op.

Mijn moeder kwam net de schuur uit.

In films zie je in dit soort scènes dat de hoofdrolspelers elkaar in de armen vallen, maar mijn moeder bleef gewoon staan. Ik liep naar haar toe. Ze legde een hand op mijn schouder en zei: 'Koffie?'

'Waar is pa?'

'Op het land.'

Ik knikte en volgde haar naar binnen.

De koffie stond dampend voor ons. We praatten met het ongemak van twee mensen die zorgvuldig ontwijken wat er gezegd moet worden. Vanaf de plek waar ik aan de keukentafel zat, kon ik mijn vader op de tractor heen en weer zien rijden over het land. Ik hield hem scherp in de gaten.

'Het gaat goed met je, hè?' zei mijn moeder. 'In het dorp heeft iedereen het erover. Als ik bij de bakker kom, bij de slager, in de supermarkt, begint iedereen over jou.'

'Vind je dat vervelend?'

'Nee, natuurlijk niet. Ik ben juist trots op je. Vertel eens, hoe is dat zo gekomen met die single?'

'Mazzel gehad. Een vriend van me stuurde een demo naar een platenmaatschappij. We verwachtten er niet veel van, maar we werden eruit gepikt. Uiteindelijk zijn ze met mij verdergegaan en mocht ik een single uitbrengen.'

Mijn moeder opende haar mond om iets te zeggen, maar sloot hem weer.

'Wat is er?' vroeg ik.

'Niets.'

'Zeg het nou maar gewoon, mam.'

'Nou ja, je vader en ik vroegen ons af of dat filmpje nou echt nodig was.'

'Welk filmpje?'

'Dat op internet staat. Waarin je staat te zingen met die zwerver.'

'Mahmoud. Hij heeft me heel goed geholpen.'

'Dat dacht ik al.' Ze speelde met het lepeltje van de suikerpot. 'We zeiden al tegen elkaar dat het een truc was.'

Niet-begrijpend keek ik haar aan.

'Om aandacht te krijgen,' zei mijn moeder. 'Ik kon me al niet voorstellen dat je echt op straat sliep.'

'Dat heb ik wel gedaan.'

'Maar waarom? Je kon toch naar huis komen?'

Ik staarde haar aan. 'Dat meen je niet. Na wat pa gedaan had?'

'Niet zo overdrijven, Romée.'

'Overdrijven? Het is dat Rob hem bij me vandaan haalde.'

Er viel een stilte waarin mijn moeder van me wegkeek. Buiten was mijn vader van de tractor gestapt en hij liep nu over het veld, van het huis weg. Ik richtte me weer tot mijn moeder.

'Hoe was het eigenlijk voor jou dat ik weggelopen was, mam?'

'Vreselijk,' zei ze. 'Maar ik wist dat je je wel zou redden. Je bent altijd al heel zelfstandig geweest.'

De makkelijke manier waarop ze alle bezorgdheid en verantwoordelijkheid van zich afschoof trof me onaangenaam.

'Dat moest ik wel zijn, omdat ik van jou totaal geen steun kreeg,' zei ik, iets scherper dan de bedoeling was. 'Rob was degene die me troostte als ik verdriet had, die luisterde naar mijn verhalen.'

'Dat weet ik. Ik wist dat je het moeilijk had, maar...' Ze keek naar haar hand, waarmee ze aan het tafelkleed friemelde.

'Maar wat?'

'Ik kon er niet altijd voor je zijn. Niet op de manier die jij wilde. Dat zou alles alleen maar erger hebben gemaakt.'

'Hoe pa deed, bedoel je?'

Ze knikte. 'Ik moest zijn kant wel kiezen. Als hij zo'n bui had, kon je beter met hem meepraten, maar jij ging juist tegen hem in.'

Het was natuurlijk weer mijn schuld. Met moeite hield ik me in. Ik was niet gekomen om ruzie te maken maar om informatie te krijgen. Ik stuurde het gesprek naar een veiligere richting. 'Nou ja, dat zal ook wel. Vertel eens, hoe gaat het hier?'

Mijn moeder ging gretig in op mijn poging van onderwerp te veranderen. Het ging wat minder goed met het bedrijf, maar niets om je zorgen over te maken. Niels had besloten om het tuindersbedrijf over te nemen. Daar waren ze erg blij mee. Een hele zorg minder. Daarna waren we door de prietpraat heen.

Ik speelde met mijn armband. 'Die mail van Rob, wat stond daar nou precies in?'

Ze ontweek mijn blik. 'Wat ik al zei, dat hij op Kaapverdië zit.'

'Mag ik je telefoon zien? Als je je berichten hebt verwijderd, staan ze nog in je prullenbak.'

‘Mijn telefoon doet het niet meer. Ik heb hem in de wc-pot laten vallen.’

Dat was de druppel. Ik geloofde er geen woord van. ‘Mam, wat houden jullie voor mij verborgen? Niels en jij weten iets, jullie doen zo vreemd. Waarom mag ik niet weten waar Rob is?’

Mijn moeder stond op, pakte de koffiepot van het aanrecht en schonk onze bekers nog eens vol.

‘Mam?’ zei ik tegen haar rug.

Ze draaide zich om, zette de bekers op tafel en ging zitten. ‘Ik hou helemaal niets voor je verborgen. Ik vind het ook niet leuk dat ik zo weinig van hem hoor. Ik zou zo graag zijn stem weer eens willen horen.’

Er verschenen tranen in haar ogen en ik legde mijn hand op die van haar, maar ondanks haar emotie geloofde ik haar nog steeds niet helemaal.

‘Ik moet gaan,’ zei ik. ‘Ik haal boven nog even wat kleren.’

‘Er staat een tas in je kamer.’

‘Ja, die was ik de vorige keer vergeten.’

Onverwacht keek mijn moeder me recht aan. ‘Ik ben blij dat je deze keer niet stiekem naar binnen bent gegaan.’

‘Ik wilde pa niet zien.’

‘Dat begrijp ik.’

Ik stond op. ‘Ik ga mijn spullen even pakken.’

17

In plaats van naar mijn eigen kamer, ging ik rechtstreeks naar die van Rob. Hij had zijn laptop niet meegenomen.

Ik schoof achter zijn bureau, maar er zat een wachtwoord op zijn computer.

Terwijl ik allerlei combinaties probeerde, zwaaide de deur open. Ik schrok zo dat ik overeind vloog.

'Wat ben je aan het doen?' vroeg Niels met opgetrokken wenkbrauwen.

'Ik probeer in Robs laptop te komen.'

'Waarom?'

'Wat denk je? Ik wil weten wat zijn reisplan was.'

Niels bleef in de deuropening staan, groot en breed.

'Rob heeft niets gepland,' zei hij. 'Hij wilde op de bonnefooi backpacken.'

'Dat weet ik, maar hij zal toch wel íets van tevoren geregeld hebben? Ik wil weten waar hij als eerste naartoe is gegaan.'

'En dan?'

Ik zweeg, want dat wist ik ook niet precies.

Niels stapte naar binnen en klapte de laptop dicht. 'Je zit je tijd te verdoen. Dram niet zo door, laat Rob met rust.'

Ik probeerde de laptop te pakken, maar Niels was me voor.

'Deze blijft hier.'

'Waarom? Hij is niet van jou.'

'En ook niet van jóu, dus hij blijft gewoon hier!'

'Jezus, Niels, je lijkt pa wel.' Met een geërgerde blik pakte ik mijn tas en wilde de kamer uit lopen, maar Niels greep me bij de arm. Zijn gezicht was heel dicht bij dat van mij, en ik schrok van de blik in zijn ogen.

'Ik meen het, Romée. Hou op met dat gezeur. Niet alles draait om Rob, en niet alles draait om jou. We hebben hier een moeilijke tijd gehad de afgelopen maanden, en ik laat jou niet alles weer overhoophalen. Dus als je alleen voor Rob komt, ga dan alsjeblieft weg en blíjf weg.'

Ik rukte me los en liep naar mijn eigen kamer. Daar deed ik de deur op slot en ging op de rand van het bed zitten.

Wat was hier aan de hand? Er moest iets zijn gebeurd nadat ik was weggelopen die middag, nadat Rob en mijn vader met elkaar op de vuist waren gegaan. Blijkbaar was het zo erg geweest dat pa gewond was geraakt. Flink gewond, als het tapijt op de overloop erdoor moest worden vervangen. Hoofdwonden bloeden altijd hevig, dus misschien had het er erger uitgezien dan het was, maar ik kon me voorstellen dat Rob thuis niet meer welkom was. Het enige wat ik niet kon begrijpen was Niels' vijandigheid naar mij toe. En waarom hij zo moeilijk deed over Robs laptop.

Ik kwam overeind en liep terug naar Robs kamer, in de verwachting dat Niels de computer had meegenomen. Dat was inderdaad het geval.

Ik trok Robs kledingkast open en inspecteerde de inhoud. Zo op het eerste gezicht leek alles er nog te liggen, maar hij had natuurlijk niet veel meegenomen op reis. Zijn zwembroek lag er nog, dat was wel vreemd. Misschien had hij na de ruzie alles achtergelaten en nieuwe kleren gekocht.

Ik deed de kast dicht en wierp een blik uit het raam. Niels liep in zijn blauwe kiel over het erf. Mijn vader kwam net aanrijden op de tractor en ze stonden even met elkaar te praten.

Niels wees naar het huis, naar Robs kamer, en een lichte tinteling verspreidde zich over mijn huid, als een koude bries.

Haastig liep ik de kamer uit. Op de overloop zag ik de deur van Niels halfopen staan. Er lag een laptop op zijn bed.

Zonder aarzelen ging ik naar binnen en verborg hem onder de kleding in mijn tas. Vervolgens liep ik vlug de trap af.

Tegen de tijd dat ik beneden was, stond mijn vader in de gang.

Ik bleef op de onderste tree staan en we keken elkaar aan. Secondenlang. Ik weigerde weg te kijken, maar hield wel de leuning wat steviger vast.

Mijn vader was de eerste die sprak. Hij gebaarde naar de voordeur en zei: 'Wegwezen. Ik wil jou hier nooit meer zien.'

Er is een grens aan wat een mens aankan. Ik had altijd gehoopt dat mijn vader trots op me zou zijn, of dat mijn moeder voor me op zou komen. Nu begreep ik dat beide wensen nooit in vervulling zouden gaan.

Ik wist niet wat er precies gebeurd was toen ik tijdens die vechtpartij uit het raam was geklommen, maar ik wist wel dat het een goede beslissing was geweest om mijn ouderlijk huis te ontvluchten.

Terwijl ik langs mijn vader liep, voelde ik hoeveel zelfbeheersing het hem kostte om mij te laten passeren. En toen de voordeur achter me dichtviel, liet ik niet alleen mijn familie achter, maar ook de hoop dat ik er ooit onderdeel van uit zou maken.

In de trein zat ik het grootste deel van de reis uit het raam te staren. Ik had zin om te huilen, maar het lukte niet. Wat ik voelde was niet nieuw, het was een variatie op een pijn die ik al kende.

Eenmaal thuis was ik nog steeds van slag. Het liep tegen vijven en ik schonk een glas wijn in. Ik ging op de bank zitten en probeerde in Robs laptop te komen. Alle mogelijke wachtwoorden liet ik erop los, tot mijn naam aan toe, maar ik kreeg geen toegang.

Uiteindelijk appte ik Axels vriend Fabian of hij thuis was. Hij was erg goed met computers, als iemand het wachtwoord kon kraken was hij het wel. Ik wist alleen niet hoe hij tegenover mij stond na de breuk met Axel.

Fabian appte niet terug, maar belde een paar minuten later.

'Ik ben thuis,' zei hij, nogal gereserveerd. 'Wat is er aan de hand?'

'Ik probeer in een laptop te komen, maar er zit een wachtwoord op. Kun jij het eens proberen?'

'Is die laptop van jou?'

'Nee, van mijn broer. Hij is op wereldreis maar hij heeft al wekenlang niets van zich laten horen. Ik maak me een beetje zorgen.'

'En waarom moet je dan in zijn laptop zijn?'

'Omdat ik hoop dat er een reisplan in staat.'

Het bleef een tijdje stil, en toen zei ik: 'Fabian, ik weet dat Axel je beste vriend is en dat je kwaad op mij bent, maar wil je me alsjeblieft helpen?'

Er klonk een zucht. 'Goed dan, kom maar langs met dat ding. Ik zal kijken wat ik kan doen.'

Een halfuur later stond ik bij hem voor de deur in de Rhijnvis Feithstraat. Met een flauw lachje deed Fabian open en liet me binnen.

Ik liep achter hem aan de trap op naar de eerste verdieping, waar hij een tweekamerwoning had.

'Fijn dat je me wilt helpen,' zei ik.

'Tja, als je broer vermist wordt... Als het om iets anders ging, had ik het niet gedaan,' zei hij, zonder me aan te kijken.

'Alleen omdat ik wel een contract heb gekregen en Axel niet?'

'Nee, om de manier waarop het gegaan is. Je hebt hem gewoon laten barsten. Hij heeft alles voor je gedaan, en toen je hem niet meer nodig had, dumpte je hem.'

'Zo is het niet gegaan. Ik heb geprobeerd om hem ook een platencontract te bezorgen, maar ze wilden alleen met mij verder. Daar kan ik toch niets aan doen?'

'Je had kunnen weigeren en het als duo kunnen blijven proberen.'

Ik staarde hem aan. 'Zou jij dat gedaan hebben? Had ik echt zo'n kans moeten laten schieten? Kom op, Fabian!'

Op Fabians gezicht verscheen iets van twijfel. 'Nou ja, ik weet het ook niet. Jullie zoeken het maar uit. Is dat de laptop van je broer?'

Ik knikte en gaf hem de computer. 'Ik betaal je ervoor. Laat maar weten hoelang je ermee bezig bent geweest.'

Drie dagen later belde Fabian dat het was gelukt. Ik haalde de laptop snel weer op, betaalde Fabian ruim voor de tijd die hij erin gestoken had en ging meteen weer weg.

Ik was zo nieuwsgierig dat ik niet kon wachten tot ik weer thuis was. Snel liep ik een eetcafé binnen en koos een tafel in een rustig hoekje.

Ik opende Robs mailbox en vond een e-ticket naar het vliegveld van Espargos op Sal. Vervolgens zocht ik naar informatie over Sal en las dat het een van de tien Kaapverdische Eilanden was.

Bij de reisinformatie stond geen hotel vermeld, wat me niet verbaasde. Rob wilde kijken waar hij uitkwam, op avontuur. Dan boek je niet van tevoren een hotel. Jammer was het wel, het maakte hem een stuk moeilijker traceerbaar. Hoeveel hotels zouden er zijn op Sal?

Ik googelde ernaar en leunde gedesillusioneerd naar achteren. Voor zo'n klein eiland zaten er behoorlijk wat. Het zou wel even duren voor ik die allemaal gebeld had. Ik kon beter één mail opstellen en die rondsturen.

De serveerster verscheen aan mijn tafel. Ik bestelde een tosti en thee, en schreef daarna een mail waarin ik om informatie verzocht. Die stuurde ik naar alle hotels op Sal die ik kon vinden.

In Kaapverdië was het twee uur vroeger, dus met een beetje mazzel zou ik vandaag antwoord kunnen krijgen.

De rest van de dag checkte ik tussen de bedrijven door mijn mail, maar er kwam geen reactie. Ik zou geduld moeten hebben.

18

In de loop van de week kwam er respons van Sal. Een paar hotelhouders reageerden met de mededeling dat ze geen informatie over hun gasten gaven, andere lieten weten dat er geen Rob Walraven in hun computersysteem voorkwam. Slechts een paar hotels namen niet de moeite te antwoorden.

Ik had geen idee wat ik verder nog kon doen om mijn broer te vinden. Misschien moest ik naar Niels luisteren en hem inderdaad loslaten. Blijkbaar was dat wat Rob wilde. Maar het was niet wat ík wilde, en het gemis bleef knagen.

Intussen kreeg ik het steeds drukker met optredens. In kroegen en zaaltjes weliswaar, maar het gaf me in ieder geval een inkomen.

Op een middag belde Leon.

'Hé, Romée!' Zijn stem klonk opgewekt. 'Zit je?'

'Nee, maar als het nodig is, kan ik me ergens aan vastgrijpen. Wat is er?'

'Grijp je dan maar ergens aan vast, want "Homeless" staat op één in iTunes!'

‘Wat?’ Ik schreeuwde bijna.

‘Ongelooflijk, hè? Je single wordt als een gek gedownload. Dit is echt heel bijzonder, Romée. Zoiets heb ik nog nooit meegemaakt met een beginnende artiest.’ Voor zijn doen klonk de altijd zo kalme Leon behoorlijk opgewonden. ‘We gaan het vieren! Waar zou je graag willen eten?’

Ik had geen flauw idee. Verder dan de rotishop en de pizzeria om de hoek was ik nog niet geweest.

Leon boekte een tafel in een chic sterrenrestaurant. Wat mij betreft hadden we ook wel naar een gewoon restaurant kunnen gaan, maar dat durfde ik niet te zeggen.

We hadden een gezellige avond, en daar ging het om.

Twee weken later waren er vijftienduizend exemplaren van ‘Homeless’ verkocht en kreeg ik na een optreden een gouden plaat uitgereikt. De pers was erbij, en *Shownieuws* maakte er voor televisie een item over. Ik was opgetogen.

Door al die drukte was er minder ruimte voor mijn zorgen om Rob.

Het succes van ‘Homeless’ overdonderde me. Er was nauwelijks tijd voor reflectie, of om te wennen aan het feit dat zo veel mensen mijn naam kenden. De tijd dat ik in kroegen optrad was voorbij. Opeens kreeg ik uitnodigingen voor feesttenten en poppodia. Voor elk optreden moest ik mijn grenzen verleggen; hoe groter het evenement, hoe nerveuzer ik was.

’s Nachts droomde ik herhaaldelijk dat ik daar in mijn nakie stond, dat er bijna geen geluid uit mijn mond kwam, of alleen wat valse noten. In een andere droom was ik mijn tekst vergeten en kwam Axel het podium op om te souffleren.

Volgens Leon was het heel normaal dat ik zo zenuwachtig was.

'Dat heeft iedere beginnende artiest,' zei hij, toen ik trillend van de zenuwen met een rietje water in een glas liet borrelen om mijn stembanden te laten ontspannen. 'Sommigen schijten letterlijk in hun broek, of ze beginnen te kotsen vlak voor ze op moeten. Zelfs de grootste artiesten hebben daar last van, hun hele carrière. Dus maak je niet druk. Probeer een manier te vinden om ermee om te gaan, want er is veel vraag naar je.'

Ik was *hot and new*, er moest een tweede nummer komen. Niet te snel, het moest wel goed gebeuren, maar het was belangrijk om mijn succes te prolongeren.

'Anders ben je zo weer vergeten,' zei Casper. 'We kunnen iemand inhuren om teksten voor je te schrijven, maar eigen materiaal is beter. Hoeveel liedjes heb je liggen?'

Ik had alleen 'The Hard Way', het nummer dat ik had geschreven toen ik bij Axel woonde, en ik stuurde hem dat toe. Een halfuur later appte Casper dat hij het prachtig vond.

Dat was fijn, maar verder had ik niets meer. Voorlopig konden we met dit nummer vooruit, maar daarna zou er meer moeten komen.

Tokkelend op mijn gitaar zocht ik naar invalshoeken. Elk deuntje dat in me opkwam schreef ik op, maar meer dan een deuntje werd het niet.

Na drie dagen in huis te hebben gezeten, omgeven door proppen papier, ging ik gefrustreerd de deur uit voor frisse lucht.

Buiten haalde ik diep adem. De straat lag er natgeregend bij. In grote plassen werden een aarzelende zon en stukjes blauwe lucht weerspiegeld. Ik had niet eens gemerkt dat het slecht weer was geweest.

Langzaam, een beetje suffig van het binnen zitten, liep ik over straat. Het was geen vooropgezet plan, maar helemaal toevallig was het denk ik ook niet dat ik in de richting van mijn oude buurtje liep.

Toen ik de Kinkerstraat bereikte, leken de maanden weg te vallen. Ik zag me weer lopen in meerdere lagen kleding, verfomfaaid, zoekend naar mezelf.

Het was vreemd, ik kon me nog steeds verplaatsen in de zwervende Romée, en tegelijk was ze iemand geworden naar wie ik met afstand keek, alsof er jaren in plaats van maanden tussen zaten. Er was zoveel gebeurd in de tussentijd. Ik voelde me helemaal nieuw, een ander mens, als een slang die zijn huid had afgelegd.

Maar dat gold niet voor Mahmoud.

Ik hoorde hem voor ik hem zag, herkende zijn stem en zijn muziek. Even aarzelde ik, toen liep ik naar de plek waar hij stond te zingen, de gitaar om zijn nek, zijn hond naast het geldbakje.

Van een afstand zag ik al dat er in de voorbije weken voor Mahmoud niets veranderd was, of het moest zijn dat hij nog magerder was geworden.

Ik sloot me aan bij de omstanders en zorgde ervoor dat ze mij aan het zicht onttrokken. Voor de groep uitdunde, liep ik weg, naar de pinautomaat waar ik net voorbijgekomen was, en ik nam tweehonderd euro op. In mijn tas zat een pakje papieren zakdoekjes, en daar haalde ik de helft uit zodat ik de biljetten erbij kon stoppen.

Daarna liep ik terug. Ik had het geld snel in zijn bakje willen gooien, maar voor ik dat kon doen, kreeg Mahmoud me in de gaten. Hij hield meteen op met spelen en kwam met gespreide armen op me af.

'Romée! Hoe gaat!'

We omhelsden elkaar.

'Ik jou zo lang niet gezien!' Hij liet me los en oogde ontroerd, wat mij weer ontroerde.

'Ik heb je gezocht, maar ik kon je niet meer vinden,' zei ik met een spijtig gezicht, alsof ik al die maanden naar hem gespeurd had.

'Ach, je weet: ik ben hier en ik ben daar.' Hij lachte breed, en ik zag dat hij een tweede tand miste.

'Hoe gaat het met je?' vroeg ik bezorgd.

Hij verzekerde me dat het goed ging. Hij redde zich wel, en bovendien was het zomer. Dat scheelde.

'Je moet werk zoeken,' zei ik. 'Dat zou je toch doen?'

Daarop knikte hij maar wat, terwijl hij me lachend aan bleef kijken.

'Ik kan je aan werk helpen, Mahmoud. Ik vind wel iets voor je,' zei ik.

Hij pakte mijn hand en bedankte me. In één adem vertelde hij dat hij Nederland ging verlaten. Een oom in Duitsland, met een woning en een baan, had Mahmoud gevraagd naar hem toe te komen.

'Dus je gaat weg.' Al die tijd had ik me amper met Mahmoud beziggehouden, maar nu voelde zijn vertrek opeens als een verlies.

De mensen om ons heen begonnen zich te verspreiden en Mahmoud keek een beetje ongerust.

'Je moet optreden,' zei ik. 'Toe maar, stoor je niet aan mij.'

'Jij wacht!' Mahmoud pakte zijn gitaar en keek me bezwerend aan.

Ik bleef nog een tijdje staan terwijl hij speelde en zong. Toen de groep omstanders groot genoeg was om in te verdwijnen, gooide ik het pakje geld in het bakje en liep snel weg. Het was veel geld, maar niet genoeg om mijn geweten te sussen.

Op de terugweg was ik zo met Mahmoud bezig dat ik niet oplette en tegen iemand op botste.

'Sorry,' zei ik.

Ik wilde al doorlopen, maar een verraste uitroep deed me opzijkijken.

'Romée! Wat toevallig!'

'Laura! Dat we elkaar hier nou tegen het lijf moeten lopen.'

'Letterlijk en figuurlijk,' zei Laura lachend. 'Wat leuk je weer te zien.'

Dat vond ik ook, en we besloten een terrasje te pakken. Na de regen van die ochtend was de lucht weer blauw en het warmde aardig op.

'Ik heb je zo lang niet gezien, ik wil alles weten. Wat is er veel gebeurd met jou! Ik verloor je even uit het oog en opeens was je een ster,' zei Laura terwijl we een tafeltje uitzochten.

'Daar moet ik zelf ook nog steeds aan wennen.'

'Word je veel herkend? Kunnen we hier rustig praten?'

We keken om ons heen. Hier en daar keken mensen in onze richting, maar dat kon ook zijn omdat we net aankwamen.

'Geen idee.' Ik trok mijn jas uit en hing hem over de rugleuning van de stoel. 'Als mensen naar me kijken weet ik nooit of ze me herkennen of dat ik vogelpoep op mijn jas heb.'

Laura schoot in de lach. 'Ik denk het eerste. Hoe is dat zo gekomen, die doorbraak? Hoe ben je bij een platenmaatschappij terechtgekomen?'

'Mazzel. Ik had een filmpje op YouTube gezet en een platenbaas zag er wel wat in.'

'Cool! En dat die single dan ook meteen zo'n succes wordt. Echt te gek.'

We bestelden koffie met appeltaart.

'En jij?' vroeg ik. 'Hoe is het met jou? Werk je nog in dat hotel?'

'Nee, het liep daar voor geen meter. Ik werk nu in een winkel waar ze van die toeristenrommel verkopen. Niet echt wat ik wil.'

'Balen.'

Ze haalde haar schouders op. 'Tja, de huur moet toch betaald worden. Ik woonde samen met mijn vriend, Bram, maar hij besloot dat hij aan mij niet genoeg had.'

'Ging hij vreemd?'

Ze knikte en beet op haar lip. 'Meerdere malen. Ik ontdekte dat hij er een paar vriendinnen op na hield, dus ik heb hem eruit gezet. Dat was het moeilijkste wat ik ooit heb moeten doen.'

Zo te zien had ze het er nog steeds zwaar mee.

'Wat rot voor je,' zei ik.

'Ja, het is kut. En wat er nog bij komt is dat die woning eigenlijk te duur is voor mij alleen. Ik red het maar nét, en dat baantje in die winkel is tijdelijk. Als ik van een uitkering moet leven, zal ik iets goedkopers moeten zoeken.'

De koffie en de appeltaart werden voor ons neergezet. Terwijl ik wachtte tot de serveerster weg was, keek ik wat om me heen. Links en rechts werden haastig ogen neergeslagen.

Aan het tafeltje tegenover me hield een meisje haar telefoon omhoog en maakte een foto.

Laura vroeg: ‘Hoe is het met jouw vriend? Axel heet hij toch? Wonen jullie nog samen?’

‘Nee, het is al een tijdje uit.’ Ik gooide een zakje suiker leeg in mijn koffie. ‘Het ging mis toen ik een platencontract kreeg en hij niet.’

‘Had hij ook een demo opgestuurd?’

Ik knikte. ‘Ze vonden hem goed, maar niet goed genoeg. Ik heb nog geprobeerd hen over te halen, maar ze wilden alleen met mij verder.’

‘Wat sneu voor hem. Ik kan me voorstellen dat het een klap was.’ Laura legde haar hand op die van mij. ‘Maar je moet je niet schuldig voelen, Romée. Dat hij daar niet mee om kon gaan, is zijn probleem. Niet het jouwe.’

‘Ik weet het. Maar ik vond het wel heel erg. Ik mis hem.’

Laura knikte begripvol, en opeens stortte ik mijn hart bij haar uit. Ik zei dat ik contact had gezocht met mijn familie en vertelde over het moeizame gesprek dat ik met mijn moeder had gevoerd en over mijn oudste broer, die verdwenen was. Over mijn vader zweeg ik.

Toen ik uitgesproken was, bleef het even stil. Ik beet op mijn lip en Laura vroeg: ‘Wat is er dan precies gebeurd? Waarom ben je toch van huis weggelopen?’

Ik schudde mijn hoofd.

‘Wil je het nog steeds niet vertellen? Is het zo erg?’

‘Mijn vader...’ Ik maakte de zin niet af en schudde opnieuw mijn hoofd.

‘Laat maar,’ zei Laura. ‘Ik begrijp het. Sommige dingen zijn te heftig om te vertellen.’

‘Ja. En dan zit er verderop ook nog iemand foto’s van me te maken.’

‘Ik benijd je niet, Romée. Ik bedoel, dat succes is natuurlijk fantastisch, maar ik zou niet met je willen ruilen. Ik heb een heel sterke band met mijn ouders en mijn zus. Als ik straks mijn huis uit moet, weet ik zeker dat ze klaarstaan om me te helpen. En anders mijn vrienden wel.’

‘Ik heb niet zo veel vrienden, maar dat is mijn eigen schuld. Ik doe er niet veel moeite voor. Nu al helemaal niet meer, ik werk alleen maar. Maar goed, ik ben altijd nogal op mezelf geweest.’

‘En hoe bekender je wordt, hoe moeilijker het zal zijn om mensen toe te laten. Omdat je nooit weet met wat voor motieven ze op je afstappen. Daarom zijn veel artiesten zo zuinig op hun vrienden van vroeger, van voordat ze beroemd werden.’

‘Zoals jij. Ik vind het echt fijn dat ik je weer ben tegengekomen, Laura. Het is alsof het zo moest zijn.’

‘Vroeg of laat was dat sowieso gebeurd. We wonen in dezelfde buurt.’

‘Ook dan kun je elkaar nog heel lang mislopen. Laten we vanaf nu contact houden.’

Ik betaalde de rekening en we namen met drie zoenen afscheid.

‘Ik bel je snel, ik heb je nummer nog.’ Ik gooide mijn jas over mijn arm, pakte mijn tas en liep het terras af.

Toen ik omkeek, zag ik dat een groot aantal mensen me nakeek.

19

Ik belde Laura inderdaad snel, de volgende dag al. Sommige beslissingen neem je zonder er lang over te hoeven nadenken. Tijdens ons gesprek was de gedachte om Laura in dienst te nemen al in me opgekomen, maar ik wilde niet overhaast te werk gaan.

Terwijl ik nog in bed lag, appte ik haar.

Ik denk dat wij elkaar kunnen helpen. Heb je wat te doen vandaag?

Ze appte terug dat ze vrij was.

’s Middags kwam ze langs terwijl ik zat te klooien met een track.

‘Wat ben je aan het doen?’ vroeg ze, met een blik op de afgescheurde blaadjes van mijn notitieblok.

‘Ik probeer een nummer te schrijven, maar het is allemaal shit. Nou ja, ik kom er wel uit. Wil je thee?’

Laura knikte en ik liep naar de keuken. Even later kwam ik met twee bekers terug.

‘Wat bedoelde je met die app? Waar kunnen wij elkaar mee helpen?’ vroeg Laura.

‘Je hebt me een keer verteld dat je handig bent met haar en make-up. Ik helemaal niet, en ik heb ook niet veel verstand van kleding. Ik heb iemand nodig die dat soort dingen voor me regelt.’ Ik ging op het vloerkleed zitten en blies in mijn thee. ‘Het lijkt me fijn als jij me daarmee helpt. Ik zit nu in zo’n mannenwereld.’

Er brak een glimlach door op Laura’s gezicht. ‘Ik weet inderdaad wel het een en ander van mode. Wat voor salaris heb je in gedachten?’

‘Niet zo heel groot, vrees ik. Maar als ik meer ga verdienen, krijg jij ook meer.’

Ik noemde een bedrag en zag aan haar gezicht dat het haar niet tegenviel.

‘Het is minder dan in die toeristenshop,’ zei ze, ‘maar voor jou werken lijkt me leuker.’

Leon en Casper begrepen er niet veel van dat ik Laura in dienst had genomen. Ze vonden het waarschijnlijk overdreven, maar voor hen telde het resultaat. Als Laura’s hulp betekende dat ik in alle rust kon schrijven, vonden zij het best.

‘Schrijven,’ herhaalt Nicole. ‘Kun je vertellen hoe dat in zijn werk ging?’

Ik rek me uit. We zitten al een uur te praten, ik begin er genoeg van te krijgen. Maar Nicole lijkt nog niet van plan om op te stappen.

Ik zeg dat ik naar het toilet moet en daar neem ik alle tijd. Ik blijf lang zitten en was uitgebreid mijn handen. Daarna bestudeer ik mezelf in de spiegel. Ik zie bleek, maar dat is niets nieuws.

Af en toe even afstand nemen is goed. Als ik moe word, zeg ik te veel, en dat is beslist niet de bedoeling.

Met enige tegenzin keer ik terug naar de woonkamer, hopend dat Nicole haar vraag vergeten is.

Helaas, ze begint er meteen weer over.

'Waar haalde jij de inspiratie voor je nummers vandaan? Uit je eigen leven?'

'Grotendeels,' zeg ik. 'Al heb ik een hekel aan het woord inspiratie. Daar wordt altijd zo geheimzinnig over gedaan. Alsof er een goddelijke wolk over je neerdaalt. Inspiratie is wat komt als je hard aan het werk bent, als het schrijven niet wil lukken en je opeens een opening vindt. Inspiratie is die vonk in je hoofd die alles vlot trekt. Je kunt het niet afdwingen en je weet nooit precies waar het vandaan komt.'

'Kan die vonk ook door het werk van anderen ontstaan?'

'Ja, natuurlijk. Artiesten inspireren elkaar voortdurend. Er is niets nieuws onder de zon, alles is al een keer gedaan. Elk liedje is opgebouwd uit vier akkoorden en een refrein. Dat is de basis, daar varieer je op.'

'Dus elke gelijkenis met andere liedjes is toeval.'

'Dat zeg ik niet. Je wordt beïnvloed. Maar dat hoeft niet per se met opzet te gebeuren.'

'Nee,' zegt Nicole. 'Natuurlijk niet.'

Die zomer kwamen er uitnodigingen voor wat grotere optredens. Eind juni mocht ik optreden op Zomer op het Plein in Alkmaar, en in juli werd ik gevraagd om te komen zingen in openluchttheater Caprera in Bloemendaal. Ik zou voor elfhonderd mensen staan! Weliswaar als openingsact, maar toch.

Hoe geweldig en eervol ik het ook vond, op de dag zelf stond ik stijf van de zenuwen. Een halfuur voor ik op moest, lag ik op mijn knieën over te geven in het toilet.

Toen ik naar buiten kwam, pakte Casper me bij de schouders en zei: 'Luister, Romée. Je hebt een dijk van een stem en die heeft je nog nooit in de steek gelaten. Vertrouw erop, dan komt alles goed.'

Hij had gelijk. Ik probeerde een toonladder en er kwam gewoon geluid uit mijn keel. Niet wiebelig, niet vals, maar krachtig en zeker.

Casper had gelijk, ik kón dit.

Het verliep gelukkig inderdaad gesmeerd. Toen ik op kwam, leek het podium enorm, maar zodra ik het eerste nummer inzette en mijn stem toonvast door de microfoon klonk, was ik alle zenuwen vergeten.

Het publiek had er zin in en juichte me toe. Ik richtte de microfoon op hen en iedereen zong mee. Er werden foto's van me gemaakt, handen gingen de lucht in. Het was geweldig. Voor het eerst genoot ik volop van een optreden.

Of je wel of niet succes hebt, hangt af van meerdere factoren. De belangrijkste factor is talent. Je kunt nog zo veel geluk hebben, er nog zo goed uitzien, als je niets kunt, houd je het niet lang vol. De tweede belangrijke factor is hard werken.

Ik werkte hard, pakte elke gelegenheid aan om promotie te maken voor 'Homeless' en 'The Hard Way'.

Intussen maakte ik me wel zorgen over een derde nummer. Leon had het al over een album, dus binnenkort zou hij vast beginnen over nieuwe songs.

Ik had geen idee waar ik over moest schrijven. Voorlopig kon ik Leon en Casper afschepen met het excuus dat ik het te druk had.

Tussen mijn optredens door zat ik eindeloos te pielen. Wat eruit kwam leek wel weer een beetje op het werk van Axel, en een andere song op dat van Mahmoud, maar ik besloot dat het wel kon. Het moest maar.

20

Ik zit met opgetrokken benen in mijn fauteuil bij het raam, waar de ochtendzon door naar binnen valt. Elles schenkt koffie in voor mij en Nicole.

Ik neem de beker aan en bedank haar. 'Zijn we bijna klaar?' vraag ik aan Nicole.

'Nog even.' Ze zet de opnameapparatuur aan en leest haar aantekeningen door. 'We hebben het erover gehad hoe het is om opeens succes te krijgen. Daar wil ik graag op terugkomen.'

'In het begin was het wel leuk. Ik voelde me gevleid als iemand me herkende. Maar als het voortdurend gebeurt, is het zo leuk niet meer.'

'Wat deed dat met je?'

Ja, wat deed dat met me?

In een paar maanden tijd had ik 'Homeless' tot een enorme hit zien uitgroeien, en ook 'The Hard Way' deed het goed.

Recensenten spraken lovende woorden, waardeerden de

eenvoud en de kracht van de tekst, en de aandacht voor mij nam toe.

Veel bekende artiesten hebben jaren moeten sappelen, leuren met hun demo's, moeten smeken om zendtijd bij radiostations voor ze doorbraken. Bij mij leek het eerder op de lancering van een spaceshuttle: recht omhoog.

Een mens zou van minder in de war kunnen raken.

Met herkend worden had ik niet zo'n probleem, en met het feit dat mensen me aanspraken en met me op de foto wilden evenmin.

Wel vond ik het vervelend dat er voortdurend op me werd gelet. Mensen hebben geen idee hoe vermoeiend het is om steeds te moeten glimlachen, en om altijd spontaan en opgewekt over te komen.

Op een avond, na een optreden in het Vondelpark, werd ik belaagd door fans zodra ik van het podium kwam. Ze stormden op me af, riepen mijn naam. Van alle kanten kreeg ik notitieboekjes en pennen onder mijn neus geduwd, mensen maakten foto's, kwamen naast me staan om een selfie te maken, duwden elkaar opzij.

Casper sloeg een arm om me heen, trok me tegen zich aan en voerde me mee.

En toen zag ik een jongen staan. Ik schatte hem halverwege de twintig. Een beetje schuchter stond hij in het gedrang, met een roos in zijn hand. Toen onze blikken elkaar kruisten, stak hij me de bloem toe. De hoopvolle uitdrukking op zijn gezicht trof me.

Ik bevrijdde me uit Caspers greep en bleef staan. 'Wacht even,' zei ik, en ik liep naar de jongen toe.

Onmiddellijk richtte iedereen een telefoon op me en kreeg ik weer handtekeningenboekjes aangereikt. Ik negeerde ze en nam de roos aan.

Een brede lach verscheen op het gezicht van de jongen. 'Wil je met me op de foto?' vroeg hij.

'Natuurlijk!' Ik ging naast hem staan.

Hij hield zijn telefoon op afstand, legde zijn arm om mijn schouders en drukte zijn wang tegen de mijne. Dat vond ik iets te intiem, maar voor ik wat meer afstand kon creëren, had hij de foto al gemaakt.

'Top!' zei hij verrukt. 'Ik heet Michael, ik ben een enorme fan van je! Mag ik je een kus geven?'

Toen vond Casper het mooi geweest. 'We moeten gaan,' zei hij, en hij trok me mee naar de auto.

Twee dagen later zag ik diezelfde jongen, Michael, langs de gracht lopen. Eerst dacht ik dat hij alleen op hem leek.

Hij had hetzelfde sluike, donkere haar, hetzelfde lange, enigszins magere lichaam met de verrassend brede schouders.

Aandachtig keek ik naar buiten. Het was hem echt. Wat deed hij nou hier?

Michael liep langzaam, met zijn handen in zijn zakken, en bekeek elke deur die hij passeerde. Het leek wel alsof hij de naambordjes las.

Ik kreeg een onbehaaglijk gevoel. Gelukkig hing er bij mijn deur nog geen bordje.

Snel deed ik de jaloezieën dicht. Het was bijna halfnegen, ik zou zo opgehaald worden en ik moest nog ontbijten, dus ik belegde haastig een cracker met kaas. Daarna maakte ik een Nespresso, en terwijl ik ervan dronk, gluurde ik door een kier tussen de jaloezieën door.

Michael had de hoek van de gracht bereikt en sloeg rechts af. Mooi zo.

De bel ging en ik liep naar de deur. Voor ik opendeed keek

ik door het spionnetje; Casper. Hij zag er niet erg uitgerust uit.

'Goeiemorgen! Zijn we er klaar voor?' Hij gaf me een kus op mijn wang.

'Ik wel, ik weet niet hoe het met jou zit,' zei ik met een lach. 'Heb je weer te lang zitten netflixen?'

'Emma was ziek. Ze heeft de halve nacht overgegeven, tot we geen schoon beddengoed meer over hadden. Toen moest ze bij ons in bed, en daar kotste ze de boel ook nog eens onder.'

'O, gatver,' zei ik terwijl ik mijn jas aantrok. 'Kon je dan wel weg vandaag?'

'Ja, Jennifer neemt een vrije dag. Heb je alles? Vergeet je tas niet.'

Ik pakte mijn tas, volgde Casper naar buiten en trok de deur dicht. Mijn ogen flitsten over de gracht, maar Michael was nergens te bekennen.

Gerustgesteld opende ik het portier van Caspers auto en ging naast Laura op de achterbank zitten.

'Ik zag net die jongen die me die roos heeft gegeven,' zei ik toen we wegreden. 'Hij liep naar de naambordjes te kijken, maar die heb ik gelukkig niet.'

Via de achteruitkijkspiegel keek Casper me gealarmeerd aan. 'Maar hij weet dus wel waar je woont.'

'Dat denk ik niet. Ik heb in een interview wel eens gezegd dat ik in de Jordaan woon, maar niet waar.'

'Houden zo,' zei Casper. 'Nu je wat bekender wordt, moet je voorzichtig zijn.'

De dag erna zag ik Michael weer. Deze keer stond hij tegen een lantaarnpaal geleund naar mijn huis te kijken.

Ik had uitgeslapen en keek, gekleed in mijn slaaphemdje en short, uit het raam. Snel deed ik een stap naar achteren. Shit, dit kon geen toeval meer zijn.

Ik greep mijn telefoon en belde Casper. Met slaperige stem nam hij op.

'Romée, wat is er?'

'Die Michael staat voor mijn deur. Hij heeft ontdekt waar ik woon.'

'Wat doet hij?'

Ik sloop naar het raam en waagde een blik naar buiten. 'Hij staat daar maar een beetje. Ik denk dat hij wacht tot ik naar buiten kom.'

'Ik kom eraan.'

'Nee joh, dat is niet nodig. Hij doet niets. Ik hoop alleen wel dat hij weg is als ik de deur uit moet.'

'Als hij er dan nog staat, moet je me bellen. Om twee uur heb je die fotoshoot voor de *LINDA.*, toch?'

'Ja, hier in de Jordaan.'

'Zal ik bellen dat we een andere locatie willen?'

'Graag,' zei ik, en ik nam afscheid.

Op dat moment ging de deurbel.

Ik verstijfde. Ik liep naar de deur en keek door het spionnetje. Michael.

Een paar keer achter elkaar belde hij aan, toen werd het stil. Voorzichtig keek ik uit het raam en zag hem langzaam weglopen.

Pas toen ik 's middags mijn huis verliet voor de fotoshoot, zag ik de roos op de stoep liggen.

De fotoshoot werd gehouden op een brug van de Keizersgracht. Tegen vieren was ik klaar. Ik keek om me heen of Michael ergens stond, maar dat was niet het geval. Waarschijnlijk had ik me druk gemaakt om niets. Het was gewoon een fan die een cadeautje wilde brengen. Vervelend dat hij wist waar ik woonde, maar geen ramp.

Terwijl ik terug naar huis liep, pakte ik mijn telefoon en keek of er mail was binnengekomen. Half lezend, half uitkijkend voor het verkeer stak ik de drukke Raadhuisstraat over. Op het pleintje bij de Westertoren bleef ik stokstijf staan.

Daar stond Michael. Hij leunde tegen een boom, rookte een sigaret en glimlachte. Het was een ontspannen glimlach, alsof we hadden afgesproken en hij blij was dat ik was komen opdagen.

Het was te laat om te doen alsof ik hem niet gezien had, al deed ik nog wel een poging om achteloos de Westermarkt over te steken.

Maar hij gooide zijn sigaret op de grond, kwam op me af en ging voor me staan.

'Hé,' zei hij.

Ik keek hem onderzoekend aan, alsof ik geen idee had wie hij was.

'Michael,' zei hij. 'Van de rozen.'

'O ja.' Ik wierp hem een vluchtige glimlach toe.

'Heb je hem gevonden, vanochtend? Of had iemand hem meegenomen?'

'Hoe wist je waar ik woonde?' Ik liep langs hem heen, de Prinsengracht op, waar toeristen in de rij stonden voor het Anne Frank Huis.

Hij glimlachte weer. 'Ik heb je gezocht. Zullen we samen wat gaan drinken?'

'Nee, ik heb geen tijd.' Ik ging wat sneller lopen, maar hij paste zich aan mijn tempo aan.

‘Een andere keer dan? Ik vind je echt geweldig, en het zou te gek zijn als we samen iets konden doen. Uit eten of zo. Ik betaal.’

‘Sorry, ik heb het echt ontzettend druk.’

‘Koffiedrinken dan? Je hebt toch wel tijd voor een kop koffie?’ Hij pakte mijn arm en dwong me op die manier om stil te staan.

Ik trok me los en keek hem aan. ‘Luister, ik vind het te gek dat je mijn muziek zo goed vindt, maar ik kan moeilijk met al mijn fans koffie gaan drinken.’

‘Niet met al je fans, alleen met mij. Wat is het probleem? Je hebt toch geen vriend?’

‘Jawel, ik heb een vriend. En hij vindt het helemaal niks als ik met andere mannen uitga, dus sorry, het gaat niet.’

‘Je hebt helemaal geen vriend. Ik weet alles van je, Romée. Alles.’

‘Jij weet helemaal niets. En laat me nu met rust.’ Ik ging nog sneller lopen, stak over en rende bijna de brug op. Michael bleef staan.

‘Bitch!’ riep hij me na.

21

Sommige mensen proberen met druk en roem om te gaan met behulp van drugs of alcohol, ik trok me steeds meer terug in mijn eigen wereldje.

Volgens Leon had ik de aard van een kluizenaar. Dat klopte. Ik was niet zo goed met mensen, maakte niet gemakkelijk contact. Ik hield ook niet van feestjes.

De uitnodigingen voor premières en feesten, die steeds vaker binnenkwamen, sloeg ik al snel af. Ik voelde me niet thuis op die gelegenheden, vond ze leeg en betekenisloos. Premières aflopen paste niet bij me. Bovendien voelde ik me depressief.

Ik had me er uiteindelijk bij neergelegd dat Rob uit mijn leven was verdwenen en ik probeerde zijn beslissing te respecteren, maar dat lukte het ene moment beter dan het andere. De vraag wat ik fout had gedaan bleef me kwellen.

Zoals dat gaat met vragen waar je geen antwoord op krijgt, dacht ik terug aan de laatste dagen voor zijn vertrek, en ik probeerde me gesprekken te herinneren. Ik dacht aan de laatste keer dat ik hem gesproken had, de middag van de grote ruzie thuis, en ik vroeg me af of ik niet te lang had doorgezeurd of hij zijn reis niet wilde uitstellen, en dat ik hem zou missen.

Maar hij had niet de indruk gewekt dat hij zich aan me ergerde. Integendeel. Hij was lief voor me, een en al begrip. Dus waarom had hij me na zijn vertrek alleen dat ene appje gestuurd? Misschien beviel de vrijheid hem toch wel. Of hij gaf mij de schuld van alles wat er later die dag gebeurde.

'Je zit te veel thuis,' zei Leon tijdens de maandelijkse vergadering. 'Een beginnende artiest moet zichtbaar zijn. Je hebt nu succes, maar dat kan snel voorbijgaan. Het is belangrijk om te blijven investeren, om de media te laten weten dat je er bent en het contact met je fans te onderhouden.' Ik had er weinig behoefte aan om naar allerlei feestjes te gaan als ik eens vrij was, en dat zei ik ook.

Casper viel Leon bij.

'Ik begrijp het, maar het is niet verstandig,' zei hij. 'Als je de deur niet uit wilt, zou je wat actiever kunnen zijn op social media.'

Dat zou zeker kunnen, want tot dan had ik er niets mee gedaan.

'Laura post berichten voor me op Twitter en Facebook,' zei ik. 'Dat is toch wel genoeg?'

'Nee, alleen het account van je management is niet genoeg,' zei Leon. 'Als ik jou was, zou ik zelf met Instagram en Snapchat aan de slag gaan.'

'Moet ik echt de hele tijd foto's van mezelf maken? Ik vind dat zó belachelijk.'

'Het hoeft niet per se van jezelf te zijn,' zei Casper. 'Je kunt ook dingen uit je omgeving fotograferen.'

'Een heerlijke, gezonde spinaziesmoothie,' zei ik. 'Of een quinoasalade. En dan zet ik er de hashtag *healthylife* onder. Of ik maak een selfie op het podium, met als bijschrift *another day at the office*. Ook leuk. Dat doet bijna niemand.'

Casper schoot in de lach.

'Je begrijpt toch wel wat ze bedoelen, Romée?' zei Laura een beetje korzelig. 'Je kunt tegenwoordig niet meer buiten de social media als je je wilt positioneren. Je hoeft toch niet hetzelfde te doen als iedereen? Zet er andere dingen op.'

Ik wilde mezelf helemaal niet positioneren, ik wilde gewoon lekkere muziek maken. Maar als ik social media nodig had om dat te kunnen blijven doen, dan moest het maar.

'Ik zal erover nadenken,' zei ik.

'Fijn. *Stella* zou een mooie eerste gelegenheid zijn om te posten,' zei Casper.

'Stella?'

'Die film, weet je nog? Ik heb de uitnodiging voor de première een tijdje geleden aan je doorgestuurd,' zei Casper. 'Hij gaat over een jonge zangeres, vandaar dat er veel mensen uit de muziekwereld voor de première zijn gevraagd.'

Het begon me te dagen. De dresscode voor die avond was black tie, wat betekende dat ik in een galajurk moest verschijnen. Ik had de uitnodiging weggegooid.

'Moet dat echt? Ik heb geen idee wat ik aan moet trekken.' Ik keek opzij naar Laura.

'Ik wel,' zei ze.

Die avond plaatste ik mijn eerste foto op Instagram: hangend in mijn joggingbroek op de bank, met een zak chips op schoot. Hashtag *lovemylife*.

De volgende ochtend bekeek ik in bed de reacties. Het waren er honderden, en het aantal volgers was flink gestegen. Dit soort foto's was vast niet wat Casper en Leon voor ogen hadden, maar het effect was hetzelfde.

Ik opende mijn mailbox en zag dat Casper iets had doorgestuurd. Een mailtje van Evy.

Meteen zat ik rechtop in bed.

Hoi Romée,

Je zult wel verbaasd zijn dat ik je mail. Ik heb je carrière gevolgd en vind het geweldig wat je hebt bereikt. Het verbaast me niets, je hebt altijd goed kunnen zingen.
Ik wilde even zeggen dat ik het jammer vind dat onze vriendschap verwaterd is. We waren zulke goede vriendinnen. Destijds was ik een beetje boos en gekwetst, maar nu begrijp ik dat zulke dingen kunnen gebeuren.
Ik zou het leuk vinden om je weer eens te zien. Ik studeer in Amsterdam, dus misschien kunnen we een keer afspreken?

Liefs, Evy

Een golf van schaamte spoelde over me heen. Evy. Mijn eerste en enige vriendin, als je Laura niet meetelde. Ik had onze vriendschap expres laten verwateren, maar nu had ik daar opeens een beetje spijt van.

Ik las haar mail nog een keer, en schreef toen terug dat ik graag wilde afspreken. Ik stelde meteen een paar data voor.

Tegen de tijd dat ik had gedoucht en me had aangekleed, had ze me al teruggemaild. We spraken af twee dagen later wat te gaan drinken in een tentje in de Raadhuisstraat.

Stipt op tijd liep ik die middag het eetcafé binnen. Terwijl ik om me heen keek of ik Evy zag, ging de deur open en kwam ze binnen.

Een paar seconden keken we elkaar aan, toen omhelsden we elkaar en begonnen we te praten. Intussen gingen we zitten en bestelden iets te drinken.

'Was je verrast dat ik je mailde?' vroeg Evy.

'Nogal, ja. Ik vond het wel meteen heel leuk. Je hebt gelijk, het is jammer dat onze vriendschap verwaterd is.'

'Zoals ik al zei, dat soort dingen gebeuren. Gelukkig kun je het altijd weer oppikken. Je woont nu in Amsterdam, toch?'

'Ja, en jij ook. Wat toevallig.'

'Ach, niet zo heel toevallig. Ik studeer hier. Maar vertel, hoe ben jij in Amsterdam terechtgekomen? Het ene moment woonde je nog in Anna Paulowna en het volgende moment was je verdwenen,' zei Evy. 'Ik ben een keer bij je langsgegaan, maar je ouders wisten niet waar je zat. Niels ook niet.'

'Klopt. Het was een beetje uit de hand gelopen thuis. Ik hield het er niet meer uit.' Ik zweeg toen de serveerster aan kwam lopen en twee grote glazen heet water en een theedoos op tafel zette. Toen ze weg was, ging ik door: 'Ik ben naar Amsterdam gegaan om Axel te zoeken, en toen ik hem had gevonden, ging ik bij hem wonen.'

'Je hebt ook een tijdje op straat geleefd, toch?'

Ik knikte en vertelde hoe alles was gelopen, tot aan mijn afspraak met The Music Company en mijn breuk met Axel.

Evy blies in haar thee en keek me vragend aan. 'Hoe serieus was jullie relatie?'

'Niet heel serieus. Tenminste, niet van mijn kant.'

'Dat idee had ik al. Ik heb altijd gedacht dat Axel een soort vlucht voor je was. Niet alleen in Amsterdam, in Anna Paulowna al.'

'Misschien wel. Zo leuk was het thuis niet. Als ik Rob niet had gehad, was ik veel eerder weggelopen.'

'Hoe is het met Rob?'

Ik zweeg een moment. 'Geen idee,' zei ik toen. 'Hij is op reis gegaan en heeft min of meer het contact met ons verbroken.'

Het was de eerste keer dat ik het daar met iemand buiten onze familie weer over had, na Laura. Dat ik er met niemand over sprak, wilde niet zeggen dat ik er niet aan dacht. Elke keer als ik mijn telefoon pakte, en dat was vaak, hoopte ik dat er bericht was van Rob.

De totale stilte bezorgde me een onbehaaglijk gevoel.

Over de rand van haar theeglas keek Evy me verrast aan. 'Echt? Heeft Rob het contact verbroken?'

'Min of meer. Hij heeft mij één bericht gestuurd en een mailtje naar mijn moeder, en dat was het.'

'Heeft hij je moeder daarna ook niets meer laten horen? Dat is inderdaad wel vreemd.' Evy keek nadenkend voor zich uit en glimlachte toen. 'Ik was een beetje gek op Rob. Ik vond hem een leuke vent, knap en gezellig. Hij zag mij ook wel zitten. We hebben een keer gezoend.'

Ik keek op.

'Ja, het leek me toen beter om het niet aan jou te vertellen. Ik had zo'n idee dat je het niet leuk zou vinden. En net toen ik besloten had het toch te zeggen, ging Rob weg.' Evy zweeg even. 'Ik heb altijd het gevoel gehad dat je in de gaten had dat ik gek was op Rob, en dat je er een stokje voor hebt gestoken. Is dat zo?'

'Nee, natuurlijk niet. Ik wist het niet eens.' Dat was niet

helemaal waar, ik had destijds wel degelijk in de gaten dat Evy zich tot mijn broer aangetrokken voelde.

'Hm. Maar Rob heeft jou dus ook niets meer laten horen. Dat is natuurlijk heel moeilijk voor je, maar ik kan het me wel voorstellen,' zei ze.

Iets in haar stem deed een alarmbelletje in mijn hoofd afgaan. Onze ogen ontmoetten elkaar en ik kreeg een raar gevoel in mijn buik.

'Wat bedoel je?' vroeg ik na een korte stilte.

'Nou, jullie waren altijd zo close. Een beetje té. Je hing enorm aan hem.' Evy zag blijkbaar dat haar opmerking niet goed viel en haastte zich die te nuanceren. 'Ik begrijp het wel, hoor. Je had het niet gemakkelijk thuis. Eigenlijk had je alleen Rob. Hij was er voor je, en je wilde hem niet kwijt. Echt, dat begrijp ik volkomen.'

Ik begon een beetje spijt te krijgen van dit weerzien. 'Wat bedoel je nou precies?' vroeg ik koeltjes.

'Je verstikte hem,' zei Evy. 'Meisjes kregen totaal geen kans bij je broer. Jij kwam er altijd tussen. Het verbaast me niets dat hij ervandoor is gegaan.'

22

De première van *Stella* die avond was het laatste waar ik zin in had. Het liefst had ik me in mijn huis teruggetrokken met een deken om me heen en een fles wijn binnen handbereik. Maar ik wist dat dat niet verstandig zou zijn.

Laura had een zwarte mouwloze jumpsuit met een lijfje van kant voor me gekocht, en een paar zwarte pumps. Sieraden, zwarte nagellak, haren los en klaar. Het was een mooie septemberavond, ideaal weer voor de rode loper. Ik vroeg of ze zin had om mee te gaan, maar ze wilde niet.

'Ik ben niet in de stemming,' zei ze.

'Waarom niet?' vroeg ik, terwijl ik de jumpsuit paste.

'Gisteravond kwam ik Bram tegen.'

'Bram?'

'Mijn ex, die me zo bedrogen heeft. Dat heb ik je toch verteld?'

'O ja,' zei ik, al kon ik het me niet herinneren.

'Ik dacht dat ik over hem heen was, maar toen ik hem met zijn nieuwe vriendin zag...' Laura's gezicht stond somber.

'Dan moet je juist naar een feestje gaan,' zei ik, maar ze bleef weigeren.

En dus begeleidde Casper me, vermomd als heer. Normaal gesproken droeg hij altijd een spijkerbroek met een trui, nu was hij in smoking.

'Ik herkende je bijna niet,' zei ik. 'Het staat je goed.'

'Dank u wel, mooie dame. U ziet er ook fantastisch uit.'

We namen een taxi naar Tuschinski en betraden samen de rode loper.

Casper sloeg zijn arm om mijn middel, wat strakker dan echt nodig was, en kuste me op de wang. Onmiddellijk legden meerdere fotografen dat moment vast.

'Jij hebt morgen wat uit te leggen aan je vrouw,' zei ik.

'Zolang ik je niet vol op je mond zoen, zal dat wel meevallen. Het zou trouwens wel de aandacht trekken.' Casper keek naar me alsof hij dat niet eens zo'n gek idee vond.

'Doe toch maar niet. Op dat soort aandacht zitten we niet te wachten,' zei ik haastig.

'Jammer.' Hij grijnsde.

Je schijnt je populariteit te kunnen afmeten aan de hoeveelheid aandacht die de pers op de rode loper voor je heeft. Dat zat dan wel goed, ik deed er een behoorlijke tijd over om binnen te komen. We waren aan de late kant en konden meteen doorlopen naar de zaal.

De film was saai en stelde me in staat om een tijdje mijn ogen dicht te doen. Ik kon me niet herinneren wanneer ik voor het laatst zomaar wat had zitten mijmeren.

Er was geen ontkomen aan, mijn gedachten vlogen naar Rob. Ik keek naar mijn armband en liet mijn vinger over de sierlijk gegraveerde letter R gaan. De R van Romée. Of van Rob.

Had Evy gelijk, en was Rob om mij vertrokken?

Die gedachte deed zo ongelooflijk veel pijn dat ik bijna geen adem meer kreeg. Met gesloten ogen probeerde ik mijn emoties onder controle te krijgen.

Ik had hem verstikt.

Het was mijn schuld dat hij was weggegaan.

Omringd door de beschermende duisternis huilde ik in stilte. Voor mijn gevoel was de film net begonnen, toen de lichten in de zaal aangingen, en ik knipperde met mijn ogen. De aftiteling gleed over het scherm, er klonk applaus en Casper keek opzij.

'Hoe vond je het?'

'Pijnlijk,' zei ik.

Het liefst was ik meteen naar huis gegaan, maar natuurlijk moesten we nog even worden gezien op de afterparty. Casper werd voortdurend aangesproken, begroette mensen en stelde me aan hen voor. Daarbij hield hij zijn arm om mijn middel geslagen.

Er waren veel zangers en acteurs onder de feestgangers. Ze vertelden me hoe leuk ze het vonden om me te leren kennen, wezen me erop hoe bijzonder mijn bliksemcarrière was en hielden me voor dat ik ervan moest genieten.

'Het kan ook zomaar weer voorbij zijn,' zei een bekende, wat oudere, zanger. 'Niet dat ik denk dat dat met jou gebeurt, maar je weet het nooit. Veel artiesten die maar één of twee hits hebben gehad, hebben later spijt dat ze niet meer hebben genoten van hun succes. Succes is vluchtig, hè. Het komt en het gaat. Al denk ik dat jij het nog wel even volhoudt.' Hij liet zijn blik over mijn lichaam glijden en knipoogde.

Ik glimlachte beleefd en wendde me af.

‘Alles goed?’ Casper trok me tegen zich aan.

‘Ja, hoor,’ zei ik, terwijl ik me uit zijn greep bevrijdde. ‘Ik ga naar het toilet.’

Onderweg werd ik aangehouden door een dame met een camera die vroeg of ik wilde poseren voor de glamourpagina van de *Privé*. Ik glimlachte even en liep toen door.

In de gang bleef ik staan. Een ober met een blad vol champagneglazen bood me een glas aan. Ik nam een paar flinke slokken en keek om me heen.

Mijn ogen ontmoetten die van een jongen, die prompt op me afstapte.

‘Jij ziet eruit als iemand die zich afvraagt hoe ze ongezien weg kan komen,’ zei hij.

‘Klopt.’

‘Het is ook niet mijn hobby, premières, maar een vriendin van me speelt in die film.’

‘Dus je moest wel.’

Hij knikte. ‘En jij?’

‘Volgens mijn management moet ik zichtbaar zijn. En ik moet een selfie maken voor Instagram.’

‘Móet je dat?’

‘Nou ja, het is geen verplichting, maar het schijnt goed te zijn voor je carrière.’

Hij keek bedenkelijk. ‘Als je carrière afhankelijk is van social media heb je volgens mij iets niet goed gedaan.’ Hij stak zijn hand uit en stelde zich voor. ‘Kai Westhof. Aangenaam.’

‘Romée Walraven.’

‘Ja, ik dacht al dat jij het was. Ik ken alleen je naam, hoor. Van je muziek ben ik niet zo goed op de hoogte. Ik ben ook bang dat ik een heel andere smaak heb.’

‘Dat geeft niet. Waar hou jij van?’

'Hardrock.'

'Echt? Ik had iets meer mainstream verwacht.'

'Zie ik er zo mainstream uit? Ik probeerde nog wel heel swag over te komen.'

Ik lachte. 'Zit je in de muziek?'

'Ik ben drummer.'

Hij noemde een band waar ik nog nooit van gehoord had en voegde er de namen van een aantal bekendere aan toe waar hij vroeger mee had gespeeld.

'Te gek,' zei ik.

Er viel een wat ongemakkelijke stilte. Kai bood aan om nog iets te drinken voor me te halen.

'Nee, laat maar. Ik ga er zo vandoor,' zei ik.

'Maar we staan zo leuk te praten! Ik wilde net wat meer de diepte in.'

Ik lachte weer. 'Er is hier bijna niets te eten. Ik heb niet zoveel gegeten vandaag, dus ik drink op een lege maag. Dat gaat niet lang goed.'

'Waar hou je van?'

'Van eten? Sushi. Ik ben gek op sushi.'

'Ik ken een tent waar ze heel goede sushi maken. Zullen we daarnaartoe gaan?'

'Nu? Samen?' vroeg ik voor de zekerheid.

'Welja, waarom niet? Dit feest is toch ruk.'

Even stond ik in tweestrijd. Net, tijdens de film, had ik me voorgenomen om Rob los te laten. Misschien moest ik dat maar meteen in praktijk brengen.

'Oké,' zei ik. 'Even mijn manager appen, dan kunnen we gaan.'

23

'Het ziet er niet heel bijzonder uit hier, maar het eten is fantastisch,' zei Kai toen we tegenover elkaar in Otaru in de Pijp zaten. 'In Japan eten ze sushi alleen vóór de hoofdmaaltijd, wist je dat? En grote stukken mag je ook met je vingers eten.'

Ik legde mijn stokjes, waarmee ik zat te klungelen, neer. 'Zeg dat dan meteen,' zei ik en ik hapte in een rol van het een of ander.

Kai lachte en volgde mijn voorbeeld. 'Japanners worden gemiddeld het oudst van de hele wereld. Dat komt door hun voedingspatroon: weinig vet en veel vis en soja. Ze eten daar bijna geen vlees.'

'Heel goed van ze.'

'Ja, ze leven supergezond. O, en dip nooit de rijst in de sojasaus. Alleen de vis. Bij goede sushi is de rijst al op smaak gebracht, dus dippen is een belediging voor de kok.'

'En dat willen we niet,' zei ik, al had ik het altijd gedaan.

'Maar toevallig vind ik een beetje soja op mijn rijst wel erg lekker, dus als de kok het niet ziet, doe ik het toch. Wat niet weet, wat niet deert.' Kai dompelde een stukje rijst met zalm in het sojabakje.

Met een brede grijns deed ik hetzelfde. 'Nog andere regels?'

'Je schijnt de stokjes niet over elkaar te mogen wrijven. Dat betekent dat ze van slechte kwaliteit zijn.'

'Oeps. Volgens mij heb ik dat al een paar keer gedaan.'

'Vandaar dat iedereen naar je zit te kijken,' zei Kai.

Ik keek om me heen en zag een jongen en meisje naar ons staren.

'Morgen staat het in de *Privé*,' zei ik. 'De nieuwe liefde van Romée. Een exclusieve reportage.'

'Maar wie is het? Met wie zit zij de sushi-etiquette te negeren en verliefde blikken uit te wisselen?'

'Doen we dat?'

'Ik wel. Heb je dat niet gemerkt?'

Ik lachte. 'Dan ben je wel snel verliefd.'

Hij schudde zijn hoofd. 'Dat valt wel mee. Maar om eerlijk te zijn, toen ik jou vanavond zag staan... In eerste instantie herkende ik je trouwens niet. Je kwam me wel bekend voor, maar ik realiseerde me pas wie je was toen ik op je afstapte. Het is snel gegaan met jou, hè?'

Ja,' zei ik. 'Maar ik word niet zo vaak herkend hoor. Dat valt reuze mee.'

'Nou, verderop zit anders iemand naar je te gluren. En volgens mij werd er net een foto van ons gemaakt.'

'Echt waar?' Ik keek over mijn schouder, maar zag niemand in mijn richting kijken.

'Mensen kijken altijd naar je als jij het niet ziet,' zei Kai. 'Wat vindt je familie eigenlijk van je succes?'

‘Ik heb niet zo veel contact met mijn familie.’

‘Hoe komt dat? Of mag ik dat niet vragen?’

‘Jawel hoor. Mijn vader spoort niet. Hij heeft mijn moeder, mijn broers en mij altijd geterroriseerd. Vooral mij.’

‘Ben je daarom van huis weggelopen?’

Ik beet op mijn lip en schudde mijn hoofd. ‘Ik niet alleen, mijn broer Rob is ook weggegaan.’

‘Heb je met hem nog wel contact?’

Zonder iets te zeggen schudde ik mijn hoofd.

‘Zo te zien trek je je dat erg aan,’ zei Kai.

‘Ja,’ zei ik, en ik vertelde hem over Robs wereldreis en de abrupte manier waarop hij uit mijn leven verdwenen was. Toen ik klaar was met mijn verhaal hing er opeens een bedrukte stemming tussen ons.

‘En jij?’ vroeg ik, om van onderwerp te veranderen.

Kai pakte de fles sake en schonk onze kommetjes nog eens vol. ‘De band met mijn ouders en zussen is wel goed, maar ik zie hen ook niet vaak. Familiefeesten zijn een probleem. Ze komen nooit uit. Zelfs als ik een datum weken of maanden van tevoren blok, komt het voor dat ik onverwacht toch moet optreden. Voor een benefiet of omdat de drummer van een andere band ziek is. Dan spring ik in. Omgekeerd vind ik het ook fijn als een collega mij uit de brand helpt. Het gaat wel om duizenden mensen die een kaartje hebben gekocht. Die kun je niet laten zitten.’

‘Begrijpt je familie dat?’

‘Niet altijd. Ze vinden het raar dat ik hen wel laat zitten. En daar hebben ze ook wel een beetje gelijk in.’

We bleven de hele avond zitten praten en schrokken op toen de eigenaar kwam vertellen dat hij ging sluiten. Toen pas zagen we dat alle andere tafels al leeg waren. Verbaasd lachend keken we elkaar aan.

'Nou, dan stappen wij ook maar eens op.' Kai rekte zich uit en pakte zijn portemonnee.

'Heeft het u gesmaakt?' vroeg de man met een grappig accent.

'Het was heerlijk, dank u,' zei ik terwijl ik mijn jas pakte.

'Dank ú, mevrouw. Mag ik u een brutale vraag stellen? Zou u met mij op de foto willen? Is goed voor de zaak.'

'Natuurlijk,' zei ik.

Ik poseerde met de eigenaar, Kai maakte de foto. De man pakte een fles sake, duwde die in mijn handen, begeleidde ons naar de deur en zwaaide ons uit.

'Nog een afzakkertje bij mij thuis?' Lachend hield ik de fles sake omhoog.

'Laat eens zien, welke is het? Daiginjo. Wauw, dat is een goeie.'

'Kom maar helpen hem leeg te maken,' zei ik.

In plaats van de sake dronken we bier, een paar te veel, zodat ik dronken seks met Kai had. De volgende ochtend kon ik me er weinig van herinneren, maar hij lag, steunend op zijn elleboog, glimlachend naar me te kijken. 'Goedemorgen, schoonheid.'

Ik kreunde en schermde met mijn arm mijn ogen af tegen het licht. Toen ik iets wilde zeggen, kwam er een golf braaksel omhoog.

Ik rende naar de wc.

Na een hele tijd kwam ik terug in de slaapkamer.

'Bespeur ik daar een katertje?' vroeg Kai.

'Nee, hoor, zo word ik altijd wakker.' Ik ging op de rand

van het bed zitten. Elke spier in mijn lichaam deed zeer. Dit was niet alleen een kater, het leek wel griep. 'Kai, vind je het heel erg om me alleen te laten?'

'Natuurlijk niet, geen probleem. Ga jij lekker douchen, dan ga ik koffiezetten.' Energiek sprong hij uit bed.

'Ik bedoelde of je weg wilt gaan. Naar je eigen huis.'

Vol ongeloof keek hij op me neer. 'Serieus?'

'Ja, ik voel me niet goed.'

'Oké...' Kai raapte zijn kleding bij elkaar en begon zich aan te kleden. 'Zie ik je binnenkort nog?'

'Vast wel. Ik bel je.'

Hij kwam naar me toe gelopen, boog zich over me heen en kuste me op mijn voorhoofd.

'Beterschap.'

Toen hij weg was, liet ik me op mijn rug op bed vallen en richtte de camera van mijn telefoon op mijn gezicht. Ik maakte een foto van mezelf in een verwassen slaapshirt, mijn haar klitterig rond mijn gezicht en met kringen onder mijn ogen. Die zette ik op Snapchat en Instagram met het bijschrift *#lovemylife.*

24

Mijn posts op social media leverden me een ongelooflijke hoeveelheid likes en reacties op. Dat vond ik grappig, en dus ging ik ermee door. Ik begon collega's te persifleren, en het aantal mensen dat me volgde groeide explosief. Het aantal collega's dat me ontvolgde ook.

Ik vond het best, ik had toch geen tijd om vriendschappen te sluiten. Zelfs voor Kai had ik geen tijd. De stroom van promotionele activiteiten voor 'The Hard Way' nam me volledig in beslag.

Ik had wat minder optredens staan, maar er waren des te meer televisie- en radioprogramma's waarin ik geacht werd te verschijnen. Dat had Casper geregeld, onder het motto dat het goed was om mijn zichtbaarheid te vergroten. Dat mocht dan belangrijk zijn, ik had enorm de pest aan al die stomme spelletjes en talkshows.

'Je fans vinden het leuk om je op tv te zien,' zei Casper tijdens een bespreking op kantoor. 'En het bezorgt je boekingen. Laten we eens doornemen wat er allemaal is binnengekomen.'

Laura was ook bij de vergadering. Nu ik het drukker kreeg, had ik haar graag overal bij en had ik haar salaris wat verhoogd.

Het viel me op dat ze er moe en bleek uitzag. Zelf voelde ik me ook al een hele tijd niet lekker. Waarschijnlijk werkten we te hard.

'De programmamakers van *Wie is de mol?* hebben gevraagd of je ervoor voelt om aan de volgende editie mee te doen,' zei Casper.

'Alsjeblieft, zeg,' zei ik. 'Zie je mij al allerlei rare opdrachten uitvoeren?'

Laura lachte. 'Niet echt.'

'Ik heb hier ook nog een paar uitnodigingen voor filmpremières, al heb ik geen idee waar je de tijd vandaan zou moeten halen. Je agenda zit propvol. Maar die nieuwe talkshow op RTL4 is wel interessant.' Casper scrolde door zijn mail.

'Is het niet beter als Romée alleen de programma's aanneemt die met zang te maken hebben?' vroeg Laura.

Leon zond haar een verstoorde blik. 'Daar zijn er te weinig van.'

'Toch denk ik dat ze haar tijd nuttiger kan besteden.'

'Als we steeds nee zeggen, kunnen we op weinig medewerking van tv-zenders rekenen als wíj eens iets willen,' zei Leon op de geduldige toon waarmee je een lastig kind toespreekt. 'Het is geven en nemen.'

Maar Laura liet zich de mond niet snoeren. 'Ik vind dat Romée op het moment wel erg veel geeft. Ze kan beter wat gas terugnemen.'

Casper opende zijn mond om iets te zeggen, maar ik was hem voor. 'Is iemand geïnteresseerd in wat ík vind? Ik heb een hekel aan die spelletjes, dus dat doe ik niet. Ik denk dat Laura gelijk heeft en dat we de zin en onzin van elkaar moeten scheiden. In die nieuwe talkshow wordt veel gezongen, dus dat vind ik wel leuk. De rest doe ik niet.'

Met een diepe zucht gaf Casper zich gewonnen. 'Als je dan maar wel bij Pauw en bij Humberto aanschuift.'

'Kan ik er mijn single laten horen?'

'Dat regel ik.' Casper maakte een notitie.

'En dan nog wat,' zei Leon. 'Een probleempje. Er is een aanklacht tegen je ingediend, Romée.'

Verbaasd keek ik hem aan. 'Wat voor aanklacht?'

'Axel Landgraaf beweert dat "The Hard Way" door hem is geschreven.'

Even was ik totaal uit het veld geslagen. Het bloed suisde in mijn oren. 'Zegt hij dat? Dat zal wel wraak zijn, omdat jullie alleen met mij verder wilden.'

'Dus het is niet waar?' vroeg Leon.

'Nee, natuurlijk is het niet waar. Tijdens ons kennismakingsgesprek heb je nog gevraagd wie van ons die demo had geschreven. Axel bevestigde dat dat mijn tekst was.'

Leon knikte. 'Dat herinner ik me, ja. Dus er is niets aan de hand?'

'Natuurlijk niet.'

'Heeft hij bewijs?' vroeg Laura.

'Ik zal even voorlezen wat hij schrijft.' Leon keek op zijn laptop en las voor: 'Geacht management, hierbij wil ik jullie laten weten dat "The Hard Way" van Romée Walraven grotendeels door mij geschreven is. In de tijd dat dit nummer ontstond, woonden Romée en ik samen en werkten we nauw samen. Tot mijn verbazing heeft Romée privé noch in de media mijn aandeel bekendgemaakt, en me ook geen financiële vergoeding in het vooruitzicht gesteld. Aanvankelijk probeerde ik me niet druk te maken over het feit dat ze mijn nummer had opgenomen, maar na het grote succes van die song wil ik toch financiële compensatie. Ik hoop dat we hier onderling uit kunnen komen en dat ik geen juridische stappen hoef te ondernemen. Hoogachtend, Axel Landgraaf.' Leon klapte zijn laptop dicht en keek ons beurtelings aan. 'Wat doen we hiermee?'

'Niets. Laat hem het maar bewijzen,' zei ik.

Met gefronste wenkbrauwen keek Leon voor zich uit. 'Maar jullie hebben wel samengewerkt. Hoe zit dat?'

Ik schoof wat heen en weer op mijn stoel. 'Nou ja, samenwerken is een groot woord. Ik heb om zijn mening gevraagd. Als hij dat samenwerken noemt...'

'Dus dat liedje is jouw creatieve eigendom? Want dat is waar het hier om gaat.'

'Ja.'

'En dat kan in de rechtszaal niet onderuitgehaald worden? Heeft hij iets op papier staan?'

'Nee. Trouwens, al zou hij dat hebben, dan wil dat nog niet zeggen dat het nummer van hem is. Hij zou met me meegeschreven kunnen hebben. Maar een rechtszaak... zover zal het toch niet komen?'

'Dat proberen we natuurlijk te voorkomen,' zei Casper. 'Als er ook maar enige grond voor zijn beweringen is, dan kunnen we het beste een financiële schikking treffen voor het bij de media terechtkomt.'

'Hij krijgt helemaal niets,' zei ik. 'Die track is van mij, en het is belachelijk dat Axel rechten denkt te hebben omdat hij mij af en toe wat advies heeft gegeven.'

'Prima, dan doen we er niets mee. Als die jongen met bewijzen komt of een advocaat op ons afstuurt, zien we wel verder.' Leon keek de tafel rond. 'Anders nog iets?'

'Wat heeft hij precies?' vroeg Laura op weg naar de tramhalte.

'Axel? Zoals ik al zei, hij wil wraak. Op mij en op de platenmaatschappij.' Ik ritste mijn zwarte suède jack dicht en wendde mijn gezicht af toen een voorbijganger me aanstaarde.

'Ik bedoel, wat heeft hij om het je moeilijk te maken? Ik had het gevoel dat je Leon en Casper niet alles vertelde.'

Midden op straat bleef ik staan. 'Wat bedoel je daarmee? Dat heb ik wél gedaan. Misschien was Axels inbreng hier en daar wat groter dan ik heb gezegd, maar om nou te doen alsof híj dat nummer heeft geschreven...'

Laura haastte zich haar opmerking te nuanceren. 'Ik bedoelde er niets mee. Ik vroeg me alleen af waarom Axel zoiets beweert.'

'Ja, dat zou ik ook wel eens willen weten.'

'Zal ik eens met Axel gaan praten?'

'Nee,' zei ik. 'We negeren hem compleet.'

25

‘Je bent altijd heel openhartig geweest over de periode dat je dakloos was, en over je carrière, maar niet over je jeugd,’ zegt Nicole. ‘Ik zou het daar graag over willen hebben.’

‘Ik niet.’

‘Je hebt je eens in een interview laten ontvallen dat je niet zo’n gelukkige jeugd hebt gehad.’

‘Precies, dat heb ik me laten ontvallen. Maar ik heb geen zin om bijzonderheden te geven.’

‘Oké,’ zegt Nicole, en ze raadpleegt haar aantekeningen. ‘Waar hadden we het hiervoor over? Die plagiaatzaak. Wat heeft dat met je gedaan?’

Ik haal mijn schouders op. ‘Niet veel. Hij is niet eens voor de rechter geweest.’

Nicole kijkt me peinzend aan. ‘Wat vond je ervan dat een oude vriend, een ex nota bene, je van zoiets ernstigs beschuldigde?’

‘Niet zo leuk.’

‘Dat lijkt me een understatement.’

'Wat moet ik dan zeggen? Dat ik er wakker van lag? Dat was niet zo.'

Ze knikt en neemt een slok van haar koffie, die intussen wel koud moet zijn. 'Maar hebben jullie het er samen wel over gehad?'

'Ja,' zeg ik. 'Eventjes.'

Op een avond begin oktober stond Axel onverwacht voor mijn neus. Ik had een drukke dag gehad, die was begonnen met een bezoek aan *Evers Staat Op*, waarna ik met Casper en Laura naar *Koffietijd* was gegaan.

's Avonds had ik opgetreden voor een jubilerend bedrijf, en toen ik eindelijk thuiskwam was het laat.

Casper reed weg en ik stak de sleutel in het slot van de voordeur. Een donkere figuur stapte uit de schaduw van het naastgelegen portiek. Ik gilde het uit.

'Ik ben het maar,' zei Axel. 'Waarom schrik je zo, Romée?'

'Natuurlijk schrik ik als iemand opeens uit het donker opduikt. Wat doe je hier?'

'Wat denk je? Ik heb je management gemaild. Hebben ze dat niet verteld?' Met zijn handen in zijn zij kwam hij voor me staan.

'Ja, dat hebben ze verteld, en ik heb gezegd dat jouw claim onzin is; het was een kort gesprek.'

'Dus jullie zijn niet van plan erop te reageren?'

'Nee. Dat heb je goed begrepen. Wil je opzijgaan, ik wil naar binnen.'

'Best, maar dan ga ik mee. Want ik ben nog niet uitgepraat.'

Ik zuchtte. 'Nou, zeg het dan maar.'

Axel sloeg zijn armen over elkaar. 'We hebben "The Hard

Way" samen gemaakt, dat weet je heel goed.'

'O ja?'

'Ja. De tekst is van mij, en de muziek voor een deel ook. Vooral de brug. Je hebt dat rifje aangepast, meer niet.'

'"The Hard Way" is een mineurakkoord met een dalende bas. Er zijn zo veel liedjes volgens dat akkoordenschema opgebouwd.'

'Maar met de tekst ben je te ver gegaan. Het is gewoon jatwerk.'

'Overdrijf toch niet zo. Ik heb "The Hard Way" in de steigers gezet, jij hebt alleen de volgorde veranderd en de brug geschreven. Die ik daarna heb veranderd.'

'Twee zinnen,' zei Axel. 'De rest heb je gelaten zoals het was. En je hebt "The Hard Way" in de steigers gezet nadat je mij de melodie had horen neuriën.'

'Jij liep altijd te neuriën. Denk je nou echt dat ik dat allemaal meteen opschreef?'

'Ja,' zei Axel. 'En ik wil krijgen waar ik recht op heb.'

'Dat heb je al: niets. En nu opzij, anders bel ik de politie.' Ik haalde mijn telefoon tevoorschijn en deed een stap achteruit toen hij hem probeerde af te pakken. Hij greep me bij de arm en ik gilde.

'Alles in orde hier?' Een voorbijganger bleef staan en keek wantrouwig naar Axel.

'Nee! Wilt u de politie bellen, meneer?' vroeg ik met bevende stem.

'Er is niets aan de hand. Ik ga al.' Axel stapte van me weg. Na een paar passen draaide hij zich om en riep: 'Je kunt binnenkort een brief van mijn advocaat verwachten!'

Ik haalde mijn schouders op en ging naar binnen. Even bleef ik in de donkere gang staan, toen zuchtte ik diep, deed het licht aan en liep naar de keuken. Pas na twee glazen wijn kalmeerde ik wat.

De volgende dag had ik het te druk om aan Axel te denken. 's Morgens en 's middags had ik interviews buiten de deur, en 's avonds zou ik in RTL *Boulevard* zitten.

Na de interviews, die ik in een grand café in de buurt gaf, ging ik snel naar huis om me op te frissen en wat te eten voor ik naar RTL *Boulevard* ging. Ik voelde me slap en uitgewrongen.

Misschien moest ik wat meer aandacht aan mijn voeding besteden. Aan mijn kleding kon ik merken dat ik een paar kilo was kwijtgeraakt, en ik voelde me voortdurend duizelig. Ik nam me voor een halfuurtje op de bank te gaan liggen.

Zodra ik de gang in stapte, voelde ik het al: er klopte iets niet.

Ik bleef doodstil staan en luisterde. Er klonken geen geluiden, maar er hing een vreemde geur. Een sterke, mannelijke geur.

Mijn blik gleed rond en bleef rusten op de deur van de woonkamer. Die was dicht.

Ik liet hem altijd openstaan, omdat ik niet hield van afgesloten ruimtes.

Nu was hij dicht.

Ik was niet erg dapper, maar ook niet dom. In boeken en films ging de heldin altijd zelf een kijkje nemen, al schreeuwde de hele situatie dat ze de benen moest nemen. Dus als ze dan toch naar binnen ging en een klap op haar hoofd kreeg, kon ik niet nalaten te denken: eigen schuld.

Ik liet de deur dicht en haastte me naar buiten. Daar belde ik de politie, die me op het hart drukte niet naar binnen te gaan.

'En als ik die inbreker zie? Wat moet ik dan doen?'

'Niets. Alleen zijn signalement opnemen. Probeer de man niet aan te houden, kijk alleen hoe hij eruitziet en in welke richting hij vlucht.'

Aan de overkant van de gracht wachtte ik op de politie, starend naar de voordeur, die ik in de haast open had laten staan. Voorbijgangers wierpen een blik naar binnen, maar leken het niet vreemd te vinden dat iemand zo gastvrij toegang gaf tot zijn huis.

Niemand ging naar binnen, niemand kwam naar buiten.

Dat laatste was vreemd. Hoeveel tijd had een inbreker nodig? Hij moest mij gehoord hebben. Zou hij via de achterdeur ontsnapt zijn?

Na een paar minuten arriveerde er een politiewagen. Er stapten drie mannen uit. Een van hen kwam naar mij toe en liet me nogmaals verslag doen, de andere twee gingen de gang in, luidkeels hun komst aankondigend.

Ik keek gespannen toe, en met mij zo'n beetje alle bewoners van de Egelantiersgracht. Na een paar minuten kwamen de agenten weer naar buiten.

'Er was wel iemand, maar hij is via de tuindeur vertrokken. Wilt u kijken of u iets mist?'

Met tegenzin ging ik naar binnen. De geur vervloog al, en toch voelde mijn huis niet meer als mijn huis.

Samen met een agent liep ik de woonkamer in. De openslaande tuindeuren stonden wijd open.

'Er zijn geen sporen van braak. Had u die tuindeuren wel goed dichtgedaan?'

'Ja,' zei ik, hoewel ik daar opeens aan twijfelde.

'Mist u iets?'

Ik keek in het rond. Op het eerste gezicht leek alles er nog te zijn. Televisie, iPad, sieraden. Maar er stond wel een kast open.

'Die kast. Ik weet zeker dat die dicht was.'

'Dan is de inbreker waarschijnlijk gestoord toen hij bezig was.' De agent maakte aantekeningen. 'Als u aangifte wilt doen, kan dat online. U kunt ook naar het bureau komen.'

'Goed. Bedankt dat jullie zo snel zijn gekomen.'

'Graag gedaan. Gelukkig is uw huis niet leeggeroofd, dat zien we wel eens anders. Enne, ik zou de sloten vervangen. Soms komen die gasten terug om hun werk af te maken.'

Een huivering gleed over mijn rug. 'Dat zal ik zeker doen. Nogmaals bedankt.'

Ik liet de agenten uit en sloot de deur voor de nieuwsgierige ogen van de buurtbewoners. Toen pas begon ik te beven.

26

Al met al had ik niet veel tijd over om me voor te bereiden op RTL *Boulevard.* Ik warmde een kliekje pasta uit de vriezer op en dronk er een glas wijn bij om te kalmeren.

In plaats daarvan voelde ik me alleen maar onrustiger worden. Ik transpireerde en toen ik online aangifte deed, zag ik een beetje wazig. Stress.

Ik strekte me uit op de bank en wachtte met gesloten ogen op Laura en Casper.

Er was iemand in mijn huis geweest. Een inbreker? Michael? Axel?

Wie het ook was, het maakte me bang en ik was blij toen Casper en Laura voor de deur stonden. We hadden afgesproken voor dat kleine stukje naar het Leidseplein de auto te laten staan en de tram te pakken. Daar had ik nu spijt van, maar eenmaal buiten deed de frisse herfstlucht me goed.

'Er is bij me ingebroken,' zei ik. 'De politie is net weg.'

Laura keek verschrikt. 'Is er iets gestolen?'

'Helemaal niets. De politie denkt dat de dader op de

vlucht is geslagen toen ik thuiskwam. Dat denk ik ook, want ik had meteen door dat er iemand in mijn huis was, door dat geurtje. Ik ben naar buiten gegaan en heb de politie gebeld. Toen ze kwamen, stonden de tuindeuren open.'

'Dat is niet best. Het had nog verkeerd kunnen aflopen als je was doorgelopen. Gaat het?' Bezorgd nam Casper me op.

'Nu wel, maar ik heb een uur zitten trillen. Als ik niet iets had geroken, zou ik die klootzak in mijn huiskamer hebben aangetroffen.'

'Ik moet er niet aan denken! Gelukkig dat je zo verstandig was om naar buiten te gaan en de politie te bellen.' Laura gaf me een arm, alsof ik opeens hulpbehoevend was geworden.

'En dan moet je straks ook nog op tv. Ik kan me voorstellen dat je daar weinig zin in hebt,' zei Casper terwijl we de gracht afliepen.

'Het leidt wel even lekker af. Maar ik zie ertegen op om vanavond alleen thuis te zijn.'

'Zal ik bij je blijven?' vroeg Laura. 'Of nee, kom bij mij logeren. En morgen laten we meteen nieuwe sloten plaatsen.'

'Dat lijkt me een goed plan,' zei Casper.

Ik knikte naar Laura. 'Mij ook. Heel graag.'

Even later wandelden we het Leidseplein op. Het was een mooie avond en de verwarmde terrassen zaten vol.

We liepen naar een pand op de hoek van de Leidsestraat, waar de studio op de eerste verdieping zat. Boven aangekomen werden we verwelkomd door een assistente.

Ik was aan de beurt in het tweede blok, na de reclame. Voorzien van broodjes en koffie zaten we in de wachtruimte bij elkaar. Na tien minuten kwam een assistente me halen voor de visagie.

'Zenuwachtig?' vroeg ze glimlachend.

Ik zag nog steeds wazig en voelde me trillerig, maar dat kwam niet door het tv-programma.

'Valt wel mee, hoor,' zei ik.

Tijdens de commercials werd ik meegenomen naar de studio. Ik begroette presentator Beau en de andere gasten.

Een paar minuten later werd het sein gegeven dat we in de lucht waren, en de uitzending ging van start.

En toen begon het. Ik moest me aan de desk vasthouden om niet te vallen, ik stond te zwaaien op mijn benen.

Gelukkig hield Beau een lang intro over mijn dakloze periode en werd mijn filmpje met Mahmoud vertoond, zodat ik de tijd had om tot mezelf te komen. Ik dronk snel een paar slokken water en toen Beau zich tot mij richtte, voelde ik me wat beter. In ieder geval goed genoeg om zijn vragen te beantwoorden. Ik leunde met mijn arm op de desk en hoopte dat dat er nonchalant uitzag.

We praatten wat over mijn bliksemcarrière en de manier waarop ik met de social media omging. Op het scherm achter ons verschenen de foto's die ik op Instagram had gepost, en onder de aanwezigen, die ze blijkbaar nog niet gezien hadden, ging een luid gelach op.

'Je plaatst nou niet bepaald de meest voordelige foto's van jezelf,' zei Beau. 'Waarom doe je dat, Romée?'

'Omdat ik dit óók ben,' zei ik. 'Dit is een deel van mijn leven, niet alleen de momenten op de rode loper en het podium. Ik drink niet elke dag champagne.'

'Nou...' zei een andere gast, een voetballer, met een veelbetekenend knikje naar de foto die ik had gepost toen ik een kater had.

Weer werd er gelachen, en ik deed mee. Een nieuwe aanval van duizeligheid overviel me en even was ik bang dat ik zou vallen. Ik greep me vast aan de desk en zei: 'Ik drink ook graag bier, dat klopt. Soms iets te veel, en dan mogen de mensen dat ook weten.'

Een blond meisje op de bank, een soapsterretje dat ik niet kende en dat Myrthe heette, applaudisseerde.

'Ik vind het zó goed van je,' zei ze. 'Er zullen niet veel vrouwen zijn die zichzelf zo ongepolijst durven te tonen. De wereld van de social media is een schijnwereld waarin iedereen zich zo mooi mogelijk voordoet, maar het is natuurlijk net...' Ze zocht naar de juiste vergelijking.

'Een soap,' zei ik, en opnieuw werd er gelachen.

We praatten even door over ons socialmediagebruik, maar algauw veranderde Beau van onderwerp.

'Met je carrière gaat het top, maar volgens mij heb je nog meer leuk nieuws, Romée.'

Vragend keek ik hem aan.

'We hebben een interessante foto van jou waar we graag tekst en uitleg bij willen.' Met een ondeugende blik in zijn ogen keek Beau terug.

'O ja?' zei ik, terwijl ik me afvroeg wat hij in vredesnaam bedoelde.

'Mensen, kunnen we even naar die foto kijken?' Beau wenkte iemand in de donkere ruimte achter de camera's.

Op het scherm verscheen een foto van Kai en mij. We zaten bij Otaru, dicht naar elkaar toe gebogen. Het zag er erg romantisch uit. Ik herinnerde me dat Kai en ik gegrapt hadden dat we in de *Privé* zouden komen te staan, maar ik had toen niet kunnen bedenken dat we er RTL *Boulevard* mee zouden halen.

'Als ik het goed heb is dit Kai Westhof, de drummer van

Eclectica, klopt dat? Je kijkt niet zo blij, Romée, overvalt dit je?'

'Een beetje,' zei ik luchtig. 'Ik had natuurlijk wel gemerkt dat er foto's van ons werden gemaakt, maar ik had gehoopt dat jullie die niet te pakken zouden krijgen.'

'Had je het geheim willen houden?'

'Ja, natuurlijk. Op deze manier heb je nooit de tijd om uit te zoeken of iemand bij je past. Iedereen duikt er meteen bovenop.'

'Op de foto's ziet het er in ieder geval uit als een geslaagde date. Of is er inmiddels sprake van een relatie?' vroeg Beau.

'Kai en ik zijn één keer uit eten geweest en dat was inderdaad leuk. Maar een relatie is het niet geworden, hoor.'

'Maar je maakt mij niet wijs dat het daarna niet heel gezellig is geworden!' Dat was Myrthe weer.

Ik bleef glimlachen. 'Het was al gezellig, en dat is het gebleven.'

'Heel goed! Ik kan er nog uren over doorpraten, maar eigenlijk wil ik iets anders van je weten, Romée.' Beau draaide zich naar me toe, opeens een stuk serieuzer. 'Misschien is het allemaal onzin, maar het gerucht doet de ronde dat je aangeklaagd wordt wegens plagiaat. Klopt dat?'

Het werd heel stil, zowel in de studio als in mijn hoofd. Daarna begon het bloed te bonzen in mijn aderen.

'Plagiaat?'

'Ja, volgens mijn informatie beweert een ex van je, Axel Landgraaf, dat jouw nieuwe nummer "The Hard Way" voor een groot deel door hem geschreven is. Dat is nogal een bewering.'

'Dat is het zeker.' Er was geen ontsnappen aan. Ik wist dat ik luchtig moest reageren, maar diep in mij ontstond paniek.

De duizeligheid nam toe en ik bleef zo onopvallend mogelijk steun zoeken bij de desk.

'Weet je wat het is, Beau, als je onverwacht succes krijgt, staan er altijd mensen klaar die daarvan willen meeprofiteren. En als dat ook nog mensen zijn van wie je gehouden hebt, en van wie je dacht dat het vrienden waren, doet dat pijn.'

'Dus het is onzin.'

'Het is klinkklare onzin.'

'Denk je dat het tot een rechtszaak komt?'

'Ik denk van niet. Mijn ex weet zelf ook dat het niet waar is wat hij zegt, dus veel kans maakt hij niet in een rechtszaal.'

Op de bank bleef het stil. Ook Myrthe, die me net nog zo bewonderde, zweeg. Toen nam de voetballer het woord.

'Maar waar zijn de beweringen van je ex dan op gestoeld? Hij zegt dat toch niet zomaar?'

Hier moest een einde aan komen, en snel.

'Ik denk dat hij een beetje in de war is. Ik ga binnenkort met hem praten, dan komen we er wel uit. Het is ook niet gemakkelijk als je zelf graag succes wilt en het je maar niet lukt om door te breken.' Ik keek naar een denkbeeldig iemand achter de schermen en wendde me tot Beau. 'We krijgen een seintje dat we uitlopen, Beau. Zag je dat niet?'

Beau begon te lachen.

'Je hebt gelijk, we moeten door. Want de reden dat we je gevraagd hebben te komen, is deze.' Hij draaide zich om en pakte iets aan van een assistent, die kwam aanlopen. Met een brede glimlach overhandigde Beau me een gouden plaat. 'Deze mag ik je uitreiken voor vijftienduizend verkochte exemplaren van "The Hard Way". Van harte gefeliciteerd, Romée!'

27

De aangename verrassing van de gouden plaat werd compleet bedorven door het feit dat ze bij RTL *Boulevard* op de hoogte waren van Axels claim.

Vol ingehouden woede liep ik met Casper mee. ‘Hoe kon dit gebeuren? Hoe wisten ze dit?’

‘Ik denk dat Axel hen heeft ingelicht. Daarom hebben ze je waarschijnlijk uitgenodigd, om je even aan de tand te voelen. Dit is niet goed, Romée,’ zei Laura, die achter ons aan gekomen was.

‘Dat begrijp ik ook wel. Ik stond daar met mijn mond vol tanden. Als het maar niet te zien was dat ik schrok.’

‘Nee, je hield je uitstekend, en je loste het prima op. Maar de pers zal er nu wel op duiken.’

‘Daar ben ik ook bang voor. We moeten over een reactie nadenken.’ Casper pakte zijn telefoon en appte Leon.

Intussen probeerde ik mijn kalmte te bewaren en bleef ik glimlachen naar de mensen die ik backstage tegenkwam.

Om niet de indruk te wekken dat we op de vlucht sloegen,

namen we nog een kop koffie en een broodje. Dat kon ik wel gebruiken. Ik at te weinig, daarom was ik natuurlijk zo duizelig.

Daarna nam ik de fles wijn in ontvangst die een productiemedewerkster me als dank voor mijn komst aanbood en vertrokken we.

Op het Leidseplein namen Laura en ik afscheid van Casper, die beloofde me de volgende dag te bellen. Daarna liepen we de Leidsestraat in.

'Dat gedoe met Axel kon wel eens heel vervelend worden,' zei ze.

'Niet als we er geen aandacht aan besteden. Laat de pers maar speuren, ze vinden toch niets.'

'Daar gaat het niet om. Als Axel dit verhaal blijft vertellen, ontstaat er twijfel en dat kan schadelijk zijn voor je carrière.'

'Ik overleef het wel,' zei ik.

'Dat hoop ik. Kun je niet beter met hem gaan praten en proberen te schikken?'

'Ik héb met hem gepraat. Hij stond opeens voor mijn deur en bedreigde me. Moet ik hem nou ook nog geld gaan geven?'

'Nee, erkenning voor zijn aandeel in dat nummer. Hij heeft je immers geadviseerd.'

'Als hij normaal had gedaan, had ik dat willen overwegen. Maar ik ben bang dat hij zijn rol gaat overdrijven. Als Axel carrière wil maken, vind ik dat prima, maar niet over mijn rug.'

'Een kwaaie hond moet je niet aaien, maar ook niet schoppen.'

'Nee, je moet hem op afstand houden,' zei ik. 'En nu ben ik erover uitgepraat.'

'Oké, ander onderwerp. Hoe zit het nou tussen die Kai

en jou? Hebben jullie iets met elkaar?'

'Nee.'

'Wie is hij precies? Ik ken hem helemaal niet.' Laura pakte ook haar telefoon en bekeek de foto's die op social media rondgingen. 'Kai Westhof, drummer, achtentwintig jaar oud, heeft een veelbelovende carrière met de band Neo met pillen en drank naar de klote geholpen, is afgekickt en speelde in Eclectica. De leadzanger van die band is solo gegaan, en nu zijn ze uit elkaar.'

'Daar heeft Kai niets over gezegd,' zei ik.

'Misschien wil hij met jou samenwerken.'

'Wat bedoel je daarmee? Dat hij om die reden contact met mij heeft gezocht?'

'Dat zou kunnen, ja. Je hebt succes, je krijgt gouden platen, dus een samenwerking zou voor hem interessant zijn.'

Het bleef een tijd stil tussen ons. Ik dacht na over Laura's woorden en voelde een diepe triestheid opkomen.

We liepen de Keizersgracht op en Laura zei: 'Ik zeg niet dat het zo ís, maar je moet wel rekening houden met de mogelijkheid. Je bent bekend, succesvol, er zullen altijd mensen zijn die daarop mee willen liften.'

'Er bestaan ook mensen met goede bedoelingen.'

'Absoluut. Het is aan jou om die inschatting te maken. Wees niet te wantrouwig, maar ook niet naïef.'

Weer was het even stil.

'Kai is oké,' zei ik toen.

'Dat zal best, maar ik zou niet met hem gaan samenwerken. Houd werk en privé gescheiden, dat is beter.'

De rest van de wandeling naar mijn huis, waar ik wat spullen wilde halen, zwegen we. Laura was aan het appen en ik had het een en ander om over na te denken.

Ze had natuurlijk gelijk. Hoe goed was mijn mensenkennis nou helemaal? Misschien was ik inderdaad naïef, en graag bereid te geloven dat het Kai om mij ging. Ik zou het vanzelf wel merken.

Bij mijn huis aangekomen bleef ik een paar seconden voor de deur staan. Laura en ik wisselden een blik.

Toen stak ik de sleutel in het slot, draaide hem om en duwde de deur open. Ik deed een stap naar binnen en snoof. 'Ik ruik niets.'

Laura stapte ook de gang in. 'Toch raar, een inbreker die onder de aftershave eropuit gaat.'

'Misschien moest hij zijn angstzweet verbergen.' Ik liep naar de deur van de woonkamer, die wijd openstond, en bleef op de drempel staan.

Zo te zien was er niets aan de hand. Opeens had ik niet zo veel zin meer om bij Laura te overnachten.

'Ik denk dat ik toch maar hier blijf,' zei ik. 'Als die inbreker van plan was om terug te komen, had hij het wel gedaan toen ik bij *Boulevard* zat.'

'Als hij weet wie je bent wel. Het kan ook toeval zijn dat hij jouw huis heeft uitgekozen. Maar goed, je weet het zeker? Barricadeer wel je deuren. Of leg er iets voor dat lawaai maakt als iemand probeert binnen te komen.'

'Goed idee,' zei ik, en ik liet haar uit.

De duizeligheid was verdwenen, maar ik voelde me enorm rusteloos.

Ik had RTL *Boulevard* opgenomen en besloot het even terug te kijken.

Nadat ik een joggingbroek had aangetrokken, plofte ik op

de bank. Het was vreemd om mezelf op tv te zien. Mijn stem klonk anders, en ik lachte raar.

Met argusogen volgde ik elke beweging die ik maakte, elk woord dat ik sprak en elke gezichtsuitdrukking. Al had ik geprobeerd het onopvallend te doen, het was duidelijk dat ik de desk nodig had om op de been te blijven. Ik leek wel dronken. Maar mijn stem klonk normaal, dus hopelijk maakte ik alleen maar een zenuwachtige indruk. Voor de zekerheid keek ik niet op Twitter.

Ik zuchtte toen de foto's van Kai en mij op het televisiescherm verschenen. De verbazing op mijn gezicht was komisch, mijn reactie op Axels beschuldiging van plagiaat wat minder.

Toch zouden alleen mensen die me goed kenden kunnen zien dat ik ervan schrok. Casper had gelijk: ik hield me goed.

Mijn telefoon liet een reeks klanken horen. Ik pakte hem, in de veronderstelling dat het Casper of Leon was. Het was Kai.

Ons tv-debuut al gezien?

Ik typte terug: *Ja, nu net.*

Zal ik even langskomen?

Ik aarzelde even, onderzocht het gevoel dat in me naar boven kwam en schreef terug: *Is goed.*

Oké, zie je zo.

Ik stond op, keek in de spiegel en overwoog me om te kleden. Maar die joggingbroek zat zo lekker en ik had niet de energie om moeite te doen. Het was wel goed zo.

Kai was er verbazend snel en kwam binnen met het nonchalante gemak van iemand die al jaren bij je over de vloer komt. Hij kuste me op de mond en zei: 'Je had gelijk.'

'Over Twitter, bedoel je.'

'Ja, het stond er in no time op. Maar dat er ook op tv aandacht aan wordt besteed...' Hij schudde zijn hoofd en liep door naar de woonkamer. 'Hoe is het?'

'Niet zo best. Er is bij me ingebroken.'

'Vanmiddag?' Kai keek geschrokken.

'Ja, de politie is geweest en alles. Er was niets gestolen. De dader was waarschijnlijk nog bezig toen ik thuiskwam en is er door de tuindeuren vandoor gegaan. Ze stonden wijd open.'

'Jezus. Durf je nog wel alleen thuis te zijn?'

Ik lachte. 'Waarom denk je dat jij hier bent?'

Hij trok een gezicht. 'Ik hoopte omdat je me zo woest aantrekkelijk vond. Maar even serieus, zit je hier nog wel oké?'

'Welja. Inbraken komen overal voor, in heel Amsterdam. Daar ga ik niet voor verhuizen. Bovendien vind ik de Jordaan een leuke buurt. Hier lopen tenminste normale mensen over straat, die koffie drinken in plaats van een *mocha*-cookie-crumble-frappuccino, een *caramel*-macchiato of hoe dat allemaal mag heten.'

Kai lachte. 'En dat dan showen op Instagram.'

'Met prachtig versierde nagels. Hashtag *happyhappy*.'

We grijnsden naar elkaar en ik bood Kai iets te drinken aan.

'Heb je een biertje?' vroeg hij, terwijl hij ging zitten.

'Natuurlijk heb ik een biertje. Daar zorgt Laura wel voor.'

'Echt? Doet ze boodschappen voor je?'

'Alleen als ik het erg druk heb. Dan gaat ze een keer niet mee naar een optreden en sleept ze van alles in huis.' Ik liep naar de keuken, pakte een blikje bier en zette voor mezelf kruidenthee.

Kai keek er met opgetrokken wenkbrauwen naar toen ik ermee terug kwam lopen. 'Is dat om Twitter?'

'Die thee? Hoezo?'

'Je optreden bij *Boulevard* wordt nogal kritisch besproken. Veel mensen vroegen zich af of je dronken was, of stoned.'

'Daar was ik al bang voor. Ik ben steeds duizelig, en ik heb spierpijn.'

'Griepje?'

'Zou best kunnen.' Ik ging naast Kai op de bank zitten. 'Doe jij veel met social media?'

'Nee, dat is niets voor mij.'

'Voor mij ook niet. Wat bezielt mensen om de hele dag door alles wat ze meemaken met onbekenden te delen? Waar komt die behoefte vandaan?'

'Aandacht.'

'Dat zal wel, ja. Als je alleen berichten over jezelf plaatst, moet je dat lekker zelf weten, maar je hebt ook BN'ers die hun kinderen op social media zetten. Zo dom. Je weet nooit wie er meekijkt. Op een dag staat er een of andere malloot op het schoolplein en die pikt jouw kinderen er dan zo uit.'

'Mensen zijn zo argeloos. Ze realiseren zich niet dat wat je op internet zet altijd terug te vinden is. Zeg, wat was dat nou voor gekkigheid over plagiaat?'

'Een boze ex.' Quasinonchalant haalde ik mijn schouders op. 'Of nee, een jaloerse ex. Hij beweert dat hij mijn hits geschreven heeft.'

'Wat een eikel.'

'Ja, hij heeft hoogstens hier en daar een zinnetje bedacht, en wat adviezen gegeven, maar meer ook niet.'

'Hij ruikt natuurlijk geld. De rat. Alsof jij dat nodig hebt, plagiaat.'

Zijn vertrouwen in mij ontroerde me. 'Ik hoorde dat de band waar je in speelt uit elkaar gaat. Klopt dat?'

'Yep. Helaas wel.'

'Waarom is dat?'

'Roel, onze leadzanger, wil solo verder. En zonder leadzanger is er geen band. Dat is zo klote van drummen, je kunt er niet in je eentje mee verder.'

'Jullie kunnen toch een andere leadzanger zoeken?'

'Ach, er waren onderling al een tijdje problemen. Misschien is het wel het beste zo. Ik vind wel iets anders.' Hij nam een slok bier en keek me van opzij aan. 'Als jij iets weet...'

'Ik heb geen drummer nodig.'

'Dat weet ik, maar als je iets hoort van een andere band. Of als je een drummer wilt...' Hij lachte breed, alsof het maar een grapje was.

Ik glimlachte. 'Ik zal eens rondvragen.'

'Tof, dank je.' Kai wierp een blik op zijn horloge. 'Ik ga zo naar een feest in Escape. Ga je mee?'

Ik keek op de klok. Het was één uur geweest. 'Nee, ik moet echt een paar uur slaap pakken. Ik heb morgenmiddag een gig. Ik hoop tenminste dat ik kan slapen.'

'Durf je wel alleen te slapen vannacht? Zal ik blijven?'

'Je ging toch naar een feest?'

'Ja, maar als je wilt dat ik hier blijf, dan doe ik dat.'

Ik overwoog zijn aanbod en sloeg het toen af. Ik was niet echt bang dat die inbreker terug zou komen. Bovendien wilde ik geen logé, ik wilde alleen naar bed en alleen wakker worden.

'Oké.' Kai hees zich overeind. 'Dan ga ik maar. Als er iets is, dan bel je, hè? Zie ik je binnenkort nog?'

'Binnenkort weet ik niet, ik heb het ontzettend druk. Ik app je wel.' Ik maakte aanstalten om op te staan, maar Kai gebaarde dat ik moest blijven zitten.

‘Ik kom er wel uit. Slaap lekker.’ Hij boog zich naar me toe en kuste me. In de deuropening draaide hij zich opeens om. ‘Heb je nog iets van je broer gehoord?’

Verrast keek ik hem aan. ‘Nee, hoezo?’

‘Gewoon. Ik vind het sneu voor je dat je geen contact met hem hebt. Familie is belangrijk.’ Hij wierp me een kushand toe en vertrok.

Ik dronk mijn thee op en staarde voor me uit. Dacht ik eens een avondje niet aan Rob, hielp Kai me er weer aan herinneren.

Een aantal keren had ik op het punt gestaan naar huis te bellen, maar ik had het niet gedaan. Ik wist dat ik geen antwoorden zou krijgen. Na mijn gesprek met Evy vermoedde ik dat ze mij de schuld gaven van Robs vertrek. En misschien klopte dat ook wel.

Om de opkomende pijn te verdrijven kwam ik snel overeind. Ik ruimde op, deed het licht uit en liep de gang in. Mijn blik viel op de kapstok, waar Kais sjaal nog hing. Onderweg naar mijn slaapkamer appte ik hem.

Je sjaal hangt hier nog.

Een paar minuten later reageerde hij. *Ik had geen sjaal bij me.*

Ik liep terug naar de gang, haalde de sjaal van de haak en draaide hem om en om in mijn handen. Van wie was dat ding? Ik stopte mijn neus erin en rook een bekende geur. Een mannelijke, muskusachtige aftershave.

28

Vreemd genoeg besprong de angst me niet meteen. Het was alsof het vertraagd tot me doordrong wat dit betekende. Dat er weer iemand in mijn huis was geweest. Dezelfde persoon.

Had die Michael dat luchtje om zich heen gehad? Ik kon het me niet herinneren. We waren buiten toen ik hem sprak, midden in de drukte, en daar hingen zo veel geuren.

Ik belde de politie, maar die wilde niet komen. Was er weer ingebroken? Miste ik iets? O, er hing een onbekende mannensjaal aan de kapstok. Kon die niet van een vriend zijn?

'Nee,' zei ik. De agente maakte er een notitie van, maar aan haar stem kon ik horen dat ze niet onder de indruk was van deze ontwikkeling.

Het enige wat ik kon doen was mezelf beschermen. Ik sleepte een kastje naar de voordeur en plaatste het ertegenaan. Daarbovenop zette ik een lamp en een paar longdrinkglazen. Als er vannacht iemand naar binnen wilde komen, zou dat een hoop lawaai opleveren.

Ik liep terug naar de woonkamer, schoof de bank tegen

de tuindeuren aan, gooide het zitgedeelte vol kussens, legde daar weer stapels boeken op en tot slot een bijzettafeltje, dat ik vastklemde onder de greep van de tuindeur.

Van een afstandje bekeek ik het stilleven. Dat zou hem wel tegenhouden.

In de keuken pakte ik een kleine maar stevige koekenpan. Ik haalde een mes uit de la, en in de badkamer vond ik een oude bus haarlak. Gemeen spul. Dat moest je niet in je ogen krijgen.

Met mijn wapens naast me kroop ik onder het dekbed. Gelukkig was ik te uitgeput om lang wakker te liggen.

Het eerste wat ik de volgende ochtend deed was de slotenmaker bellen voor een goed slot dat je niet open kreeg door er een bankpasje of zoiets langs te laten glijden. Ik appte Laura of zij in mijn huis wilde blijven wachten, dan zou ik met Casper naar het optreden gaan.

Tijdens de soundcheck die middag kreeg ik een appje: *Alle sloten vervangen!*

Opgelucht stuurde ik een omhooggestoken duimpje terug.

De inbreker werd niet gevonden, maar kwam ook niet terug. Met de nieuwe sloten leek het probleem opgelost.

Helemaal lekker zat het me nog niet, maar ik had ook geen zin om voor die inbraak te verhuizen.

Van Michael had ik al even geen last meer, en na een week of twee voelde mijn huis weer als een veilige plek. Ook van Axel hoorde ik niets. De bladen deden een tijdje opgewonden over zijn beschuldigingen, maar toen hij geen rechtszaak begon, hielden de geruchten op.

Al had ik willen verhuizen, dan zou ik er de puf niet voor hebben gehad. Mijn energie ging volledig in mijn werk zitten. Ik genoot ervan, en ik was trots op wat ik in zo'n korte tijd had bereikt, maar het harde werken had een keerzijde. Voor een sociaal leven had ik weinig tijd, en als ik vrij was voelde ik me uitgeput.

'Ben je nu alweer verkouden?' vroeg Casper bezorgd. 'Dat is al de derde keer in twee maanden. Je moet even een kuurtje halen bij de dokter.'

'Het gaat wel. Ik hoef geen antibiotica, ik heb gewoon een paar vrije dagen nodig.' Ik nieste in mijn mouw en zocht naar het pakje zakdoekjes in mijn tas.

'Tja, dat komt slecht uit. Het is de komende tijd erg druk,' zei Casper.

Het kwam altijd slecht uit, ik wist niet beter. De volgende dag had ik keelpijn, maar mijn optredens gingen gewoon door.

En natuurlijk dook Michael uitgerekend toen weer op.

Hij zong niet mee. Hij maakte geen dansbewegingen. Hij keek naar me, bijna zonder met zijn ogen te knipperen.

Het maakte me zenuwachtig. Zijn houding, zijn intense blik – het beviel me niet.

Ik deed alsof ik hem niet zag, maar gedurende het hele optreden hield ik hem onopvallend in de gaten. Het was bijna idioot, zoals hij daar tussen die uitgelaten fans stond. En het was nog idioter dat ik me iets van hem aantrok.

Na afloop verwachtte ik hem in de rij wachtenden voor een handtekening, maar hij verscheen niet.

Net toen ik dacht dat ik van hem af was, zag ik hem weer. Het was in het chique Grand Hotel Huis ter Duin in Noordwijk, waar ik was gevraagd te komen optreden ten behoeve van Stichting Kinderen Kankervrij.

Ik had een prachtige suite met uitzicht op zee. Op tafel

stonden een mand fruit, flesjes frisdrank en een doos chocola.

Laura hing mijn avondjurk uit en stalde alvast de make-up, krultang en andere benodigdheden voor de visagie uit. We dronken wat en gingen naar de eetzaal om te soundchecken.

Terwijl ik zong, hield ik oogcontact met Joost, de technicus, die achter het mengpaneel het geluid regelde.

'Mag ik een beetje meer galm op mijn zang?' vroeg ik in de microfoon.

Joost knikte en stak zijn hand uit naar een van de schuiven. 'Zo beter?'

Ik zong een stukje en hield weer op. 'Nog een beetje meer vocaal. Ik hoor het niet zo goed.'

Op dat moment zag ik iemand naast de deur tegen de muur leunen. Hij stond net buiten de lichtkring, maar ik zag dat hij in mijn richting keek.

Was het Michael? Zijn lengte klopte, maar meer kon ik er niet van zeggen.

Ik besloot geen aandacht aan hem te schenken. Mijn tijd om te repeteren was al zo beperkt, ik kon geen afleiding gebruiken. Ik wendde me van hem af en zong de andere kant op, maar ik bleef me hinderlijk van zijn aanwezigheid bewust.

Toen we klaar waren en ik een snelle blik in de richting van de deur wierp, was hij verdwenen.

'Weet je nog dat ik vertelde over die gast die met een roos voor mijn deur stond?' vroeg ik aan Casper.

We zaten in de kleedkamer en dronken samen wat in afwachting van Laura, die naar het toilet was.

'Ja, Michael, toch? Heb je weer last van hem?'

'Hij was laatst bij een optreden, en net was hij er ook. Hij stond bij de deur.'

'Wat deed hij?'

'Niets. Hij stond daar maar te kijken, zonder een vin te verroeren. Ik kreeg er de kriebels van.'

Casper zei een tijdje niets. Zijn gezicht stond grimmig en uiteindelijk zei hij: 'Geef me een seintje als je hem weer ziet. Maak je maar geen zorgen, Romée, ik zorg ervoor dat hij niet in je buurt komt.'

29

Tussen de optredens door serveerden in smetteloos wit gestoken serveersters gang na gang. De kristallen glazen en de kroonluchters fonkelden, de gasten praatten geanimeerd en applaudisseerden enthousiast na elk nummer.

Desondanks vond ik het spannend om voor een zaal BN'ers op te treden. Spannender dan voor honderden onbekenden.

Gelukkig stond Michael niet weer bij de deur te gluren en verliep mijn optreden vlekkeloos. Ik zong mijn twee hits en sloot af met een uptempo cover. Het onderwerp van die avond was zwaar, en de toespraken en de filmpjes die vertoond werden niet minder, dus de dames en heren waren wel aan iets vrolijks toe. Ze zongen spontaan mee en na afloop ging er een enthousiast applaus op.

'Goed gedaan,' zei Casper toen ik de kleine ruimte achter het podium die als backstage was ingericht in liep. 'Ik denk dat er flink wat geld opgehaald gaat worden vanavond.'

'Verwachten ze dat ik ook een donatie doe?'

'Welnee, je hebt gratis opgetreden. Dat is mooi zat.' Casper draaide een flesje water open en gaf het aan me. 'Heb je nog iets verdachts gezien?'

Laura kwam naar ons toe lopen en ving die laatste woorden op. 'Was hij er weer?'

'Tijdens de soundcheck stond er iemand naar me te staren. Volgens mij was het Michael.'

'Hoe is hij binnengekomen? Zat hij misschien in het publiek?'

Ik had er helemaal niet bij stilgestaan dat Michael een van de gasten zou kunnen zijn. Ik had hem in ieder geval niet in het publiek zien zitten. Het leek me sterk, maar uitsluiten kon ik het niet.

'Ik weet het niet, ik heb er niet op gelet,' zei ik.

'Is hij nog aan je deur geweest?' vroeg Casper.

'Nee,' zei ik. 'En als hij weer komt, bel ik meteen de politie.'

Het heeft iets treurigs om in je eentje een donker huis binnen te lopen en zelf alle lichten aan te moeten doen. Niemand die het gezellig heeft gemaakt en op je zit te wachten, niemand die vraagt hoe het was.

Ik miste Rob. Ik miste zelfs mijn moeder en Niels.

Ook al was het middernacht, en was ik doodmoe, ik wist dat ik niet zou kunnen slapen als ik meteen naar bed ging. Terwijl de stad donker en slapend om me heen lag, zat ik op de bank bij te komen van weer een dag rondhollen.

De laatste tijd viel ik regelmatig op de bank in slaap, de afstandsbediening van de tv nog in mijn hand. Ik zag ertegen op om naar bed te gaan. Steeds vaker lag ik 's nachts urenlang wakker, met een hoofd vol angstige gedachten en een hart dat op hol sloeg.

Dus probeerde ik tot rust te komen en dronk ik alleen nog maar kruidenthee.

Terwijl ik met een half oog Netflix keek en mijn thee dronk, postte ik een bericht over nieuwe optredens op Twitter, Facebook en Instagram.

Daarna legde ik mijn telefoon naast me op de bank en stootte een pakje sigaretten van de leuning. Ik raapte het op en bekeek het van alle kanten.

Sigaretten. In mijn huis. Ik rookte helemaal niet. Van wie waren ze, en van wie was de sjaal die nog steeds aan de kapstok hing?

In bed lag ik zo te piekeren dat het onmogelijk was om in slaap te vallen. Uiteindelijk dommelde ik in, maar voor ik echt vertrokken was, schrok ik op van een geluid.

Gespannen luisterde ik. Het geluid herhaalde zich. Geklapper, alsof er een raam of deur openstond.

Met een zucht kwam ik uit bed en liep de slaapkamer uit. In de gang klonk het geklapper sterker, en het werd gevolgd door een harde bonk. Het leek uit de woonkamer te komen.

Mijn hart begon snel te slaan. Voorzichtig keek ik om de hoek van de woonkamer.

Donker. Een koude luchtstroom bereikte me, en opnieuw klonk er een harde klap.

Ik rende naar de voordeur, deed het nachtslot eraf en draaide de sleutel om. Als een bezetene rukte ik aan de deur, maar hij ging niet open, en ik besefte dat ik de schuif onderaan vergeten was.

Op mijn hurken zocht ik ernaar en schoof hem open. Vanuit de woonkamer klonk zo'n harde klap dat ik het uitgilde. Geschrokken van mijn eigen stemgeluid dook ik in elkaar.

Lange, trage seconden gingen voorbij. Er verscheen niemand.

Trillend kwam ik overeind. Ik haalde de steel van de stofzuiger uit de bergkast en keek nogmaals om de hoek van de woonkamer, nu vanuit een andere hoek. Daardoor had ik zicht op de raampartij en de terrasdeur, die wijd openstond. De gordijnen bolden op in de wind. Het gebonk was afkomstig van de deur, die steeds dichtviel en weer openzwaaide.

Er leek niemand in de kamer te zijn. Ik deed het licht aan en rende naar de deur. Ik trok hem zo snel dicht dat de vingers van mijn andere hand er bijna tussen kwamen.

De rust keerde terug, maar in mij stormde het nog. Terwijl ik de deur op slot deed, keek ik naar de donkere achtertuin. Was daar iemand? Werd ik bespied? Of was ik gewoon vergeten de deur af te sluiten toen ik naar bed ging? Maar hoe kon hij dan open zijn gegaan?

'Je hebt hem niet goed dichtgedaan, stommerd,' zei ik hardop.

Dat zou het antwoord kunnen zijn. Het probleem was alleen dat ik me niet kon herinneren dat ik de deur überhaupt geopend had.

Bij daglicht leek mijn nachtelijke avontuur een stuk minder spannend. Ik keek nog even in de tuin, en toen ik daar niets verdachts zag, weet ik het hele gedoe aan vermoeidheid. Ik had de deur waarschijnlijk gisterochtend al niet goed dichtgedaan, en toen het 's nachts ging waaien, was hij opengegaan. Als het een inbreker was geweest, zou ik wel schade hebben gezien, of iets gemist hebben.

Al snel vergat ik het voorval weer, druk als ik het had. Ik had zelfs geen tijd om met Kai af te spreken.

De eerstvolgende vrije avond bracht ik door met Leon, die me had uitgenodigd voor een etentje.

Hij haalde me thuis op met de auto en we reden naar de Rivierenbuurt. Op de pui van het restaurant stond met grote blauwe blokletters VISAANDESCHELDE te lezen. Er had net zo goed Volendammer Vishandel kunnen staan, zo weinig allure had de entree. Dat werd goedgemaakt door een jonge man in zwart kostuum die keurig in de houding stond te wachten om de auto weg te zetten.

We stapten uit, en Leon hield de deur voor mij open.

'Goedenavond, meneer Van der Ven.' De gerant knikte hem toe met een mix van vormelijkheid en hartelijkheid.

Onze jassen werden aangenomen en we werden begeleid naar een tafel in de hoek, waar we uitzicht hadden op het Scheldeplein.

'Op het eerste gezicht zou je het niet zeggen, maar dit is het beste visrestaurant van Amsterdam,' zei Leon terwijl hij mijn stoel naar achteren schoof. 'Het zit altijd vol en ik heb er al heel wat BN'ers gezien.'

We gingen zitten en ik liet mijn ogen door de ruimte dwalen. 'Maar vandaag niet.'

'Nee, vandaag ben jij het stralende middelpunt.'

De ober kwam naar ons toe om de menukaarten te geven en om te vragen of we iets wilden drinken. Leon bestelde een fles witte wijn.

Nadat de ober ons had ingeschonken, keek Leon me ernstig aan.

'Zeg, ik hoorde dat je last hebt van een insluiper.'

Ik knikte. 'Een tijdje geleden lag er een pakje sigaretten op de bank dat niet van mij is, en er hangt al tijden een vreemde sjaal aan de kapstok. En laatst werd ik wakker en toen stonden de tuindeuren open.'

'Heb je aangifte gedaan?'

‘Ja, maar ik heb niet meer van de politie gehoord.’

‘Kan het die vriend van je zijn?’

‘Kai? Nee, dat lijkt me niet. Waarom zou hij bij me naar binnen sluipen als hij ook gewoon langs kan komen?’

‘Nou ja, je hebt van die figuren... Maar ik bedoelde eigenlijk Axel.’

‘Heb je nog iets van hem gehoord?’ vroeg ik.

‘Nee, niets. Waarschijnlijk heeft zijn advocaat hem afgeraden een zaak te beginnen, áls hij al een advocaat heeft genomen. Die jongen wist natuurlijk zelf ook wel dat hij geen poot had om op te staan.’

Ik nam een slokje wijn en keek peinzend voor me uit. ‘Ik heb ook aan hem gedacht, maar ik kan het me zo moeilijk voorstellen. Wat zou hij willen bereiken met bij mij naar binnen sluipen?’

‘Jou bang maken.’

‘Maar wat heeft hij daaraan?’

‘Wraak,’ zegt Leon. ‘Mensen kunnen rare dingen doen als het om wraak gaat. Weet je wat, ik laat die Axel natrekken. Ik ken wel iemand die dat kan doen. Ik regel ook extra beveiliging voor je. Die heb je wel nodig als je in Paradiso staat.’

Ik keek hem verbaasd aan, en met lachrimpeltjes om zijn ogen keek Leon terug.

‘Zei je nou Paradiso?’

‘Ja, je bent gevraagd om te komen optreden op het benefietconcert in februari voor Stichting Ambulance Wens. Er komen heel veel artiesten, bekende en minder bekende. Het is pro Deo, maar het zou wel heel goed staan op je cv.’

‘Welke artiesten doen er mee?’

‘Dat is nog niet bekend, maar sowieso lijkt het me goed om te doen.’

'Ja, zeker. Paradiso. Wat een eer!'

'Dus je doet het?'

'Natuurlijk doe ik het! Ik zou wel gek zijn om dat af te slaan.' Ik zat te trillen van opwinding bij de gedachte dat ik op zo'n mooie plek zou optreden.

De ober bewoog zich in onze richting en Leon knikte naar de menukaart. 'Weet je het al?'

Mijn ogen gleden over de kaart. De laatste tijd had ik concentratieproblemen, waardoor ik een tekst wel drie keer moest lezen voor de woorden tot me doordrongen.

'Bestel jij maar wat. Ik kon me al niet concentreren, en nu helemaal niet meer.' Ik legde de kaart neer. 'Paradiso, wauw!'

Leon bestelde, en toen de ober weg was hief hij zijn wijnglas. 'Op een gouden toekomst.'

'En platina.'

We lachten en toostten. De eerste gang, sushi, werd al snel geserveerd.

'We doen het helemaal goed. In Japan eten ze sushi alleen als voorgerecht,' zei ik. 'Nu oppassen dat we de stokjes niet tegen elkaar aan wrijven, anders wordt de kok boos.'

Vol waardering keek Leon me aan. 'Wat goed, je kent de etiquette. Hoe vaak ik niet tegenover iemand heb gezeten die de rijst in de sojasaus zat te soppen, of de stokjes als spiesen gebruikte. Mijn eigen vrouw en kinderen bijvoorbeeld.'

Ik lachte. 'Ach, in de meeste restaurants is dat niet zo'n probleem. En je kinderen zijn nog klein. Zolang je niet met ze in het Okura zit...'

'Dat gaat voorlopig zeker niet gebeuren.' Leon sloeg zijn ogen op en we lachten. Daarna aten we een paar minuten zwijgend.

'Gaat het schrijven goed? Heb je daar nog wel tijd voor?' vroeg Leon uiteindelijk.

'Niet echt. Ik ben amper thuis.'

'Dan moet je zodra het kan maar eens een tijdje vrij nemen. Ga lekker op vakantie. Laura en Casper vonden dat je er niet goed uitzag, en ik moet ze gelijk geven. Je bent wel vaak ziek, hè?'

Vakantie. Het klonk als een woord uit een ander leven, een magische belofte. Ik kreeg visioenen van een wit strand en een azuurblauwe zee en ik zuchtte van verlangen.

De ober verscheen aan onze tafel met een tussengang: bouillabaisse. 'Wenst mevrouw een slabbetje?' vroeg hij.

Verbaasd keek ik op. 'Pardon?'

'De bouillabaisse geeft lelijke oranje vlekken die er niet meer uit gaan. Dat willen wij niet op ons geweten hebben.'

Ik keek naar Leon, die lachend terugkeek.

'Doe mij maar een slabbetje,' zei hij. 'Ik heb één keer een paar oranje spetters op mijn overhemd gekregen, dat overkomt me niet nog een keer.'

'Doe mij er dan ook maar een,' zei ik. 'Als iemand erin slaagt om op de meest onwaarschijnlijke plekken vlekken te krijgen, ben ik het wel.'

'Ik zal geen foto van u maken, mevrouw,' zei de ober en hij knipoogde.

30

Rond halftwaalf was ik weer thuis. Leon zette me af en wachtte tot ik binnen was voor hij wegreed.

Ik deed het licht in de gang aan, haalde de post uit de brievenbus en hing mijn jas op. Opeens had ik het gevoel dat er iemand achter me stond.

Ik draaide me om. De gang was leeg.

Aarzelend liep ik door en wierp een blik in de woonkamer. Die was ook leeg. Maar er was iets. Werd ik nou gek of rook ik alweer die aftershave?

Sniffend liep ik rond, zoekend naar iets waarvan ik zelf niet wist wat het was. Pas toen ik naar bed wilde gaan en mijn tanden ging poetsen, ontdekte ik het.

In de beker waarin mijn tandpasta en tandenborstel stonden, zag ik ook een tube tandpasta van een ander merk. En een rode tandenborstel. Een gebruikt exemplaar, maar niet van mij. Die van mij was geel en stond ernaast, alsof ze bij elkaar hoorden.

In paniek belde ik Leon. 'Er is weer iemand in mijn huis geweest!'

Het bleef even stil.

'Jezus,' zei Leon toen.

'Wil je me komen halen? Ik blijf hier geen minuut langer.'

'Ja, natuurlijk! Ik kom meteen terug, en dan rijden we direct door naar de politie. Doe de deur goed op slot, meisje. Als ik er ben, app ik je. Niet eerder opendoen.'

'Oké.'

Leon verbrak de verbinding. Terwijl ik op hem wachtte, ijsbeerde ik door de kamer. Mijn ogen gleden nerveus heen en weer, zoekend naar andere spullen die de insluiper had kunnen achterlaten.

Ik trok alle kasten en laden open, maar ik vond niets en op het eerste gezicht ontbrak er ook niets.

De deurbel ging. Ik verstijfde, maar toen klonk het geluid van een binnenkomend whatsappje. *Ik sta voor de deur. Leon.*

Ik vloog naar de voordeur en hield voor de zekerheid het veiligheidshaakje erop toen ik opendeed, tot ik Leon zag staan.

Hij sloeg even zijn armen om me heen en deed toen de deur achter zich dicht.

'Laat eens zien,' zei hij.

Ik wees eerst op de sjaal die aan de kapstok hing en leidde hem naar de badkamer. Met een vies gezicht bekeek Leon de tandenborstel.

'Hij is gebruikt,' zei hij. 'Het lijkt wel alsof iemand bezig is bij je in te trekken.'

'Ja,' zei ik nerveus.

'Je hebt gelijk, je moet hier weg. We gaan nu meteen aangifte doen, en daarna regelen we een andere slaapplek voor je. Pak maar wat spullen in, want voorlopig kom je hier niet meer terug.'

Ik graaide wat toiletartikelen en kleding bij elkaar, en volgde hem naar buiten.

Leon reed naar het dichtstbijzijnde politiebureau. Terwijl ik werd meegenomen naar een kamer om aangifte te doen, wachtte hij in de hal.

'En?' vroeg hij toen ik terugkwam.

'Ze raden me aan om aangifte te blijven doen, zodat ze een dossier kunnen opbouwen. En ze willen die spullen hebben om te onderzoeken, maar ik denk toch dat ze het niet erg serieus nemen,' zei ik. 'Die agent vroeg steeds of het echt niet van een bekende kon zijn, of ik misschien een feestje had gegeven, of ik regelmatig bezoek kreeg. Het klonk net alsof ik een hoer was.'

Leon schoot in de lach. 'Dat heeft hij vast niet zo bedoeld. Maar ze gaan dus wel actie ondernemen. Dat is mooi. Op die sjaal en tandenborstel kan DNA zitten.'

'Hoe is die gek binnengekomen?' Ik beet op mijn nagel.

'Geen idee, maar tot er meer duidelijkheid is, slaap jij niet thuis. Je gaat maar zo lang in een hotel zitten.'

'Kunnen we nog even terug naar mijn huis?' vroeg ik. 'Ik ben mijn schoenen vergeten.'

We reden terug en Leon parkeerde half op de stoep. Hij liep voor me uit naar binnen en keek als een waakhond om zich heen.

Ik pakte een koffer en gooide er zo veel mogelijk schoenen en kleding in. Intussen liep Leon wat rond.

Na een paar minuten verscheen hij in de deuropening van mijn slaapkamer. 'Verwachtte je iemand vanavond?'

'Nee.' Vragend keek ik hem aan, en een onheilspellend gevoel trok door me heen.

Hij wenkte me en ik liep mee naar de keuken. Daar stond een fles wijn op tafel, met twee glazen ernaast. Er lag ook een briefje. Zonder het aan te raken, las ik de tekst: *Weggaan heeft geen zin, schatje.*

'Hij was er nog toen ik thuiskwam. Hij zat gewoon nog ergens in mijn huis! Ik wist het, ik róók hem. Hij heeft natuurlijk gehoord dat ik jou belde. Hoe wist hij anders dat ik weg wilde?'

Stijf van angst stond ik in de woonkamer. Leon zei niet veel terug, waarschijnlijk omdat hij mijn redenering niet kon weerleggen.

Mijn telefoon ging en ik zag dat ik een appje van Casper had gekregen over een afspraak van de volgende dag. Ik belde hem op.

'Hij is weer in mijn huis geweest,' zei ik, voor hij iets kon zeggen. 'Die man. Waarschijnlijk heeft hij die sjaal en die sigaretten bij me achtergelaten. En toen ik net thuiskwam, stond er een vreemde tandenborstel in de badkamer.'

'Wát?'

'Ja,' zei ik. 'Leon is hier nu, en de politie is onderweg.'

'Zal ik ook komen?'

'Dat hoeft niet. Als ze hier klaar zijn ga ik weg. Ik neem vannacht een hotel. Ik app je nog wel waar ik zit.'

'Goed. Sterkte, meid, en tot morgen.'

Ik verbrak de verbinding en keek naar Leon, die tussen de jaloezieën door gluurde of de politie, die hij gebeld had, er al aan kwam.

'De klootzak,' zei hij. 'Hij had je ik weet niet wat kunnen aandoen.'

Ik huiverde en sloeg mijn armen om me heen. 'De politie zal nu toch wel in actie komen?'

'Daar sta ik op. Ik wil dat ze een groot onderzoek opstarten. Maar ik denk dat ze dat nu wel zullen doen.'

Leon kreeg gelijk. De twee rechercheurs die even later voor de deur stonden, namen de zaak gelukkig wel serieus. De oudste van de twee, een stevige kerel van in de vijftig met een restje kortgeknipt grijs haar, gaf me een stevige hand.

'Kees Huijtinga.'

De jongere rechercheur, die ik begin dertig schatte, stelde zich voor als Tom Seghers. Hij was lang en slank, op het magere af. Toen hij mij de hand drukte, hield hij hem opvallend lang vast.

'U bent toch zangeres?' vroeg hij, en toen ik knikte, glimlachte hij. 'Mijn kinderen zijn groot fan van u.'

'Wat leuk,' zei ik.

Huijtinga deed een stap naar voren en begon vragen te stellen. Ik vertelde over de openstaande deur, de sjaal, de tandenborstel en de sigaretten, en ik zei dat ik net aangifte had gedaan.

'We hebben het gelezen,' zei Huijtinga. 'Het lijkt op het werk van een stalker. Of van iemand die u bang wil maken. Een ex of zo.' Hij keek me vragend aan.

Ik dacht aan Axel, maar verwierp dat idee weer. Dit alles leek me niets voor hem.

'Kijk, hier staan de glazen en de wijn,' zei ik. 'Die zijn van mij, ze stonden daar.' Ik wees naar de kast, waar twee lege plekken in de rij glazen zichtbaar waren. Maar Huijtinga had meer aandacht voor het briefje op tafel.

'Hebt u dat aangeraakt?' vroeg hij.

Ik schudde mijn hoofd. 'De sjaal en het pakje sigaretten wel, maar de tandenborstel en dit hier niet.'

'Heel goed.'

'Weet u hoe die insluiper binnen heeft weten te komen?' vroeg Seghers.

'Geen idee. Maar daar zijn inbrekers toch heel goed in? Ik heb wel eens gehoord dat ze gewoon een bankpasje langs je deur halen en dan zijn ze binnen.'

'Zo gemakkelijk gaat dat ook weer niet,' zei Huijtinga. 'Maar ze hebben wel zo hun manieren, ja.'

De rechercheurs liepen rond, keken goed om zich heen en inspecteerden uitgebreid de voordeur.

'Geen sporen van braak,' zei Seghers. 'Ik denk dat we de jongens maar moeten laten komen.'

'De jongens?' vroeg ik.

Hij draaide zich naar me toe. 'Het forensisch team. Als de insluiper sporen heeft achtergelaten, zullen ze die vinden. Is er een plek waar u terechtkunt vannacht?'

'Ik was van plan een hotel te nemen.'

'Dat lijkt me verstandig. We nemen contact op zodra we meer weten. We laten het huis helemaal uitkammen.'

31

‘Ze zeggen wel eens dat een akelige jeugd een goudmijn is voor artiesten,’ zegt Nicole. ‘Wat deden al die problemen met je? Hoe vertaalde zich dat in je werk?’

Ik denk even na. ‘Ik schreef er niet letterlijk over, maar het kwam wel in mijn songs terecht.’

‘“The Hard Way”. Voor wie heb je dat nummer geschreven?’

Ik glimlach nietszeggend.

‘Het is rock, maar ook een liefdesliedje,’ zegt Nicole. ‘Was het voor een ex?’

Door de manier waarop ze me aankijkt, vermoed ik dat ze weet dat ik geen zin heb om antwoord te geven. Met een grapje probeer ik haar aandacht af te leiden. ‘Het was in ieder geval niet voor mijn stalker.’

Ze lacht.

Ik nam mijn intrek in een hotel in het centrum. Casper belde me en zei dat ik wel bij hem kon logeren, maar daar voelde ik niets voor. Hoewel ik me bedreigd voelde, was ik nog steeds erg gesteld op mijn privacy.

Die avond was ik te moe om van de mooie suite te genieten; ik ging meteen naar bed.

'Slaap maar eens goed uit,' had Casper gezegd.

Dat deed ik. Bij het ontwaken was ik even gedesoriënteerd, toen herinnerde ik me de insluiper en ik was meteen klaarwakker.

Ik keek op mijn telefoon of ik een bericht had gemist, maar dat was niet het geval. Het was tien over halftien, misschien was het nog te vroeg.

Eerst maar eens een bad.

Het fijnst van een goed hotel vond ik altijd de luxe toiletartikelen, in potjes en flesjes die zo mooi waren dat het bijna zonde was om ze te gebruiken. Met mijn haar in een knot lag ik een tijdje in heerlijk geurend badschuim te genieten van mijn vrije ochtend. Voor het eerst in lange tijd voelde ik de pijn en spanning in mijn spieren een beetje wegtrekken.

Maar algauw drong de werkelijkheid zich weer aan me op.

Mijn telefoon liet een bekend deuntje horen. Tot mijn ergernis lag hij buiten handbereik, dus ik moest het bad uit om hem te pakken. Druipend stond ik op de mat en bekeek de berichten die binnenkwamen.

Leon, die vroeg of ik goed geslapen had. Casper, die mededeelde dat hij me om twee uur kwam halen. Laura, die het hele verhaal had gehoord en me vroeg haar te bellen.

Geen politie.

Ik sloeg een handdoek om me heen, droogde me af en kleedde me aan. Intussen stuurde ik Laura een berichtje waarin ik haar liet weten dat ik ging ontbijten en vroeg of ze ook kwam. Daarna deed ik mijn haar, maakte me op en ging op zoek naar de ontbijtzaal.

Dat was een paradijs van lekkernijen. Ik liep een rondje om te zien wat er allemaal uitgestald stond, en toen nog een om een keus te maken. Croissants, pannenkoeken, wafels, allerlei verschillende soorten brood, smoothies van vers fruit, eieren, gebak, je kon het zo gek niet bedenken of het was er.

Mijn ontbijt stelde nooit veel voor, een cracker met kaas en een kop koffie, maar van dit soort buffetten werd ik altijd heel hebberig.

Ik stond net voor de lastige keus of ik meerdere keren iets zou gaan halen of meteen mijn bord vol zou stapelen, toen ik vanuit mijn ooghoeken iemand naar me zag kijken. Hij stond bij de fruitbar en staarde naar me. Toen onze blikken elkaar kruisten, bevroor ik. Het was Michael.

'Hé!' zei hij verrast en hij kwam naar me toe.

Ik deed een stap naar achteren. 'Wat doe jij hier?'

'Gewoon, ontbijten. Dat doe ik wel vaker.'

'Terwijl je hier niet logeert?'

'Ja, dat kan toch? Logeer jij hier wel?'

'Nee, ik heb een afspraak.' Ik dankte de hemel voor Laura.

Om een einde aan het gesprek te maken draaide ik me om naar de koffiemachine, waar met veel gesis hete melk aan mijn koffie werd toegevoegd. Ik pakte mijn kopje en maakte aanstalten om naar mijn tafel te gaan. Maar zo gemakkelijk kwam ik niet van hem af.

'Maar nu ben je nog alleen, toch? Vind je het goed als ik je gezelschap houd?'

'Liever niet.'

'Jammer. Een ander keertje dan maar. Ik neem aan dat je hier vaker komt?'

Ik glimlachte nietszeggend en liep snel langs hem. Terwijl ik naar mijn tafel liep, was ik bang dat Michael achter me aan zou komen. Ik ging zitten en keek tersluiks in zijn richting.

Hij keek terug, maar lachte niet meer.

Er trok een rilling van mijn stuitje naar mijn nek. Was hij het? Hij rook niet naar die muskusachtige aftershave.

Ik was blij toen Laura binnenkwam en tegenover me kwam zitten.

'Die Michael is hier,' zei ik op gedempte toon.

'Híer?' Laura keek om zich heen.

Ik knikte naar Michaels tafeltje. 'Daar zit hij. Toevallig, hè?'

'Zeg dat wel. Maar hoe kon hij weten dat je hier logeert?'

'Weet ik veel. Misschien is hij me gevolgd.'

Laura rommelde in haar tas en haalde haar telefoon tevoorschijn. Ze schoof haar stoel naar achteren en liep naar Michael toe. Verbluft keek ik haar na. Ik hoorde haar iets tegen Michael zeggen en zag dat ze een foto van hem maakte. Daarna liep ze bedaard terug, terwijl Michael overeind kwam en met een woedende blik in onze richting de eetzaal uit liep.

'Ik heb gezegd dat we aangifte gaan doen wegens stalking als hij niet uit je buurt blijft, en dat we nu alvast geen compositietekening meer hoeven te maken.' Ze toonde me een scherpe foto.

'Wat goed van je!' zei ik. 'App hem even naar me.'

Terwijl zij me appte, stond ik op en liep naar Michaels tafel. Zonder me iets aan te trekken van de blikken van de serveersters en de andere gasten pakte ik met een servetje zijn koffiekopje en vork op en liep ermee terug naar Laura.

'Bewijsmateriaal.' Ik stopte de spullen in mijn tas.

‘Straks meteen naar de politie brengen,’ zei Laura. ‘Wat hoorde ik nou allemaal? Is er weer iemand in je huis geweest?’

Ik knikte en vertelde haar het hele verhaal.

‘Denk je dat het Michael was?’

‘Wie anders? Of ik moet nog een stalker hebben. Dat kan natuurlijk.’

‘Ja, gekken genoeg op de wereld. Om eerlijk te zijn twijfelde ik eerst of je het wel goed zag. Ik bedoel, met die sjaal en die sigaretten. Maar nu hij een briefje heeft achtergelaten... Wat een akelig idee dat hij binnen is geweest.’

‘Meerdere keren. Hij heeft waarschijnlijk op mijn bank gezeten, in mijn spullen gesnuffeld... Wat voor idioot doet zoiets?’

‘Wat je zegt, een idioot.’ Laura zweeg toen een serveerster bij onze tafel kwam staan om te vragen of ze koffie wilde.

‘Pak gelijk even wat te eten.’ Ik knikte naar het buffet.

‘Ik heb al ontbeten. Koffie is genoeg,’ zei Laura met een knikje naar de serveerster. Toen het meisje weg was, boog ze zich naar me toe: ‘Wat gaat er verder gebeuren?’

‘Geen idee. De politie is de zaak aan het onderzoeken. Ik heb nu iets waar Michaels DNA op zit, dus dat is mooi. En als hij het niet is, weten we dat maar. Met een beetje geluk zit het DNA van de dader in de databank, dan kunnen ze hem zo oppakken.’

‘Zo dom zal hij toch niet geweest zijn? Tegenwoordig weet iedereen dat je altijd en overal DNA achterlaat.’

‘Dit is duidelijk iemand die ze niet alle vijf op een rijtje heeft. Dat soort mensen denkt niet logisch na.’

We zwegen en keken naar het water van de Amstel, dat glinsterend voorbij stroomde.

‘Vanavond slaap je bij mij,’ zei Laura.

32

Het was maar goed dat ik 's middags weer aan het werk moest: een optreden in een partycentrum in Roosendaal. Voor we Amsterdam verlieten, stopte Casper bij het politiebureau aan de Lijnbaansgracht, waar ik de vork en het kopje afleverde, keurig in een plastic zakje.

Tijdens de rit naar Roosendaal handelde ik het interview dat ik die ochtend had moeten geven telefonisch af.

Ik was net klaar toen mijn telefoon opnieuw ging, en ik nam op.

'Hé schoonheid,' zei Kai. 'Tijdje niets gehoord. Alles goed?'

'Och...'

'Wat is er? *Trouble in paradise*?'

'Wat je maar paradise noemt. Er was toch laatst bij me ingebroken? Nou, dat is weer gebeurd.'

'Echt waar?'

'Ja, maar het is geen gewone inbreker. Hij heeft zijn sjaal achtergelaten en zijn tandenborstel stond gezellig naast die van mij.'

Het bleef een tijdje stil.

'Shit,' zei Kai toen. 'Dat is heavy. Heb je de politie gewaarschuwd?'

'Ja, natuurlijk. Ik hoopte eigenlijk dat zij het waren toen mijn telefoon daarnet ging.'

'Ik begrijp het, ik zal ophangen.'

'Nee, dat hoeft niet,' zei ik vlug. 'Als ze bellen hangen we wel op.'

'Je bent voorlopig niet alleen thuis, hoop ik?'

'Ik ben helemaal niet meer thuis. De politie vond het beter dat ik de komende tijd ergens anders slaap.'

'Heel goed. Waar?'

Blijkbaar praatte hij nogal luid, want naast me schudde Laura verwoed het hoofd.

Ik aarzelde even. 'Het is beter dat zo weinig mogelijk mensen dat weten, Kai.'

'O,' zei hij. 'Oké.'

'Het is niet persoonlijk. Maar als niemand het weet, kan niemand zich verspreken, begrijp je?'

'Ik zou me nooit verspreken als ik wist dat ik jou daarmee in gevaar bracht.' Hij klonk een beetje gekwetst.

'Dat weet ik. Nou goed, ik kan je vertellen dat...'

Laura trok de telefoon uit mijn hand en verbrak de verbinding. Verontwaardigd keek ik haar aan. 'Zeg! Dat doe je toch niet!'

'Je stond op het punt hem te vertellen waar je logeert. Dat leek me niet verstandig. Zo goed ken je die jongen nou ook weer niet.'

'Laura heeft gelijk,' zei Casper. 'Ik had precies hetzelfde gedaan. Voorlopig gaat het niemand wat aan waar je zit, Romée. En die Kai al helemaal niet. Ik weet het niet met die jongen.'

'Wat is er mis met Kai?' vroeg ik.

'Gewoon, een onderbuikgevoel. Hou hem maar even op afstand.'

Ik haalde mijn schouders op. Een beetje geïrriteerd stuurde ik Kai een appje om te zeggen dat we net een tunnel in reden en dat ik hem nog wel zou bellen.

Net toen ik op 'verzenden' drukte, ging mijn telefoon weer.

'De politie,' zei ik.

Casper zette de radio uit en Laura schoof wat dichter naar me toe om mee te luisteren.

'Met Romée,' zei ik.

'Mevrouw Walraven, met Huijtinga van de politie Amsterdam. Ik bel u om de eerste resultaten van het onderzoek even door te nemen. Komt dat gelegen?'

'Ja, zeker. Weten jullie wie het is?'

'Daar is het nog te vroeg voor. We nemen deze zaak wel hoog op. We hebben eerder zo'n zaak gehad en die... nou ja, dat doet er niet toe. Het forensisch team heeft sporen verzameld in uw woning, en die zijn tegelijk met de sjaal en de andere spullen opgestuurd voor onderzoek. De vork en het kopje die u vanochtend hebt gebracht, zijn erachteraan gestuurd. Maar het kan wel even duren voor we de uitslag krijgen.'

'Hoelang dan?' vroeg ik, in de hoop dat het niet om een paar dagen ging.

'Een paar weken. Tot die tijd adviseer ik u om niet terug te keren naar uw woning.'

'Dat was ik ook niet van plan. Misschien zeg ik de huur wel op. Ik vind het geen prettig idee dat er een onbekende binnen is geweest.'

‘Dat kan ik me heel goed voorstellen.’ Huijtinga zweeg even, en toen hij verderging, had zijn stem een ernstige, bijna bezorgde klank. ‘Hebt u op de dag dat u aangifte deed mannelijk bezoek gehad? Van een bekende, bedoel ik.’

‘Nee. Ik heb gewerkt en daarna ben ik uit eten gegaan.’

‘En de rest van de avond was u alleen?’

‘Er was niet veel over van de avond. Het liep al tegen twaalven.’

Het bleef even stil.

‘Het spijt me, maar ik moet dit ronduit vragen,’ zei Huijtinga toen. ‘Was er toen iemand bij u? Hebt u die avond gemeenschap gehad?’

‘Nee…’ zei ik langzaam, met een gevoel van naderend onheil. ‘Waarom vraagt u dat?’

‘Omdat we spermavlekken in uw bed hebben aangetroffen,’ zei Huijtinga. ‘Vers sperma, van diezelfde avond. Het onderlaken was nog vochtig.’

Op de automatische piloot begon ik aan mijn eerste optreden, en pas toen ik aan de covers begon, lukte het me om Huijtinga’s woorden los te laten.

Hoe ik me voelde tijdens een optreden deed er niet toe, of ik slecht geslapen had of niet lekker in mijn vel zat evenmin. Dat was allemaal geen excuus om op halve kracht te presteren. Mijn publiek had geld neergelegd voor mijn optreden, er misschien voor gespaard. Ik zou er waarschijnlijk wel mee wegkomen als ik niet honderd maar tachtig procent gaf, maar ik vond dat ik dat niet kon maken.

Intussen bleef ik het publiek checken. Stond die vent ertussen? Was het Michael, of had ik nóg een stalker? Hoeveel gekken bevonden zich eigenlijk gemiddeld in een menigte?

Aan het einde van de middag was ik gesloopt. Er verzamelden zich fans buiten, wachtend op een foto of handtekening, maar voor het eerst negeerde ik ze. Casper stond klaar met de auto, Laura en ik sprongen erin en we reden weg.

Toen ik omkeek en al die fans, grotendeels pubers, hoopvol bij de achteruitgang zag staan, kreeg ik last van mijn geweten.

'Gaan we dit nou elke keer zo doen? Dat kan toch niet! Dit zijn de mensen die mijn muziek kopen!'

'Eerst zorgen we voor extra beveiliging,' zei Casper. 'Zolang ze die gek niet te pakken hebben, nemen we geen enkel risico.'

'Heb je die Michael nog gezien vanmiddag?' vroeg Laura.

'Ik weet het niet. Het is moeilijk te zien in het halfdonker, en dat flitsende licht helpt ook niet erg.' Vermoeid leunde ik tegen de achterbank.

Een tijd lang was het stil.

'Hij heeft in mijn bed gelegen,' zei ik toen. 'En daar heeft hij zich liggen aftrekken.'

Niemand zei wat terug. Ik keek naar buiten, de duisternis in.

'Ik ga verhuizen,' zei ik. 'En ik verkoop mijn hele inboedel. Alles waar hij maar met zijn jatten aan heeft gezeten. Mijn bed, mijn meubels, mijn kleren, alles.'

'Je kunt bij mij logeren,' zei Casper. 'Dat heb ik al eens voorgesteld en het aanbod geldt nog steeds.'

'Of bij mij,' zei Laura.

'Heel lief van jullie, maar ik wil graag een plek voor mezelf. Al zal het niet meevallen om op korte termijn iets anders te vinden.'

Via de achteruitkijkspiegel keek Casper me aan. 'Ik zal eens voor je rondvragen,' zei hij.

33

Twee weken later verhuisde ik naar de Osdorperweg. Het huis was mooi en groot, maar het belangrijkst was dat het vrijstaand was. Daarnaast was het goed afgeschermd met een ommuurde tuin en een hoog gietijzeren hek voor de oprit.

Leon had de woning voor me gevonden. Een kennis van hem ging een paar maanden naar Australië en zocht iemand om op zijn huis te passen.

Het was vreemd om in het huis van een ander te wonen, en het duurde een tijdje voor ik gewend was. Wat ik ook niet prettig vond was dat de hulp van de eigenaar één keer per week bleef komen om schoon te maken en voor de tuin te zorgen. Aan de andere kant was het wel handig, want zo vaak was ik er zelf niet.

Ik werd genomineerd voor de 100% NL Award, won de prijs voor Doorbraak van het Jaar, en de aanvragen voor optredens stroomden weer binnen.

Zodra het benefietconcert in Paradiso was aangekondigd, waren binnen een uur alle kaarten verkocht. Er zouden grote namen optreden, maar via de social media kwam ik erachter dat veel mensen ook speciaal voor mij zouden komen. Volgens Leon dankte ik mijn groeiende populariteit aan het feit dat ik zo gewoon gebleven was. Daar hielden de mensen van.

Waarschijnlijk had hij gelijk, want niet lang daarna werd me bij *Shownieuws* een platina plaat uitgereikt voor 'The Hard Way'. We vierden het uitgebreid in de kroeg. Casper zat de hele tijd met zijn arm om me heen te zingen en te proosten, wat Laura en mij de slappe lach bezorgde. Toen hij een beetje handtastelijk werd, maakte ik daar een einde aan door te vertrekken.

Ver na middernacht kwam ik thuis. In de hal ving ik een glimp op van mezelf in de spiegel. Ik had zelf ook wat te veel gedronken en ik zag er niet uit, met doorgelopen make-up, zweetplekken onder mijn oksels en vurige blossen van de adrenaline.

Ik strompelde naar de douche, waar ik de laag tv-pancake van mijn gezicht boende, mijn nepwimpers in het putje liet spoelen en ik mijn haar, dat vol lak zat, twee keer waste.

In mijn badjas liep ik naar de woonkamer, plofte op de bank en bekeek de reacties op mijn optreden in *Shownieuws* op de social media.

Ik verlangde ernaar om met iemand na te praten, ik had zin in nog meer wijn.

Ik keek naar mijn armband en draaide hem rond mijn pols. Langzaam deed ik hem af en borg hem op in een la van het dressoir.

Daarna appte ik Kai.

Het was twee uur geweest, maar hij kwam meteen. Hij meldde zich bij het toegangshek. Ik tuurde naar de monitor om te zien of hij het echt was en drukte op de knop. Even later kwam hij binnen.

'Zo, Fort Knox is open.' Hij kuste me stevig.

'Ja, je komt er niet zomaar in.' Ik beantwoordde zijn kus en liet me naar achteren drijven, de hal in, naar de huiskamer.

Hij had wat gebruikt of hij had mij heel erg gemist, want hij trok meteen mijn badjas uit en begon aan de knoop van zijn gulp te frunniken. Ik hielp hem. Hij schopte zijn schoenen en zijn broek uit en duwde me op de bank.

Seks met Kai was niet verkeerd. De eerste keer had ik er drank bij nodig gehad, nu gaf ik me over met een vuur waarin ik mezelf nauwelijks herkende.

Na afloop lagen we tegen elkaar aan bij te komen, tot we het koud kregen. Ik kwam overeind, trok mijn badjas weer aan en zei: 'Wie het eerst bij de douche is.'

Dat was ik, omdat ik wist waar de badkamer was, maar Kai stapte vlak achter mij aan de douchecabine in.

De volgende ochtend wist ik niet goed wat me bezield had. Ik draaide me om in bed en keek naar Kai, die op zijn rug lag te snurken.

Flarden van herinneringen aan wat we met elkaar hadden uitgespookt kwamen voorbijdrijven en ik sloot mijn ogen.

Het was goed en nodig geweest, maar nu was het ochtend, en bij daglicht zagen de dingen er heel anders uit. Ik opende mijn ogen weer en bestudeerde Kai. Toen liet ik me onhoorbaar uit bed glijden, trok een spijkerbroek en een witte blouse aan en liep op teenslippers naar beneden.

Ik wist niet hoe Kai graag ontbeet, maar zelf had ik enorme trek, dus ik maakte gebakken eieren met spek. In films kwam de ander dan halverwege glimlachend binnen en ontbeten de hoofdrolspelers gezellig samen, maar Kai bleef lekker liggen.

Ik deed geen moeite om hem wakker te maken. In alle rust las ik op mijn iPad de krant en intussen werkte ik de gebakken eieren naar binnen. Toen Kai eindelijk beneden kwam, zat ik met koffie mijn mail door te nemen. Slaperig haalde hij zijn hand door zijn warrige haar.

'Hé, ben je al op? Waarom heb je me niet wakker gemaakt?'

'Blijkbaar was je moe,' zei ik met een vilein lachje.

Hij grijnsde en kwam tegenover me zitten. 'Lekker, eieren met spek.'

Ik wist niet of het de bedoeling was dat ik zou opspringen om dat voor hem te maken, maar ik zat net midden in een mail en besloot de implicatie te negeren.

Uiteindelijk stond hij op, pakte koffie en ging zelf aan de slag.

'Wat ga je doen vandaag?' vroeg hij.

'Niets. Een beetje bijkomen. Vanavond heb ik weer een optreden.'

'Je hebt het er maar druk mee.' Kai kwam met zijn ontbijt aan tafel zitten. 'Wat ga je doen met de feestdagen?'

'Ook niets.'

'Is het nog steeds niet goed met jou en je familie?'

'Nee, en het komt ook niet meer goed.'

'En je broer?'

'Kai, vind je het erg als we het niet over hem hebben?'

'Natuurlijk niet. Sorry dat ik erover begon. Vertel, wat ga je dan doen met kerst? Naar vrienden?'

'Ik ga uitrusten en met oudjaar heb ik twee optredens. En jij?'

'Met kerst ben ik bij mijn ouders. De hele familie komt.

En met oud en nieuw ga ik naar een feest. Tenzij ik op het laatste moment een gig heb.'

'O, zit je weer in een band?'

Hij knikte, nam een hap en zei met volle mond: 'In een vrij nieuwe. Ik werd gevraagd, via via. Op zich wel tof, maar ik heb toch even getwijfeld.'

'Hoezo?'

'Nou ja, je weet hoe dat gaat. Je moet weer helemaal opnieuw beginnen. Weer het hele land door, voor weinig geld optreden. Met de vorige band hadden we net het punt bereikt waarop we een beetje bekend werden. Echt waardeloos dat Roel ermee ophield.'

'Tijd voor wat nieuws. Ook wel weer leuk, toch?'

'Ja, het is echt tof om met nieuwe mensen te werken. Deze gasten zijn tenminste nog enthousiast en gemotiveerd.'

Kais ogen dwaalden af naar de zitkamer, waar mijn twee gouden platen tegen de muur aan stonden. 'Maar jij gaat nog steeds lekker, hè? Niets underground voor jou, jij kwam als een komeet aanzetten. Ongelooflijk.'

'Weet je dat het niet eens goed tot me doordringt? Het is allemaal zo snel gegaan dat ik amper tijd heb om bij mijn succes stil te staan. En om eerlijk te zijn, als het dit gezeik betekent, met social media, fans voor de deur en stalkers in mijn huis, dan kan het succes me gestolen worden.' Ik zweeg even en voegde er toen zacht aan toe: 'Af en toe denk ik erover om te stoppen.'

Kai staarde me aan. 'Je bent gek.'

'Zou jij het trekken als je voor en na je optredens bewaking nodig had en je in je vrije tijd opgesloten zat in je huis? Omdat er altijd, overal waar je komt, naar je gekeken en op je gelet wordt?'

'Als dat de deal was, zou ik er wel mee kunnen leven.'

Ik zweeg en keek naar buiten, waar de zon scheen en twee meisjes in voorjaarsjurkjes langs het hek fietsten. Het ene meisje had haar hand op de arm van haar vriendin gelegd. Ze fietsten heel langzaam en ik hoorde ze lachen.

Een triest gevoel nam bezit van me. Ik probeerde er niet aan toe te geven, maar het overspoelde me.

'Hé, gaat het wel?' Bezorgd keek Kai me aan. 'Dat gekloot met die stalker heeft je flink aangegrepen, hè? Maar je bent nu toch van hem af?'

'Hier wel, achter hekken en camera's. Maar ik kan hier niet eeuwig blijven.' Ik knipperde met mijn ogen om de tranen die kwamen opzetten tegen te houden.

'De hufter.' Kai stond op, liep de kamer in en bekeek de sloten van de openslaande tuindeuren. 'Heeft dit huis wel goede sloten?'

'Ja, van Security Key. De beste die er zijn.'

'Overal?' Hij liep naar de ramen die open konden en bekeek ook daar het vergrendelingssysteem.

'Door het hele huis. Er kan geen muis meer in.'

'Goed zo. En de tuin?' Met zijn handen in zijn zakken keek hij naar buiten.

'Daar staat een flinke muur, zoals je ziet.'

'En er hangen camera's, neem ik aan.'

'Ja.' Er begon iets te prikken in mijn nek. Ik keek naar Kais rug en wachtte tot hij zich omdraaide. Dat duurde een tijdje.

Met een ontspannen glimlach wandelde hij terug. 'Mooi huis, hoor. Wil je me een rondleiding geven?'

'Een andere keer, oké? Ik wil zo eigenlijk mijn mail wegwerken, en ik moet nog een paar telefoontjes afhandelen.'

'Wil je me weer weg hebben?' Hij lachte plagerig, zijn armen over elkaar geslagen. Er zat een zekere spanning in zijn houding die me niet beviel.

'Nee, hoor.' Ik glimlachte terug. De prikkeling in mijn nek ging over naar mijn ruggengraat.

'Ik zal je niet ophouden, ik heb zelf ook nog van alles te doen. We drinken nog een bakkie en dan ga ik, goed?'

'Oké.' Ik stond op, maakte twee bekers Nespresso en zette ze op tafel.

Kai was weer gaan zitten, zijn lange lijf voorovergebogen en zijn armen op tafel. In die houding keek hij me aan toen ik tegenover hem plaatsnam.

'Ik heb een idee,' zei hij op vertrouwelijke toon. 'Heb je al een drummer voor in Paradiso?'

'Er is één vaste band voor iedereen.'

'Maar als jij je eigen drummer wilt meenemen, kan dat toch?'

'Jawel, maar...'

'Het is jouw optreden, dus het lijkt me normaal dat jij beslist wie jou begeleidt.'

'En dat wil jij doen,' zei ik.

'Waarom niet? Het zou voor mij een enorme stap in de goede richting zijn.' Nog steeds half op de tafel liggend stak hij zijn handen naar me uit, maar ik bleef afstand houden. Het bloed klopte in mijn slapen, op het ritme van slechts één gedachte: hij moet weg. Onmiddellijk.

'Ik zal het er met Casper over hebben,' zei ik.

'Echt? Tof! Ik zal je wat muziek appen, dan kun je hem die vanmiddag laten horen. Of zal ik het naar hem sturen?'

'Stuur maar naar mij. En als je het niet erg vindt, ik moet nu echt...'

‘Geen probleem.’ Kai schoof zijn stoel naar achteren en stond op.

Ik liep met hem mee naar de hal, waar hij zijn jas aantrok en afscheid nam met een tongzoen die me veel te lang duurde. Eindelijk liet hij me los en deed hij de deur open.

‘Dus ik hoor vanmiddag van je?’ vroeg hij, terwijl hij naar buiten stapte.

‘Absoluut.’

Ik zwaaide hem na, deed vanuit de hal het hek voor hem open en keek hoe hij wegliep. Hoe was hij hier vannacht eigenlijk gekomen? Waarschijnlijk met een taxi. Het kon me ook niet schelen.

Opgelucht dat hij weg was deed ik de deur dicht. Dezelfde middag stuurde ik hem een appje dat de band al vaststond.

Ik kreeg geen bericht terug. Ik zat er even mee, en zette het toen van me af.

In dit vak kun je niet groot worden als je voortdurend met de wensen en dromen van anderen rekening moet houden. Hij moest maar begrijpen dat het gewoon een zakelijke beslissing was.

34

Iedereen drukte me op het hart te genieten van mijn succes, en dat probeerde ik ook, maar het lukte niet meer zo goed.

Ik begon tics te ontwikkelen, knipperde snel met mijn ogen of trok met mijn schouder. Het waren signalen van mijn lichaam dat het misging, maar ik negeerde ze. Leon had beloofd dat ik na Paradiso vakantie kon opnemen, maar tot die tijd was ik zelden vrij.

Uiteindelijk kreeg ik vlak voor het optreden met oud en nieuw, in een club in Den Haag, een paniekaanval. Ik zat backstage in de gemeenschappelijke ruimte te wachten tot ik op moest, wat nog een halfuur zou duren, en toen begon het.

Eerst dacht ik dat de vette oliebollen niet goed waren gevallen, toen werd ik duizelig en kreeg ik geen adem meer. Mijn hart ging zo tekeer dat ik het niet alleen voelde maar ook zág bonzen.

Rick, de leadzanger van de band die na mij optrad, schoot me te hulp.

'Hé, rustig aan, meissie! Wat is er aan de hand?' Hij trok

een plastic zak uit de prullenbak en hield hem voor me. 'Adem hierin. Rustig aan, in en uit. Heel goed.'

Langzaam kwam mijn hartslag tot bedaren en kreeg ik meer lucht.

'Shit hé,' fluisterde ik. 'Wat was dat?'

'Hyperventilatie. Heb ik ook wel eens gehad.' Onderzoekend keek Rick me aan. 'Alles weer chill?'

'Ik moet zo op. Dat lukt me nooit.' Mijn stem schoot uit en mijn hart begon weer sneller te slaan.

'Volgens mij sta jij stijf van de stress. Wat is er aan de hand?'

'Alles,' zei ik schor. 'Ik kan niet zingen. Ik kan het echt niet!'

'Tuurlijk wel.' Rick viste iets uit zijn broekzak. 'Neem dit maar.'

'Wat is dat? Drugs?' Wantrouwig keek ik naar het pilletje.

'Nee, een M&M, nou goed. Neem nou maar in, dan zing je straks de sterren van de hemel.'

Ik had twee keuzes: het podium op gaan en opnieuw een paniekaanval krijgen, of dat pilletje nemen. Ik voelde voor allebei weinig, maar voor een afgang voor het oog van honderden mensen het minst.

Ik nam het pilletje van hem aan. Op dat moment kwam Laura aanlopen. Ze overzag de situatie met één blik en liep snel op me af.

'Wat heb je daar? Xtc? Doe dat nou maar niet.' Ze griste het pilletje uit mijn hand.

'Hé!' riep ik.

Rick keek haar verbaasd aan en ging er na een gemompeld excuus vandoor.

'Geef terug,' zei ik met uitgestoken hand.

Laura kwam naast me zitten. 'Ik kan je dit echt niet laten doen, Romée.'

'Ik heb het nodig.'

'Nee, dat heb je niet. Je bent een beetje overwerkt en gespannen, maar je kunt nog steeds zingen. Dus je gaat straks dat podium op en geeft die mensen de show van hun leven.'

'Dat lukt niet, ik ga flauwvallen. Geef me die pil, Laura.' Ik werd razend toen ze haar hoofd bleef schudden. 'Verdomme, je bent mijn moeder niet! Geef hier dat ding, anders ben je ontslagen!'

Laura stond op, verliet het vertrek en kwam terug met een plastic flesje. 'Drink dit maar op. Lavendellimonade, daar word je rustig van.'

'Lavendellimonade? Bestaat dat ook nog?'

'Ja, er zit lavendelolie, citroen en honing in. Heel rustgevend.'

'Hoe kom je daar zo snel aan?'

'Ik heb het thuis gemaakt, omdat je de laatste tijd zo hyper bent.'

Ik zette het flesje aan mijn mond en dronk het leeg.

Casper kwam aanlopen, zag mijn gezicht en pakte me bij de schouders.

'Maak je je zorgen over die uithaal? Niet doen. Als je bij die hoge noot bent, zul je zien dat je hem gewoon haalt. De blokkade ben jij zelf, Romée.'

'Ik kan het niet, ik vóel dat ik vals ga zingen. Mijn stem is al een tijdje niet *steady*.'

'Pak die noot dan een octaaf lager, en blijf daarna in dezelfde toonhoogte zingen. Dan moet het lukken.' Hij trok me tegen zich aan. 'Ik geloof in je. Dat weet je, hè?'

'Ja,' zei ik.

'Goed zo. *Go and get them*!'

Zodra ik het podium op liep wist ik dat het niet ging lukken. Mijn hart bonsde in mijn keel, ik was draaierig en mijn ademhaling zat veel te hoog. Ik zette vals in, en kon mezelf met moeite herpakken.

Het tweede nummer ging beter, maar ik presteerde ver onder mijn kunnen. Als het publiek me had uitgefloten was dat volkomen terecht geweest; dat gebeurde niet. Er klonk een zwak applaus, en daar bleef het bij.

'Het maakt niet uit, Romée. Iedereen heeft wel eens een mindere avond!' Backstage sloeg Laura een arm om me heen.

'Een mindere avond? Dit was gewoon slecht! Ik zat er voortdurend onder!'

'Dat viel wel mee. Volgens mij heeft bijna niemand dat gehoord.'

'Natuurlijk hebben ze dat wel gehoord. Die mensen hebben toch oren aan hun hoofd?' Geprikkeld liep ik van haar weg, de tranen stonden in mijn ogen.

Casper kwam op me af en trok me in een troostende omhelzing. 'Geeft niets, meisje, geeft niets,' zei hij, met zijn mond in mijn haar.

Voor één keer maakte ik me niet meteen los, maar leunde ik tegen hem aan en begon te huilen.

De andere artiesten waren ontzettend lief voor me. Blijkbaar had Casper of Laura verteld dat ik een stalker had en dat ik onder grote spanning stond.

'Heb je een stalker? Daar hebben wel meer artiesten last

van,' zei een van de managers, toen ik gekalmeerd was en we een biertje dronken. 'Je moet eens met Jacqueline Haverkamp gaan praten. Ze is stalkingspecialist en heeft een eigen consultancybureau.'

'Stalkingspecialist? Ik wist niet eens dat dat bestond.'

'Ze is erg goed,' zei hij. 'Ik zal je haar gegevens appen.'

35

De volgende dag nam ik contact op met Jacqueline Haverkamp, en een week later ging ik naar haar toe. Laura voelde zich niet lekker en Casper had een vrije dag, dus ging ik alleen.

Het was lang geleden dat ik in mijn eentje op pad was geweest. Zodra ik de veilige omheining rond mijn huis achter me gelaten had, was het alsof de luchttoevoer werd afgesneden. Ik hapte naar adem. De bomen leken zich naar me toe te buigen, de straat werd steeds smaller. Geparkeerde auto's, lantaarnpalen, voorbijgangers, alles en iedereen kwam op me af en leek enorme proporties aan te nemen.

Ik draaide me om en vluchtte mijn huis weer in. In de hal belde ik Laura, maar ze nam niet op. Ten einde raad belde ik Casper.

'Ik durf niet,' zei ik.

'Wat durf je niet?'

'Alleen de straat op. Ik wilde naar die stalkingspecialist gaan, maar het lukt niet.'

'Staan er mensen voor de deur? Hebben ze ontdekt waar je woont?'

'Nee, er is niemand, maar ik werd duizelig toen ik buiten kwam. Ik kreeg opeens geen lucht meer. Ik dacht dat ik stikte.'

Het bleef even stil.

'Ik ga met je mee,' zei Casper. 'Ik kom eraan.'

Hij kwam met een taxi, omdat zijn vrouw die dag de auto meegenomen had.

'Ging het niet?' vroeg hij toen we samen op de achterbank zaten.

'Nee. Ik weet niet wat me opeens mankeerde. Ik werd helemaal draaierig en ik begon te zweten. Ik kon geen stap meer verzetten.'

'Klinkt als een paniekaanval. Goed dat je mij gebeld hebt.' Casper nam mijn hand in de zijne.

Jacqueline Haverkamp hield kantoor in een bescheiden pand aan de Marnixstraat. De taxichauffeur stopte voor de deur en parkeerde dubbel zonder zich te storen aan het getoeter achter hem.

Ik rekende af en keek goed om me heen toen ik uitstapte. Er was nu geen reden om te denken dat ik in de gaten werd gehouden, maar de laatste weken was het een tweede natuur geworden om mijn omgeving te scannen.

'Ik ga in dat cafeetje verderop zitten. App maar als je klaar bent,' zei Casper.

Ik knikte, stapte uit en belde aan.

Bij een stalkingspecialist verwachtte ik een stoer type, ik weet niet waarom, dus ik was verrast toen er opengedaan werd door een kleine, blonde vrouw van in de vijftig.

Ze begroette me hartelijk. 'Leuk je te ontmoeten, Romée. Mijn dochter van vijftien is een groot fan van je.'

'Echt waar? Wat fijn om te horen.'

'Ze heeft al kaartjes voor Paradiso. Wil je thee of koffie?'

'Koffie, graag.'

Jacqueline liet me binnen in een gezellige spreekkamer aan de achterkant van het huis. Van daaruit had ik zicht op een tuin waar een fontein en een enorm Boeddhabeeld het middelpunt vormden.

Ik stond er een paar minuten naar te kijken en voelde me rustiger worden. Jacqueline kwam binnen met de koffie en maakte een uitnodigend gebaar naar de bank.

'Ga lekker zitten,' zei ze, terwijl ze zelf in een fauteuil plaatsnam. 'Vertel eens, wat kan ik voor je doen?'

Ik vertelde haar dat ik een stalker en een insluiper had, wat er allemaal gebeurd was en dat waarschijnlijk één persoon daar verantwoordelijk voor was. Jacqueline knikte. 'Vaak is dat wel het geval. Twee stalkers die op hetzelfde moment actief zijn is wel erg toevallig, hoewel het natuurlijk mogelijk is. Het is goed dat je gekomen bent. Stalking is een probleem dat lastig aan te pakken is. De politie weet er vaak geen raad mee, kan de situatie soms ook niet goed inschatten. Ze weten niet of ze met een geobsedeerde fan te maken hebben of dat er werkelijk gevaar dreigt. Ze kunnen een verdachte ook niet zomaar oppakken. Het is niet strafbaar om voor een huis te staan, of met iemand in contact te komen. Dan kunnen ze een groot deel van je fanclub wel vastzetten. En op het moment dat de politie bevoegd is om in actie te komen, is de zaak vaak al geëscaleerd. Ben je bij de politie geweest? Hebben ze een risicoanalyse gemaakt?'

'Geen idee. Wat is dat precies?'

'Het woord zegt het al: je maakt een analyse van het risico dat iemand loopt. Als de politie weet wat er omgaat in het hoofd van een stalker, kan het gevaar beter ingeschat worden en een plan van aanpak worden gemaakt.'

'Maar hoe kom je erachter wat er in zo iemands hoofd omgaat? Ik ken die hele vent niet.'

'Uit wat je me net allemaal verteld hebt, kan ik al veel opmaken,' zei Jacqueline. 'Er zijn verschillende typen stalkers. De romantische stalker, die verliefd is op het slachtoffer, komt het meest voor. Over het algemeen is dat type ongevaarlijk, hoewel zo iemand flink lastig kan worden. Maar zo'n stalker heeft zelden de intentie om iemand kwaad te doen, in tegenstelling tot stalkers die uit zijn op seks. Daar kan een seksverslaving aan ten grondslag liggen, en dat soort mannen kan wel degelijk gevaarlijk worden.'

'En de anderen?'

'Die willen ergens wraak voor nemen, of ze zijn op zoek naar een prooi. Die types zijn sneller geneigd tot geweld over te gaan als ze hun zin niet krijgen.'

'Psychopaten dus.'

'Mensen met een persoonlijkheidsstoornis. Dat kunnen psychopaten worden, ja. Heb je het gevoel dat jouw stalker je kwaad wil doen?'

'Niet echt. Ik weet trouwens hoe hij heet: Michael. Ik ken alleen zijn achternaam niet. Ik ben een keer met hem op de foto gegaan en daarna dook hij op bij mijn huis en liet hij rozen achter. Maar ik weet niet of hij ook mijn huis is binnengedrongen.'

'Waarschijnlijk niet,' zei Jacqueline. 'Die Michael heeft zichzelf meteen bekendgemaakt. Hij lijkt meer in de categorie van de romantische stalker te vallen. Maar als je ook een insluiper hebt, dan heb je waarschijnlijk toch met twee stalkers te maken. Inbreken gaat een stap verder. Wat voor spullen had hij achtergelaten?'

'Een sjaal, sigaretten en een tandenborstel. En de laatste keer had hij twee glazen en een fles wijn op tafel gezet, met een briefje erbij. O, en laat ik het sperma in mijn bed niet vergeten.'

Jacqueline viel even stil. Terwijl ze haar koffie dronk, keek ze nadenkend voor zich uit. 'Dat is wel ernstig. Die man wil koste wat kost jouw aandacht hebben. Hij leeft in een fantasiewereld waarin jij de hoofdrol vervult. Jij bent zijn ideale vrouw, en hij is jouw ideale man. Daar is hij van overtuigd. Het enige wat nog moet gebeuren is dat jij dat ook inziet. Waarschijnlijk hebben jullie een keer contact met elkaar gehad, persoonlijk of via social media, heeft hij daar goede herinneringen aan en heeft hij er vervolgens allerlei conclusies aan verbonden. Terwijl jij je die man niet eens herinnert, is dat vluchtige contact voor hem van grote waarde geweest. Iemand met een labiele persoonlijkheid kan dan gemakkelijk geobsedeerd raken.'

'Maar hoe kan hij mijn aandacht trekken als ik niet weet wie het is? Wat heeft hij daaraan?'

'Op een gegeven moment zal hij zich bekendmaken,' zei Jacqueline. 'Hij wacht op het juiste moment.'

Ik dacht na over haar woorden en probeerde me te herinneren wanneer ik contact kon hebben gehad met de insluiper. Was het een fan die een meet-and-greet had gewonnen, iemand met wie ik voor een selfie had geposeerd, iemand naar wie ik had gelachen toen ik ergens herkend werd? Ik probeerde altijd aardig te zijn tegen mijn fans.

'Niet iedereen begrijpt dat jouw vriendelijkheid voor een

deel professioneel is,' zei Jacqueline, alsof ze mijn gedachten kon lezen. 'Ze ontmoeten hun idool en dat blijkt een echt mens te zijn. Iemand die iets aardigs zegt, die hen misschien aanraakt, hun het gevoel geeft dat ze bijzonder zijn. Voor hen schept dat een band.'

'Zo klinkt het net alsof het mijn eigen schuld is.'

'Absoluut niet! De overgrote meerderheid van je fans begrijpt heel goed waar de grens ligt. Helaas zijn er altijd een paar die dat minder goed in de gaten hebben. Het beste kun je even wat minder zichtbaar zijn. Niet signeren en op de foto na een optreden, en een paar maanden wegblijven van social media. Na een tijdje neemt bij de meeste stalkers de belangstelling dan af.'

Weer liet ik haar woorden even op me inwerken. 'En als het geen romantische stalker is?' vroeg ik toen. 'Als het iemand is die geen nee accepteert?'

'Dan kan het gevaarlijk worden. Een psychopathische stalker zal kwaad en gefrustreerd worden en de druk opvoeren. En onmacht uit zich vaak in agressie.'

Jacqueline was duidelijk gewend er geen doekjes om te winden. Ik zei een tijdje niets.

'Vanaf nu neem je foto's of maak je een filmpje van iedere vreemde die zich langdurig in de buurt van je huis vertoont. Je neemt alle telefoongesprekken op. Je noteert het als iemand je lastigvalt, hoelang het duurde en wat er precies gebeurde. Hoe meer bewijzen je hebt, hoe sneller de politie hem kan opsporen.'

'Ik ben nooit gebeld, en hij heeft zich al een tijdje niet laten zien. Misschien is hij al afgehaakt,' zei ik.

Jacqueline knikte. 'Misschien.'

36

Voorlopig was het mijn voornaamste zorg om verborgen te houden dat het niet goed met me ging. Als de media erachter kwamen, was ik de sjaak.

Ik deed mijn best om een frisse en evenwichtige indruk te maken door altijd op tijd met mijn optredens te beginnen, en ik was vriendelijk tegen fans en paparazzi. Maar ik moest steeds vaker nee zeggen tegen interviews of kleinere optredens omdat ik me niet goed voelde. Ik was doorlopend verkouden, werd geplaagd door hoofdpijn en spierpijn en ik kreeg opnieuw keelpijn. Daarnaast voelde ik me moe en opgejaagd.

'Je vraagt te veel van jezelf, je moet rust nemen,' zei de huisarts.

Maar daar lag het niet aan. Het was een jaar geleden dat ik van huis was weggelopen. Een jaar geleden dat Rob uit mijn leven verdwenen was. Ik wist precies waar mijn klachten vandaan kwamen.

Casper stelde voorzichtig voor dat ik in therapie zou gaan,

vanwege mijn jeugd, maar daar voelde ik niets voor. Verdriet en tegenslagen hoorden bij het leven, ik zou niet weten waarom je daarvoor in therapie zou moeten. Dat deden de mensen honderd jaar geleden ook niet. Toen vermande men zich en ging door. Dat leek mij ook de beste houding: doorgaan. Muziek maken was mijn therapie.

Rob zei vroeger altijd dat de een meer aanleg voor geluk had dan de ander, dat het een kwestie van genen was. Dat was ik met hem eens.

Met eindeloos terugkijken en praten over alles wat er is misgegaan in je leven vestig je alleen maar de aandacht op het negatieve. Als je nog niet depressief was, dan werd je het wel in de stoel van een therapeut.

Volgens Leon moest ik even lekker op vakantie. 'We zeggen een paar optredens af. Dat is vervelend, maar het kan niet anders. Ik wil dat je topfit in Paradiso staat.'

Ik protesteerde niet.

'Dan ga ik iets voor je boeken. Waar wil je naartoe?' vroeg Laura, toen ik erover begon.

'Naar Kaapverdië,' zei ik. 'Naar Sal.'

Als ik met mezelf in het reine wilde komen, moest ik Rob zien te vinden. We hadden iets uit te praten.

Misschien was Rob een tijdje op Sal gebleven en waren er mensen die zich hem herinnerden. Misschien wisten ze waar hij daarna naartoe was gegaan. Misschien zat hij er nog steeds.

Laura boekte een ruime kamer in een hotel aan zee en bracht me op de dag van vertrek naar Schiphol.

'Weet je zeker dat je alleen wilt gaan?' vroeg ze toen we de hal van de luchthaven binnenliepen. 'Ik reis je zo achterna, hoor.'

‘Heel zeker.’

‘Ik vind het geen prettig idee. Als er iets gebeurt, zit je daar in je eentje.’

‘Wat kan er gebeuren? Niemand weet dat ik daar ben.’

‘Daar gaat het niet om. Je ziet er slecht uit, Romée. Ik maak me zorgen.’

Ik tilde mijn koffer op een karretje en glimlachte naar haar. ‘Dat hoeft niet. Ik ga lekker uitrusten op Sal. In het vliegtuig al.’

Laura knikte. ‘Goed plan. Probeer wat te slapen, dan duurt die vlucht ook niet zo lang. Transfer naar het hotel is geregeld, er staat iemand klaar om je op te halen. Dan hoef je niet in een bus met toeristen.’

‘Fijn, dank je.’ Ik gaf haar een kus op de wang en duwde het karretje naar de incheckbalie. Er stond een lange rij en ik zei: ‘Ga maar, hoor. Dit duurt wel even.’

Maar daar wilde ze niet van horen. Ze wachtte net zo lang tot mijn koffer gelabeld over de lopende band afgevoerd werd en ik mijn boardingpass had. Bij de douane omhelsden we elkaar.

‘Veel plezier,’ zei Laura. ‘Geniet van de zon en de rust.’

‘Doe ik. Tot over tien dagen.’

Nog een kus, nog een keer zwaaien en daar ging ik. Laura bleef nog even staan. Ik zwaaide weer en toen liep ze weg.

Ik doodde de tijd met winkelen. Ik kocht een boek en een paar tijdschriften, een kussentje voor mijn nek en een nieuwe zonnebril. Daarna haalde ik bij Starbucks een grote cappuccino en ging ermee bij de gate zitten.

Vanuit mijn ooghoeken hield ik mijn medepassagiers in de gaten. Er werd naar me gekeken. Het meisje op de hoek van de rij stoelen had me herkend, en de jongen tegenover me ook. Hun blikken waren subtiel, maar onze ogen bleven elkaar kruisen.

Ik pakte mijn telefoon en keek niet meer op. Net toen ik hem in mijn jaszak wilde stoppen, kwam er een appje van Kai binnen.

Ik mis je. Wil je graag zien.

Ik schreef terug: *Ik ga op vakantie. Zit bij de gate.*

Doe je goed! Fijne vakantie, rust lekker uit.

Ik ga ook op zoek naar mijn broer.

O! Heb je ontdekt waar hij zit?

Misschien.

Er werd omgeroepen dat het tijd was om te boarden. Ik appte dat ik moest gaan, en Kai stuurde drie kruisjes.

Ik keek er even naar en stopte toen mijn telefoon in mijn tas. Intussen wierp ik een blik om me heen.

Er zaten mensen naar me te kijken. De een liet vlug zijn ogen verder dwalen, de ander staarde me secondenlang aan.

Haastig stond ik op, ging in de rij staan en hield mijn blik zoveel mogelijk op de grond gericht. Elke keer als ik opkeek, ontmoette ik onderzoekende ogen. Ik hoorde mensen fluisteren, het gonsde door de rij.

Het zweet brak me uit. Straks spraken ze me nog aan, kwamen ze allemaal tegelijk op me af.

De vloer begon te golven, en mijn ademhaling werd moeizaam.

Ik stapte uit de rij en nam weer plaats op een van de stoelen, met mijn rug naar de wachtende mensen toe. Ik deed alsof ik iets zocht in mijn tas en hield mijn hoofd gebogen tot iedereen was ingecheckt. Als laatste liet ik mijn ticket zien en liep ik door de slurf het vliegtuig in.

Gelukkig had Laura een stoel in de comfortclass geboekt, helemaal vooraan bij het raam. Naast me zat een zwaarlijvig ouder echtpaar dat me misnoegd aankeek toen ik op het laatste moment aan kwam lopen en ze hun spullen van mijn stoel moesten halen.

Zonder iets te zeggen plofte ik neer en keek uit het raam tot we vertrokken.

Naast me liet de man zijn vlezige armen over de leuning hangen. Er zat niets anders op dan me tegen de wand aan te drukken als ik niet zes uur lang intiem met hem wilde zijn.

Het vliegtuig taxiede naar de startbaan en even later stegen we op. Een paar minuten keek ik naar de snel kleiner wordende wereld, toen legde ik mijn jas en het kussentje tegen de wand, liet mijn hoofd ertegen rusten en viel in slaap.

De vlucht duurde iets meer dan zes uur, die ik grotendeels slapend doorbracht. Dat was een voordeel van oververmoeid zijn.

We waren om twee uur vertrokken en landden tegen halfnegen Nederlandse tijd op het vliegveld van Espargos. Op Sal was het twee uur vroeger, een mooie tijd om aan te komen. Het was al donker, dus ik kreeg weinig van het eiland te zien toen ik naar het hotel in Santa Maria werd gereden.

De vele uren slaap onderweg hadden me goedgedaan, bij aankomst in het hotel voelde ik me wat beter. Ik checkte in en mijn koffer werd naar mijn kamer gebracht.

Na een douche kleedde ik me om en ging met een glas wijn op het balkon zitten.

Voor me ruiste de donkere, onzichtbare oceaan. Langs het strand pinkelden lichtjes, ergens klonk gelach. Flarden muziek dreven op de warme wind naar me toe.

Ik zuchtte een paar keer diep en nam een slok wijn.

Het was vreemd ontwaken in een ander bed, in een ander land. Thuis was het hartje winter, hier volop zomer.

Stralend zonlicht drong door het gordijn heen, de warmte streelde mijn blote arm. Het was nog vroeg, nog geen half-acht, maar ik had zo goed geslapen dat ik meteen uit bed kwam.

Ik trok het gordijn opzij en daar lag hij. De oceaan. Azuurblauw. Met een kalme golfslag rolde hij uit over het strand.

Opgetogen opende ik de balkondeur en stapte naar buiten. Warme lucht omringde me, ik moest mijn hand boven mijn ogen houden om ze te beschermen tegen het licht en de schittering van het water.

De eerste dag kwam ik tot niets. Na die eerste opleving keerde de vermoeidheid terug, en ik kon weinig anders dan eraan toegeven. Ik voelde me beroerd en bleef het grootste deel van de dag in bed.

De tweede dag bracht ik door op het balkon, rillerig en ziek, met een dekentje om me heen. Ik liet de maaltijden op mijn kamer bezorgen, maar at niet veel.

De derde dag voelde ik me wat beter en de vierde dag werd ik eindelijk wakker zonder hoofdpijn en pijnlijke ledematen.

Ik stapte het balkon op en leunde tegen de balustrade. Lange tijd stond ik daar, in een hemdje en een kort broekje, en keek naar de activiteit op het strand en naar de pier verderop, waar gekleurde vissersboten aanmeerden. Mijn lichaam leek de warmte te absorberen, als een lege batterij die weer opgeladen werd.

Ik hief mijn gezicht naar de zon, voelde haar stralen mijn huid strelen en glimlachte.

De confrontatie met de toeristen in de eetzaal durfde ik nog niet aan. Ontbijten op mijn eigen balkon leek me een beter idee. Ik liet fruit en yoghurt brengen, at die op in de zon en nam daarna een douche.

Gekleed in een zomerjurk, met mijn haar in een staart en met een donkere zonnebril op, liep ik naar de receptie en vroeg naar Rob.

'*He's my brother, he's missing.*' Ik liet een foto zien waar Rob en ik samen op stonden, lachend, met de armen om elkaar heen.

De receptioniste, Catia heette ze volgens haar naambordje, ging op zoek in de bestanden. Ze was een tijdje bezig en schudde toen het hoofd.

Het zou ook te mooi zijn geweest om waar te zijn. Ik vroeg een kaartje van de stad met alle hotels en logementen in Santa Maria. Catia omcirkelde ze en wees er een paar aan.

'*Not many tourists there,*' zei ze.

Dat leken me precies de juiste accommodaties om naar Rob te zoeken.

37

Santa Maria was een aardig plaatsje, met een merkwaardige mengeling van totaal verschillende culturen.

Westerse muziek klonk in Caribisch ogende bars, waar Senegalezen hun handel van houten beelden en zonnebrillen op de stoepen hadden uitgestald. Toeristen liepen rond met dure camera's om hun nek en fotografeerden de bewoners van het plaatsje, die vanuit kruiwagens fruit en groente verkochten.

De huizen oogden vervallen, maar waren in vrolijke kleuren gesausd. Op sommige plekken zaten er flinke gaten in de weg. Her en der stonden palmbomen. Overal reden taxi's om toeristen op te pikken. Kinderen verkochten snoep en sigaretten.

Ondanks al die tegenstellingen heerste er een gemoedelijke sfeer. Alles bestond naast elkaar, ondanks elkaar en met elkaar. Ik kon me heel goed voorstellen waarom Rob hiernaartoe was gegaan, maar ik kon me eigenlijk niet voorstellen dat hij hier nog steeds was. Het beste waar ik op kon hopen was dat ik een spoor zou vinden.

Ik begon met zoeken in de achterafstraatjes van Santa Maria. Er liepen daar een stuk minder toeristen rond. Ik werd bekeken, maar voelde me niet onveilig.

Toch moest ik even iets overwinnen toen ik een obscuur logement binnenging. De man die vanuit een achtergelegen vertrek aan kwam stommelen keek me verbaasd aan. Hij sprak geen Engels, wel een beetje Frans.

Met veel gebaren en gebrekkig Frans maakte ik duidelijk waar ik voor kwam. Ik toonde hem de foto, en hij schudde meteen zijn hoofd.

Een computer zag ik nergens staan, maar ik twijfelde er niet aan dat deze man een blanke gast onthouden zou hebben.

Ik bedankte hem en ging verder.

De hele ochtend liep ik door het stadje, turend op de plattegrond. Erg groot was Santa Maria niet, en tegen lunchtijd had ik alle gelegenheden waar je de nacht kon doorbrengen gehad.

Ik kocht een grote kaart van het eiland en liep naar het strand. Op het terras van een eettentje met uitzicht op zee bestelde ik vis met rijst, en ik spreidde de kaart uit over tafel.

Buiten Santa Maria lag ook nog een aantal hotels en resorts, keurig naast elkaar. Ik zou er na de lunch met een taxi naartoe kunnen gaan.

Als ik daar geen succes had, kon ik het in andere plaatsen op Sal proberen. Erg groot was het eiland niet, vergelijkbaar met Texel, en veel stadjes waren er evenmin. Alleen Espargos, de hoofdstad, was groter dan Santa Maria.

Mijn lunch werd gebracht door een jongen met een prachtig rastakapsel, die belangstellend naar de kaart keek.

'*What are you looking for?*' vroeg hij.

'*I am looking for my brother.*' Ik rommelde in mijn tas en haalde de foto tevoorschijn. Ik vertelde dat Rob van plan was geweest naar Sal te gaan, dat ik niets meer van hem had gehoord en dat ik me zorgen maakte.

De jongeman keek meelevend. '*If you need any help*?'

Een beetje hulp kon geen kwaad, zeker niet van een local. Ik knikte dankbaar.

Hij stak zijn hand naar me uit. 'Leonardo.'

'Romée.'

We glimlachten naar elkaar. Ik borg de kaart op en Leonardo zette mijn gerecht op tafel.

'Ik ben om vijf uur klaar,' zei hij. 'Als je hiernaartoe komt, help ik je zoeken.'

Ik was niet dom, en ook niet naïef. Als ik lelijk en oud was geweest, zou hij me vast niet zo spontaan te hulp zijn geschoten. Ik kende die jongen niet en moest maar afwachten wat hij van plan was. Maar het zou ook kunnen dat hij goede bedoelingen had, en dat ik Rob met zijn hulp zou vinden.

Ik kon me hoe dan ook niet veroorloven zijn hulp af te wijzen.

De rest van de middag deed ik navraag in de grote hotels en resorts even buiten Santa Maria, al leek het me sterk dat Rob naar een all-inclusiveresort was gegaan. Daar hield hij niet van, en ik geloofde ook niet dat je daar zonder te reserveren gemakkelijk terechtkon, maar ik durfde het ook niet uit te sluiten.

Helaas leverde mijn speurtocht niets op. Tegen vijven was ik terug in Santa Maria, en ik wandelde over het strand naar het restaurant waar Leonardo werkte. Toen ik het terras op liep, gebaarde hij dat hij er zo aan kwam. Even later stond hij voor me, zijn werkkleding verruild voor een shirt met een afbeelding van Bob Marley. Natuurlijk.

'Ik heb al voor je rondgevraagd bij collega's en vrienden,' zei hij. 'Niemand kent je broer. Het is wel een tijd geleden dat hij hiernaartoe is gegaan, maar als hij hier voor langere tijd heeft gezeten en hij een aantal eilandbewoners kende, zouden mensen dat moeten weten.'

'Volgens mij heb ik alle hotels hier wel gehad.'

'Dan gaan we naar Espargos.'

'Is dat ver weg?'

'Tien minuten met de stadsbus. Niets is ver hier. Sal is niet zo groot.'

Bij een wildvreemde in de auto stappen trok me niet aan, maar het openbaar vervoer leek me wel oké.

Terwijl we over het strand liepen, maakten we nader kennis. Leonardo vertelde dat hij uit Espargos kwam, dat zijn hele familie daar woonde, maar dat de meeste mensen die hij kende in Santa Maria werkten.

'Daar zitten de toeristen,' zei hij. 'Santa Maria heeft het mooiste strand van alle Kaapverdische Eilanden. Het hoort zelfs bij de vijf mooiste stranden ter wereld, wist je dat?'

Ik schudde mijn hoofd. 'Geen wonder, het water is zo helder. En het zand is ook zo mooi. Zacht en geel.'

'Sahara-zand,' zei Leonardo. 'Overgewaaid van het vasteland. Het toerisme begint hier langzaam op gang te komen. Drie jaar geleden stonden de meeste hotels aan de rand van de stad er nog niet. Die zijn allemaal heel snel gebouwd.'

'Wat vind je daarvan? En van al die toeristen die er nu rondlopen?'

'Dat is heel goed,' zei Leonardo. 'Sal is een arm eiland. We hebben hier alleen woestijn en een zoutmijn. Zout was vroeger duur, maar nu niet meer, dus de mensen hier zijn hun inkomen kwijtgeraakt. Nu leiden ze toeristen rond. Alles is op de toeristen gericht, iedereen is blij met hen. Zonder toeristen zouden we hier niet kunnen blijven wonen.'

Hij leidde me de boulevard op, een straat door, naar de plaats waar de stadsbussen stonden. Of eigenlijk waren het busjes, waar net tien mensen in konden.

'Ze vertrekken zodra ze vol zitten,' zei Leonardo, en hij nam me mee naar het voorste busje. 'Daar zijn nog twee plaatsen over.'

Onderweg zaten we tegen elkaar aan gedrukt op de krappe zitplaatsen. Leonardo vertelde over zijn familie, over de armoede thuis, over die ene kans die voorbijgekomen was om Engels te leren en hoe hij die kans gegrepen had.

'Toen ik twaalf was, werd in Espargos een tankstation gebouwd en kreeg ik daar een baantje. De eigenaar sprak Engels en heeft het mij ook geleerd.'

'Je spreekt het erg goed.'

'Dank je. Het was een groot geluk, want daardoor kon ik in Santa Maria in een hotel werken, achter de receptie. Als ik vrij ben, werk ik in het restaurant.'

Ik kreeg het vermoeden dat hij zo hard werkte om zijn familie te kunnen onderhouden, en mijn respect en sympathie voor Leonardo groeiden.

Aan de rand van de stad stapten we uit. Na de rit door het desolate, zanderige landschap was het alsof ik in een oase belandde. De mensen mochten hier arm zijn, hun huizen waren rijk aan kleur. Een enkele woning was wit, maar de meeste waren lila, roze, groen en blauw geverfd.

'Wat is het hier mooi!'

Leonardo glimlachte. 'Dit eiland heeft twee gezichten.'

Voor ik hem kon vragen wat hij daarmee bedoelde, kwamen er van alle kanten bekenden op hem af. Ze begroetten hem enthousiast, naar mij werd nieuwsgierig gekeken.

In rad creools voerde Leonardo gesprekken. Hij omhelsde vrienden en schudde handen. Af en toe wees hij op mij en dan lachten de mensen naar me, en ik lachte terug.

We liepen de stad in, naar een pleintje met een blauw kerkje waar mensen in de schaduw van de bomen zaten, of bij hun handelswaren op de grond. Leonardo stapte op iedereen af, groette, maakte een praatje, wees weer op mij, en wenkte me.

'Hier weten ze van niets. We gaan naar de waterput, daar is het ook altijd druk.'

Overal waren mensen. Vrouwen vervoerden vis in een bak op hun hoofd, mannen sjouwden met zakken vol ondefinieerbare goederen, kinderen renden blootsvoets door de straten.

Op elke hoek zaten straatverkopers en Leonardo sprak ze allemaal aan. Af en toe stond hij stil bij een eettentje waar ze hamburgers en drank verkochten. Leonardo vertelde dat het de lokale sterkedranken waren: *poncho* en *grogue*.

We kregen een bekertje en het was allemaal heel gezellig, maar ik kreeg niet de indruk dat we veel verder kwamen.

'Ik heb iedereen gevraagd naar je broer uit te kijken en een beetje rond te vragen. Als hij nog op Sal zit, dan komen we dat vroeg of laat te weten,' zei Leonardo, die mijn ongeduld blijkbaar voelde. 'We geven het niet op. Ik heb mijn vrienden gevraagd bij hotels te informeren. De meeste werken daar.'

Ik was er even stil van. 'Je bent zo aardig. Waarom doe je dit voor me? Je kent me niet eens.'

Verbaasd keek hij me aan. 'Moet dat dan? Het is toch een

kleine moeite? Ik heb ook broers. Als die zouden verdwijnen, zou ik de hele wereld over reizen om ze te zoeken.'

Ik glimlachte. 'Wat bedoelde je net, toen je zei dat Sal twee gezichten heeft?'

In plaats van antwoord te geven, pakte hij mijn hand.

'Kom,' zei hij, en hij trok me mee.

We verlieten het centrum van Espargos, liepen door de pittoreske witte straatjes van de buitenwijk en bleven staan aan de rand van een desolate vlakte.

Zand waaide op en stoof over het terrein, nergens was een boom of een plekje schaduw te bekennen.

Wel lag er afval. Weggewaaid plastic, autobanden, gedumpte rommel. Een paar kinderen rolden de banden voort en holden er lachend naast. Achter hen verrees een wijk van krakkemikkige bouwsels, opgetrokken uit hout, steen en golfplaat. Een vrouw met een kind op de rug kwam een van de krotten uit, blootsvoets. Ze joeg een magere hond weg, die schichtig opzijsprong en op een afstandje van het huis in het zand ging liggen.

Mijn ogen gleden over de sloppenwijk, die zich over de breedte van de zandvlakte uitstrekte.

'Dat stond niet in de reisinformatie,' zei ik zacht.

'Op zondag geef ik les in een schooltje verderop.' Leonardo wees naar rechts. 'De kinderen hebben geen pennen of schriften, maar er hangt een schoolbord waar ze op kunnen oefenen. Ik leer hun Engels, zodat ze op een dag een baan in het toerisme kunnen vinden en uit de sloppen kunnen ontsnappen.'

'Wat goed van je.'

Hij haalde zijn schouders op. 'Je doet wat je kunt. Als ik een paar kinderen een betere toekomst kan geven, is mijn doel al bereikt. Kom, dan gaan we wat eten. De zon zakt, het is zo donker.'

We liepen terug naar het centrum van Espargos. In een leuk restaurant trakteerde ik Leonardo op een maaltijd.

Onder een enorme plafondventilator bestudeerden we de menukaart.

'Neem *cachupa*,' zei Leonardo. 'Dat is een nationaal gerecht. Er zitten bonen, mais, vis, vlees en worst in. Erg lekker.'

We dronken er bier bij en praatten over ons leven. Hij wilde alles weten over Nederland en wat ik daar deed. Ik vertelde met enige terughoudendheid, maar kon niet vermijden te zeggen dat ik zangeres was.

'Echt waar? Hou je van reggae?'

'Heel erg.'

'Mooi! Ik ken een leuke bar. Ik neem je van de week mee.'

38

Twee dagen later gingen we naar de beloofde bar en ik had een heerlijke avond. De bar was cool, met overal posters en schilderingen van Bob Marley, en het dakterras was geweldig. Ik dronk grogue, danste met Leonardo en zijn vrienden en vriendinnen, en zelfs met een paar Nederlandse toeristen die de weg hiernaartoe hadden gevonden. Ze leken me niet te herkennen.

Misschien kwam het door het effect van de sterkedrank dat het me niet zoveel uitgemaakt zou hebben als ze me wel herkend zouden hebben. Er werd een microfoon in mijn hand gedrukt en ik begon te zingen.

Iedereen danste, klapte, juichte. Ik zag alleen maar lachende gezichten om me heen. Het was mijn beste optreden ooit.

Laat op de avond liepen Leonardo en ik nog even het strand op.

'Je zei al dat je zangeres was, maar ik wist niet dat je zó goed was,' zei hij. 'Kun je ervan leven? Ben je beroemd?'

'Wereldberoemd in Nederland. En ja, ik kan ervan leven. Al weet ik niet of ik ermee doorga.'

Leonardo sloeg losjes zijn arm om mijn schouders. 'Met zingen? Waarom zou je daarmee ophouden? Zingen is belangrijk.'

'Is dat zo? Als mensen zeggen dat ze het knap vinden dat ik zo gewoon ben gebleven, weet ik niet wat ik moet zeggen. Ik bedoel, wat stelt het nou helemaal voor wat ik doe? Ik schrijf een liedje en zing het op een podium. Waarom zou ik daar arrogant over doen? Het is geen hersenchirurgie of hogere wiskunde.'

'Nee, maar met muziek kun je wel degelijk iets voor een ander betekenen. Mensen putten er troost en steun uit. Op z'n minst bezorg je hun een leuke avond. Dat is ook wat waard. Muziek geeft kleur aan het leven, laat je je zorgen even vergeten. Dus wat jij doet is ook belangrijk.'

Ik schopte wat zand voor me uit en keek uit over zee. 'Als je het zo bekijkt...'

'Zo bekijk ik het, en dat moet jij ook doen. Zingen hoort bij jou, ik zag hoe je ervan genoot vanavond.'

'Dat is het 'm juist! Ik wil dat zingen weer leuk wordt, dat ik ervan geniet. Al die aandacht hoef ik niet, die is niet goed voor me.'

Het werd even stil tussen ons, toen zei Leonardo: 'Wees voorzichtig met drugs.'

'Hoe kom je daar nou bij? Ik gebruik geen drugs.'

'Echt niet? Ik had je al eerder gezien, op de luchthaven. Ik kwam een vriend ophalen die in hetzelfde vliegtuig zat als jij. Je had een blik in je ogen... Ik zag het meteen.'

'Ik was groggy van de vlucht.' Ik gaf hem speels een duw. 'Had je zelf misschien gebruikt?'

'Alleen een beetje wiet. Dat is het enige wat ik rook. De rest is troep, daar moet je van afblijven. Beloof het me.'

Ik lachte, maar hij keek me zo ernstig aan dat ik besefte dat hij het meende.

'Oké,' zei ik.

Tien dagen vakantie was natuurlijk veel te kort, ze vlogen voorbij. Al die tijd raakte ik mijn telefoon amper aan. Het was een opluchting om een tijdje de gekte achter me te kunnen laten.

Leon appte met de vraag of ik af en toe voor mijn fans iets op Instagram wilde posten, maar ik reageerde niet.

Het was zo mooi op Sal. Ik kon er geen genoeg van krijgen op het strand te zitten en naar het lichtblauwe water te kijken. Ook de droge woestijn, met de in het zonlicht verschietende kleuren bruin, was prachtig.

No stress was het levensmotto van de Kaapverdianen. Leef in het moment, maak je niet te druk. Het had even geduurd voor ik mijn opgefokte levensstijl achter me had gelaten, maar op een middag kwam mijn hoofd tot rust.

De kalme golfslag werkte ontspannend. Mijn ziekelijk bleke vel had een tintje gekregen, die eeuwige verkoudheid was verdwenen, de vermoeidheid weggeëbd uit mijn lichaam en de neerslachtigheid verdwenen. Ik kon weer genieten van een maaltijd en een goed glas wijn, mijn smaak was terug, en opeens besefte ik dat ik al een paar dagen gelukkig was. En dat ik me niet kon herinneren wanneer ik voor het laatst dat gevoel had gehad.

Diep in mij kwam iets tot rust. Ik had Rob niet gevonden, maar wel iets anders. Acceptatie, misschien.

Nog een paar dagen genoot ik van de relaxte sfeer op het

eiland. 's Morgens liep ik over de pier om naar de visvangst te kijken, tussen de middag at ik op mijn vaste plekje aan het strand, waar Leonardo me de lekkerste vis voorzette. Ik maakte een wandeling, zwom in zee of las in de schaduw op mijn balkon een boek. 's Avonds ging ik met Leonardo en zijn vriendengroep mee uit. De ene keer zaten we op het pleintje van Santa Maria wat bij elkaar, de andere keer barbecueden we op het strand, maakten muziek en dansten op blote voeten in het zand.

Ik probeerde nog een paar dagen bij te boeken, maar alle vluchten zaten vol. Misschien was dat ook wel beter. Ik had het een en ander te doen als ik thuiskwam, zoals me voorbereiden op Paradiso.

Op de dag van mijn vertrek bracht Leonardo me naar het vliegveld.

'*Adeus*, zangeres,' zei hij.

'Niet adeus, ik kom terug.'

'Afgesproken. En ik zal naar je broer blijven uitkijken.'

We omhelsden elkaar, Leonardo bleef me vasthouden. 'Romée, mag ik je kussen?' vroeg hij zacht.

Zijn mooie bruine ogen waren heel dichtbij, zijn mond eveneens. Ik knikte.

Hij kuste me, licht en vriendschappelijk.

'Ik zal je missen, Romée.'

'Ik jou ook. Bedankt voor alles.' Ik drukte nog een kus op zijn lippen, toen pakte ik mijn koffer en liep de vertrekhal in.

Laat in de avond landden we op Schiphol. Ik zat voor in het vliegtuig, was als eerste het toestel uit en kon al vrij snel mijn koffer van de band halen.

Tot mijn verrassing stond Kai in de aankomsthal op me te wachten. Hij keek me aarzelend aan.

'Hoi,' zei hij.

'Hé.' Ik zette mijn koffer neer en kuste hem. Even leek hij verrast, toen sloeg hij zijn armen om me heen, tilde me een stukje van de grond en kuste me terug.

'Laura vertelde dat je vandaag terug zou komen. Blij dat je er bent.'

Ik had hem voor een profiteur aangezien, zijn appjes en ingesproken berichten genegeerd, alles op basis van vermoedens. Als ik gelukkig wilde worden, zou ik me moeten leren openstellen voor mensen en af en toe een risico moeten nemen.

'Je ziet er goed uit,' zei hij na een keurende blik. 'Heb je het leuk gehad?'

'Ja, het was heerlijk. Eigenlijk wilde ik niet terug, maar ik heb binnenkort Paradiso.'

'En je hebt mij.'

'Ja, ik ben blij je te zien.'

Kai nam mijn koffer over en sloeg zijn arm om me heen. 'Ik zal je naar huis brengen.'

In de auto was hij stil. Aanvankelijk viel me dat niet op, omdat ik druk aan het vertellen was. Hij knikte en maakte instemmende geluiden, maar toen ik zweeg, zei hij ook niets.

'Wat is er?' vroeg ik.

Hij wierp me een sombere blik toe die aan de blijdschap over mijn thuiskomst meteen een einde maakte.

'Ik heb iets gedaan,' zei hij. 'Een beetje onderzoek, om je te helpen.'

'Ja?' Vrees en nervositeit klonterden samen in mijn maag.

'Een vriend van mij werkt op Schiphol. Ik heb hem gevraagd naar de passagierslijst te kijken van de vlucht die Rob genomen heeft. Dat soort informatie mogen ze niet geven, maar dat heeft hij stiekem toch gedaan.'

Eigenlijk kon hij wel ophouden met vertellen. Ik wist het al. Ik zag het aan zijn gezicht, hoorde het aan zijn stem. 'Hij zat niet op die vlucht,' zei ik.

'Je broer stond op de passagierslijst, maar hij is niet ingestapt. Mijn vriend heeft eerdere en latere vluchten gecheckt, maar daar stond Robs naam ook niet bij.'

Ik keek naar het langsrazende verkeer terwijl alles in mij tot stilstand kwam. Na een hele tijd, of een paar seconden, hoorde ik Kais stem vanuit de verte.

'Romée? Gaat het?'

Ik vermande me. 'Ja, het gaat. Dank je dat je dat hebt uitgezocht. Het verklaart een heleboel.'

'Waarom je je broer niet gevonden hebt op Sal, bedoel je.'

'Ook dat.'

Hij wierp me een snelle blik toe, maar vroeg niet door. Ik wendde mijn gezicht af en zweeg de rest van de rit.

Kai ging niet mee naar binnen. Hij begreep waarschijnlijk wel dat ik moe was van de lange vlucht, en dat zijn nieuws me van mijn laatste restje energie had beroofd.

Hij tilde mijn koffer uit de kofferbak en kuste me. 'Probeer wat te slapen. Ik bel je morgen.'

Ik ontgrendelde het hek, sloot het weer af en trok mijn koffer achter me aan naar de voordeur. De hal ontving me koud en donker. Ik deed het licht aan en de duisternis verdween, maar de kilte bleef. Die liet zich ook niet verjagen toen ik onder de douche stond, of toen ik in bed kroop.

Ergens diep in mij groeide de zekerheid dat deze kilte nooit meer zou verdwijnen.

39

‘Dus je broer zat niet op Sal,’ zegt Nicole. ‘Heb je hem intussen gevonden, of iets van hem gehoord?’

Ik schud mijn hoofd. ‘Geen woord.’

‘Waarom denk je dat hij verdwenen is?’

‘Hij wilde op reis, dat heb ik al verteld. Ik vond het vreemd dat hij niets van zich liet horen, maar intussen begrijp ik het wel.’

‘Ja?’

Wat ik begrijp, of denk te begrijpen, ga ik haar niet vertellen. Ik friemel aan het elastiekje om mijn pols en onderdruk de neiging dat tegen mijn huid te laten kletsen. In plaats daarvan zucht ik een keer diep. ‘Het is zoals mijn andere broer zei: Rob heeft afstand nodig.’

‘Afstand van wie?’

‘Van mijn ouders. Van mij.’

‘Waarom van jou?’

‘Omdat we te close waren. Als je een nare jeugd hebt, zoek je veiligheid en begrip bij iemand die je kunt vertrouwen.

Rob en ik trokken erg naar elkaar toe, maar op een gegeven moment moet je elkaar ook weer loslaten.'

'En je andere broer? Hoe was je band met hem?'

'Anders. Ook goed, maar anders.' Ik ondersteun mijn hoofd met mijn hand en kijk voor me uit.

'Omdat Rob en jij zo'n eenheid vormden.'

Ik knik.

'Denk je dat hij jaloers op jullie was?'

Weer knik ik. 'Dat moet wel. In feite stond hij er alleen voor. Maar dat heb ik nooit beseft.'

Nicole maakt aantekeningen en controleert of het opnameapparaat nog loopt. 'Wat gebeurde er toen je terugkwam van Sal? Heb je toen geaccepteerd dat Rob geen contact meer wilde?'

'Ja, ik moest wel.'

'Waarom denk je dat Rob niet in dat vliegtuig is gestapt?'

'Ik denk dat hij ons op een dwaalspoor wilde zetten. Hij wist dat we in zijn laptop zouden kijken, daarom had hij hem ook achtergelaten. Waarschijnlijk vermoedde hij dat ik hem achterna zou reizen.'

'En dat wilde hij niet.'

'Nee, maar dat realiseerde ik me pas toen ik al terug was.'

'En uiteindelijk stortte je in.'

Er valt een stilte.

'Dat begrijp ik volkomen,' zegt Nicole. 'Een mens zou van minder instorten. Ben je van plan om nog terug te keren in de muziek?'

'Ik weet het niet. Eerst moet ik alles weer op een rijtje krijgen.'

'Heb je het gevoel dat je de zaken niet op een rijtje hebt?'

'Nou, als je voor een publiek van bijna tweeduizend mensen in elkaar klapt, gaat er duidelijk iets niet goed. En het is ook steeds zo wazig in mijn hoofd. Alsof er een dikke mist in zit. Ik moet echt een tijd goed uitrusten.'

'Heb je het gevoel dat het al wat beter gaat?'

Ik trek aan het elastiekje maar laat het niet los. 'Lichamelijk wel. De hoofdpijn en spierpijn worden minder, maar ik ben nog wel erg moe. En ik heb van die tics.'

Nicole kijkt naar het elastiekje. Ik haal het van mijn pols en leg het op de leuning van mijn stoel.

Ze glimlacht naar me. 'Hoe is het contact met je andere broer nu?'

'Met Niels? Ik zie hem niet meer.'

'En je ouders?'

'Ook niet. Ik heb geen behoefte aan contact.'

'Ben je nog thuis geweest nadat je van Sal kwam?'

'Nee,' zeg ik.

Maar dat is een leugen.

40

Mijn telefoon stond vol berichten en de brievenbus was overladen met post, maar ik besteedde er weinig aandacht aan op de ochtend na mijn thuiskomst. Zonder zelfs maar te ontbijten en mijn koffer uit te pakken, ging ik de deur uit.

Tegen mijn verwachting in had ik uitgeslapen, en het was al na tienen toen ik in de tram naar het station zat. Daar aangekomen kocht ik een broodje en een beker koffie, en ik ontbeet in de trein.

Intussen bekeek ik de mail en whatsappjes die de dag ervoor, tijdens mijn terugreis, binnengekomen waren. Er zat een bericht bij van rechercheur Huijtinga. Dat had ik niet gezien, vermoeid als ik was. Hij appte of ik hem wilde bellen en dat deed ik meteen.

'Romée, goed dat je belt. We konden je niet bereiken,' zei hij bij wijze van begroeting.

'Ik was op vakantie, op Kaapverdië.'

'Dat hoorde ik van je manager. Ben je een beetje tot rust gekomen?'

'Ja, zeker. Tot ik uw berichtje hoorde. Is er nieuws over die inbreker?'

'Ja, er is nieuws. De jongeman die jou lastigviel, Michael de Bruin, is gisteren opgepakt.'

'O,' zei ik.

Even was het stil, waarschijnlijk had Huijtinga een andere reactie verwacht. Toen ik niets zei, ging hij verder.

'We zijn gaan posten bij jouw huis. Op een gegeven moment dook hij op. Het signalement klopte, dus de dienstdoende agenten hebben hem meegenomen. Maar hij bleek niet degene te zijn die bij jou heeft ingebroken, dus we hebben hem laten gaan.'

'Hebben jullie zijn DNA onderzocht?'

'Ja, en er is geen match met de sporen die in jouw woning zijn aangetroffen. Ik kan met grote zekerheid zeggen dat hij nooit binnen is geweest.'

Ik zuchtte. 'Maar wie was het dan? Zijn jullie al iemand op het spoor?'

'We zijn er druk mee bezig. Het probleem is dat de gegevens van de dader niet in onze databank voorkomen, en dus krijgen we geen match. Op basis van DNA-sporen kunnen we hem niet opsporen, maar we geven het niet op.'

Veel vertrouwen had ik er inmiddels niet meer in. Met een onbevredigd gevoel zei ik gedag en verbrak de verbinding. De rest van de treinreis staarde ik nietsziend uit het raam, mijn telefoon nog in mijn hand.

Mijn ouders waren thuis. Natuurlijk waren ze thuis, het waren geen mensen die er een dagje op uit gingen of die belang hechtten aan een sociaal leven. De weinige vrienden die ze hadden gehad, had mijn vader allang het huis uit gejaagd, en familie kwam ook niet vaak over de vloer.

Ik liep het erf op en hoorde in de bollenschuur een heftruck. De deuren stonden wijd open en ik liep naar binnen.

Niels kwam op me af rijden. Hij schakelde de motor uit en keek me aan.

'Hoi.' Ik leunde tegen de heftruck. 'Hoe gaat het?'

Hij haalde zijn schouders op. 'Er is niet veel te doen op dit moment, dus we zijn de boel aan het opknappen.' Zijn stem klonk stug.

'Ik hoorde dat je besloten hebt het bedrijf van pa over te nemen. Daar keek ik wel van op.'

Hij liet zich van de heftruck zakken en sprong op de grond. 'Ik heb er eens goed over nagedacht en ik vond het toch wel zonde dat het bedrijf naar vreemden zou gaan.'

'En je studie dan?'

Niels haalde zijn schouders op. 'Die viel me tegen.'

Ik wandelde wat door de bollenschuur heen en weer en liet mijn blik rusten op de vloer. 'Nieuw cement?'

'Ja, de deklaag zat vol scheuren, die moest nodig vernieuwd worden. Dat geldt voor wel meer zaken. Alles moet gerenoveerd worden. Ik heb een afspraak gemaakt met de bank voor een lening.'

'Ambitieus, hoor,' zei ik. 'Wat vindt pa daarvan?'

'Best. Hij is het ermee eens.'

Dat mocht een wonder heten. Vernieuwingen en ideeën die geld kostten konden nooit op veel enthousiasme van mijn vaders kant rekenen.

'Wat zie jij bruin. Op vakantie geweest?' Niels bekeek me met een kritische blik.

'Ja, naar Kaapverdië. Naar Sal, om precies te zijn. Rob wilde daarnaartoe. Ik heb zijn e-ticket op zijn laptop gevonden.'

'Je bent hem gaan zoeken.'

Ik knikte.

Niels peuterde wat vuil onder zijn duimnagel vandaan. 'En?'

'Hij was er niet.'

'Nee, dat dacht ik al. Die is natuurlijk allang verder gereisd.'

'Hij is er nooit geweest, Niels. Hij had een ticket, maar hij is niet in het vliegtuig gestapt.'

Niels onderbrak zijn manicure door een snelle blik op mij te werpen. 'Heeft hij een andere vlucht genomen?'

'Nee. Hij komt op geen enkele passagierslijst voor.'

'Dat is vreemd.'

Het was zeker vreemd, maar ik vond Niels' lauwe reactie nog veel vreemder. Hij had stomverbaasd moeten zijn, en dat zei ik hem ook.

'Waarom?' vroeg hij geïrriteerd. 'Rob zat niet in het vliegtuig. Nou en? Misschien heeft hij het gemist en is hij op de trein gestapt, of ging hij liftend. Wat maakt het uit. Hij is weggegaan, en om een goede reden. Wat mij betreft blijft hij weg.'

'Zo is dat.'

We draaiden ons om. Het silhouet van mijn vader stak scherp af tegen de zonnige achtergrond. In zijn hand had hij een schep, het scherpe blad rustte op de grond.

'Wat doe jij hier?' zei mijn vader.

Ik negeerde die vraag.

'Maken jullie je dan helemaal niet ongerust?' vroeg ik. 'Ik namelijk wel. Ik ben van plan om Rob als vermist op te geven bij de politie. Dat had allang gebeurd moeten zijn.' Ik was helemaal niet van plan om naar de politie te gaan, ik wilde alleen zien wat zijn reactie was.

'Geen sprake van.' Langzaam liep mijn vader de schuur in, de handgreep van de schep in zijn knuist. 'Denk je dat ik hier politie over de vloer wil hebben? Of dat er allemaal wijsneuzen uit het dorp nieuwsgierig gaan lopen doen en rare verhalen gaan rondbazuinen?'

'Waarom zouden ze dat doen, pa? Het lijkt me waarschijnlijker dat de mensen het erg voor ons vinden en meeleven. Misschien kunnen ze helpen, hebben ze informatie.'

Mijn vader snoof minachtend. 'Wat kunnen die lui uit het dorp weten dat ik niet weet? Er komen alleen maar praatjes van.'

'Nou en? Als ons dat helpt om Rob te vinden?'

'Die vinden we niet,' zei hij bruusk. 'Je broer is weg en hij komt niet meer terug.'

Er viel een geladen stilte, waarin ik naar mijn vader staarde en vervolgens naar Niels. Ik opende mijn mond om iets te zeggen, maar de woorden leken te blijven steken in mijn keel, die opeens dik aanvoelde. Mijn hart begon sneller te kloppen en ik werd licht in mijn hoofd.

Iets in de manier waarop die twee elkaar aankeken beviel me niet. De agressieve houding van mijn vader evenmin.

Ik keek naar de nieuwe vloer. Het vermoeden dat ik heel diep had weggestopt, kwam naar boven en schoof alle ruis opzij.

'Waar is hij?' Ik bracht de woorden met moeite uit. 'Ik moet het weten.'

'Jij moet ophouden met dat gezeur. Ga zingen, ga terug naar Amsterdam. Je had voor mij niet terug hoeven komen.'

Het was verleidelijk om te antwoorden dat mijn vader de laatste was voor wie ik terug zou komen, maar hij had de schep nog steeds stevig vast.

'Als je nog één keer over die broer van je begint, schop ik je het erf af!' Mijn vader deed een stap naar voren en ik deinsde terug.

'Pa!' Niels ging tussen ons in staan. Dat weerhield mijn vader er niet van om me over Niels' schouder dreigend aan te kijken.

'Ga nou maar, Romée,' zei mijn broer. 'En ga niet naar de politie. Pa heeft gelijk, dat heeft geen enkele zin.'

Ik liet het wel uit mijn hoofd om daar nog tegenin te gaan. Met een ruk draaide ik me om en ik liep snel de schuur uit.

Even was ik bang dat mijn vader me achterna zou komen, maar dat gebeurde niet. Ik voelde wel dat hij me nakeek, en ik vroeg me af of hij in mijn ogen had gezien dat ik de waarheid wist.

Ik haastte me het erf over, terug naar de openbare weg. Pas toen ik die afliep, voelde ik me weer veilig. Veel verkeer kwam er niet, maar mijn vader zou me hier niets doen.

Met trillende benen wachtte ik op de bus, die pas over een kwartier zou komen. Na vijf minuten kalmeerde ik en na tien minuten werd ik nijdig.

Ik was gekomen voor antwoorden, niet voor nog meer vragen en onzekerheid. En ook al wist ik diep in mijn hart al dat ik Rob inderdaad nooit meer zou zien, ik kon onmogelijk doorgaan met mijn leven als ik niet precies wist wat er was gebeurd. Ik kon naar de politie gaan, maar ik had alleen mijn vermoedens. Dat zou voor hen onvoldoende reden zijn om een onderzoek te starten. Ik moest er zelf achter zien te komen wat mijn familie voor me verzweeg.

41

Ik liep terug naar mijn ouderlijk huis, zenuwachtig, maar ook opgefokt en daardoor vastbesloten. Deze keer meed ik het erf en klopte ik op het raam aan de voorkant. Mijn moeder was aan het stofzuigen en hoorde me niet. Pas toen ze zich omdraaide, zag ze me. Even leek ze te schrikken, maar ze zette de stofzuiger uit en opende de voordeur.

'Waarom kom je voorom?' vroeg ze.

'Omdat ik niet wil dat pa me ziet.'

'Hij is in de schuur bezig en we hebben al gegeten, dus hij blijft wel even weg.' Ze liep voor me uit naar achteren.

'Ik wil met je praten.' Ik ging aan de eettafel zitten, op een plek waar ik via het raam de schuur in de gaten kon houden.

Met een berustend knikje ging mijn moeder zitten. 'Over je vader.'

'En over Rob.'

Ze deed alsof ze me niet had gehoord, legde haar over elkaar gevouwen armen op tafel en keek langs me heen naar buiten.

Ik legde mijn hand op haar arm. 'Mam? Wat is er toch aan de hand? Ik kan zien dat je ergens mee zit. Waarom vertel je het me niet gewoon?'

Er kwam geen antwoord.

'Ik ben toch je dochter,' zei ik zacht.

Ze richtte haar blik op me, en in haar ogen leek iets te veranderen. Zachter te worden. Of nee, berustend. Toen ze begon te praten, moest ik me inspannen om haar te verstaan.

'Vroeger was hij anders, je vader,' zei ze. 'Voor we kinderen kregen. Hij was niet gemakkelijk, dat is hij nooit geweest, maar hij was toch anders. Liever, minder...'

Ze zocht naar het juiste woord en ik onderdrukte de neiging om 'gestoord' te opperen.

'Dominant,' zei ze. 'Misschien omdat ik zelf jonger en assertiever was. Ik pikte het niet als hij mij de les las.'

'Waardoor is dat veranderd?'

Mijn moeder plukte aan haar vest en keek naar het land. Ik volgde haar blik, maar het werd me niet duidelijk waar ze naar keek.

'Je wordt zo moe op een gegeven moment,' zei ze zacht. 'Aldoor die discussies, al dat commentaar. Ik weet niet, ik begon aan mezelf te twijfelen. Op de een of andere manier klonk het logisch wat hij zei. Hij was verbaal veel sterker, ik wist nooit zo gauw een weerwoord te bedenken.' Ze keek me onverwacht aan. 'Jij wel. Jij bent heel anders dan ik.'

Ik legde mijn hand op de hare. 'Je hoeft niet bij hem te blijven, mam. Misschien dat je vroeger niet sterk genoeg was om tegen hem in opstand te komen, maar het is nog niet te laat. Ik help je wel.'

Ze schudde haar hoofd, een lichte beweging die een ongelooflijke vermoeidheid uitstraalde. 'Ik zal nooit bij je vader weggaan. Mijn leven is hier, met hem.'

'Hoe kun je dat zeggen! Waarom beperk je jezelf zo? Je bent net vijftig, je kunt nog opnieuw beginnen.'

'Je vader heeft me gered,' zei ze, 'en daarvoor zal ik hem altijd dankbaar zijn.'

Niet-begrijpend keek ik haar aan. 'Gered waarvan?'

Ze vouwde haar handen. 'Een jaar na de geboorte van Niels ben ik verkracht.'

Die mededeling sprak ze zo toonloos uit, zo ontdaan van elke emotie, dat de betekenis aanvankelijk niet goed tot me doordrong. In verwarring keek ik haar aan.

'Verkracht? Door wie?'

'Dat weet ik niet. Ik was naar een vriendin geweest en fietste 's avonds alleen terug naar huis. Het was zomer, niet meer helemaal licht maar ook nog niet donker. Er was maar één verlaten stuk weg dat ik moest nemen. Een kort stukje, en daar greep hij me.'

'Nee,' fluisterde ik.

'Hij trok me van mijn fiets, sleepte me naar de bosjes en verkrachtte me. Ik schreeuwde, schopte en gilde, maar niemand hoorde me. Het was ook zo voorbij. Hij deed wat hij wilde doen en ging ervandoor.'

Ik pakte mijn moeders hand en hield hem stevig in de mijne. 'En toen? Heb je het aan pa verteld?'

'Ja, ik zat onder de schrammen en blauwe plekken, en ik was compleet overstuur. Dat kon ik moeilijk verborgen houden. Je vader was geweldig. Ik was bang dat hij mij verwijten zou maken omdat hij erop tegen was geweest dat ik 's avonds alleen terug wilde fietsen. Maar hij heeft niet één keer "zie je wel" gezegd. Hij nam me mee naar de politie en daar hebben we aangifte gedaan.'

‘Hebben ze de dader te pakken gekregen?’

Mijn moeder schudde haar hoofd. ‘Ze hebben zelfs nooit één verdachte gehoord, laat staan een arrestatie verricht. Daardoor hebben we het vertrouwen in de politie wel verloren, kan ik je zeggen.’

‘Dat begrijp ik. Het moet een vreemde zijn geweest, niet iemand van hier. Anders had je hem wel herkend.’

Mijn moeder knikte berustend. ‘Waarschijnlijk was het iemand uit de stad. Hij is er natuurlijk meteen vandoor gegaan, en krijg zo iemand dan maar te pakken.’

In gedachten verzonken keek ik voor me uit.

‘Wat vreselijk voor je, mam,’ zei ik. ‘Ik begrijp dat je steun en veiligheid bij pa zocht, dat is heel logisch. Maar het is geen reden om zijn gedrag te blijven accepteren.’

‘Ach lieverd, ik heb zo vaak op het punt gestaan om op te stappen. Zeker als ik zag hoe hij jou behandelde. Je hield altijd zo dapper stand. Daar had hij bewondering voor, maar het irriteerde hem ook mateloos. Op een gegeven moment irriteerde alles aan jou hem.’

‘Waarom? Dat heb ik me zo vaak afgevraagd. Waarom had hij zo’n hekel aan mij? Tegen de jongens deed hij ook raar, maar nooit zo erg als tegen mij.’

Met een zachte blik keek mijn moeder me aan. ‘Heb je dat nog niet begrepen? Waarom denk je dat ik je dit vertel?’

Er vonkte iets in mijn hoofd, en vervolgens was het alsof er een elektrische storm doorheen joeg. Het duurde even voor ik iets uit kon brengen.

‘Je bedoelt... Je was zwanger geraakt. Van die man.’

Ze knikte. Het medelijden in haar ogen maakte een einde aan alle hoop dat deze onthulling niet klopte. Het móest wel kloppen, het verklaarde alles.

Ik verborg mijn gezicht in mijn handen en bleef minutenlang zo zitten. Al die tijd streelde mijn moeder mijn arm. Uiteindelijk keek ik op.

'Hij haat me,' fluisterde ik. 'O mijn god, nu begrijp ik het. Wat moet hij een hekel aan me hebben gehad.'

'Geen hekel, maar het was wel moeilijk voor hem.'

'Voor hém? En voor jou dan? Ik heb nooit, maar dan ook echt nooit gemerkt dat jij anders naar mij keek.'

'Je bent mijn dochter.'

Die eenvoudige constatering was een afdoend antwoord. Ik was haar dochter. Met de man met wie ze getrouwd was, had ik niets te maken. Die gedachte werd gevolgd door een nieuw inzicht, namelijk dat Niels en Rob mijn halfbroers waren. Het was amper te bevatten.

'Wist Rob het?' vroeg ik opeens.

Ze knikte. 'Hij heeft een keer een gesprek opgevangen. Vanaf dat moment keek hij anders naar jou, maar ik zocht er niets achter. Tot die ene dag. Ik zag jullie. Je vader stond boven te schreeuwen en ik rende de trap op.'

Mijn moeders ogen stonden intens bedroefd, en ik realiseerde me dat ze het had over de dag dat ik wegliep. Ze schudde een paar keer haar hoofd, alsof ze de beelden wilde verjagen, en fluisterde: 'Ik dacht dat hij je misbruikt had.'

'Dat had hij niet. Ik hield van hem.'

'Hij was je broer.'

'Mijn halfbroer.'

'Dat wist je toen nog niet.'

'Wel,' zeg ik. 'Volgens mij heb ik het altijd geweten. Als kind voelde ik het, en later zag ik het. Ik lijk totaal niet op jullie, ik ben de enige met blond haar, de enige met muzikaal talent, de enige die druk en aanwezig was. Ik heb me altijd een buitenbeentje gevoeld. Rob plaagde me er vaak mee. "Jij bent mijn zusje helemaal niet," zei hij dan.'

'Jullie waren halfbroer en halfzus. Dat was genoeg.'

'Ik weet het, mam. Ik zeg ook niet dat het goed was, maar ik hield van hem. En hij van mij.'

'Dat weet ik niet. Jullie waren erg close, dat wel. Maar dat dit zou gebeuren... Als we die dag niet onverwacht thuisgekomen waren, zouden we het nooit geweten hebben. Toen je vader je met je broer zag, sloegen de stoppen bij hem door. En dat kan ik hem niet kwalijk nemen.'

Een geladen spanning vulde de kamer. Ik kreeg het koud, mijn handen beefden en ik voelde me misselijk, maar ik moest het weten. Dit was het moment.

'Hij heeft hem gedood, hè? Nadat ik me had aangekleed en uit het raam was geklommen. Ik hoorde ze vechten. Ik hoorde Rob roepen dat ik ervandoor moest gaan. Het was menens.'

'Ja,' zei mijn moeder.

'Hoe is het gebeurd? Heeft pa hem vermoord?'

Ze sloeg haar ogen naar me op. Grijze ogen, al het blauw leek eruit verdwenen te zijn. 'Je vader sleurde Rob je kamer uit en sloeg hem tegen de grond. Rob stond op en stortte zich op hem. Ze vielen en Rob sloeg je vaders hoofd tegen de muur. Ik schreeuwde "Ophouden, ophouden!" en probeerde Rob van hem af te trekken.'

Ze verborg haar gezicht in haar handen.

'Je hielp pa?' Verbijsterd keek ik naar haar. 'Waarom?'

'Alles kwam terug. Die man, de verkrachting. Ik zag jou, ik zag Rob, en ik was blij dat je vader hem uit je kamer had gesleept. Later begreep ik wel dat hij je niet verkracht had, maar het was evengoed verkeerd en ik hield hém daarvoor verantwoordelijk.’ Ze liet haar handen zakken maar bleef huilen. ‘En toen gooide ik dat marmeren tafeltje om. Het was de bedoeling dat het op Robs rug zou vallen, dat hij zou ophouden je vader te slaan, maar de punt van de tafel kwam op zijn achterhoofd terecht. En toen bewoog hij niet meer. Ik zag overal bloed en ik begon te gillen, ik haalde handdoeken om het bloeden te stelpen, maar het had geen zin. Hij was dood.’ Mijn moeder staarde voor zich uit en huilde geluidloos. ‘Dat was niet de bedoeling, het had nooit mogen gebeuren, het was een ongeluk. En het was zijn eigen schuld. Hij had met zijn handen van jou af moeten blijven. Hij had het recht niet, hij...’

Ik luisterde niet meer. Na de innerlijke storm daalde er een ongeloofIijke rust over me neer. Het was een verpletterende rust, die alle hoop wegnam, maar die ook een einde zou maken aan de nervositeit die me tot dan toe had voortgedreven.

Een scherpe pijn kwam opzetten en ik vroeg me af waarom ik niet huilde, waarom ik niet in elkaar zakte, waarom er geen bittere woorden uit mijn mond kwamen. Misschien omdat ik dit diep in mijn hart altijd al geweten had.

‘Waar is hij?’ vroeg ik hees.

Zonder iets te zeggen stond mijn moeder op en liep door de keukendeur naar buiten. Ik volgde haar, duizelig door wat ik had gehoord. We liepen niet naar het terras, niet naar de pas gestorte cementvloer in de bollenschuur, maar naar de boomgaard. Bij de Japanse kers, Robs lievelingsboom, bleef mijn moeder staan.

Nu ik er stond, vroeg ik me af hoe ik de bobbelige plek in het gras over het hoofd had kunnen zien. Natuurlijk, er was vers gras overheen gegroeid, maar de grond was ongelijk, als een kuil die dichtgegooid en niet goed aangestampt was.

Ik staarde ernaar alsof ik mijn ogen wilde dwingen meer te zien, door de aarde heen te kijken.

'Weet Niels het?' fluisterde ik.

Mijn moeder knikte.

Natuurlijk wist Niels het. Hij moest geholpen hebben zijn broer te begraven. Daarom wilde hij het bedrijf overnemen: om te voorkomen dat het in vreemde handen kwam. Daarom wilde hij dat ik Rob zou loslaten. Ik begreep nu dat hij het berichtje met die emoticons naar mij had gestuurd.

Ongetwijfeld had hij zo zijn redenen gehad om te zwijgen, waarschijnlijk om mijn moeder te beschermen. Waarom hij tegen mij gelogen had wist ik niet, en geen argument zou ervoor zorgen dat ik het begreep. Waarschijnlijk had mijn familie niet op mijn loyaliteit durven rekenen.

Lange tijd stond ik aan het graf, ging terug in mijn geheugen en beleefde het afgelopen jaar opnieuw. Al die tijd bleef mijn moeder zwijgend naast me staan. Ze huilde, maar ik troostte haar niet. Ik had genoeg aan mijn eigen verdriet.

42

We hadden op mijn bed wat liggen praten. Over het leven, onze dromen, over Afrika. Ik zei tegen Rob dat ik niet wilde dat hij wegging, en hij probeerde uit te leggen waarom hij wel moest gaan. Dat hij afstand nodig had.

'Ook van mij?' Ik draaide mijn gezicht naar hem toe en keek recht in zijn ogen. Recht in zijn ziel.

Een paar adembenemende seconden hield hij mijn blik vast, toen deed ik het onvoorstelbare. Het onvermijdelijke.

Ik kuste hem.

Hij trok zich niet terug, maar verroerde zich evenmin. Mijn tong beroerde zijn mond, verleidde hem die te openen. Ik weet nog steeds niet wat hem deed toegeven. Lust? Of was er echt meer tussen ons, bestond die onderstroom niet alleen in mijn verbeelding?

Zijn lippen waren warm en smaakten zoutig.

Er kwam iets in mij tot leven, alsof mijn lichaam al die jaren had geslapen en nu opeens wakker schrok. Het leek Rob precies zo te vergaan.

Ik voelde een opwinding ontstaan die mijn gedachten deed vervagen. Vanaf dat moment luisterde ik alleen naar mijn lichaam, naar wat het me aanspoorde te doen. Ik maakte de knoopjes van mijn blouse open en deed mijn beha uit. Naar Robs gestamelde protest luisterde ik niet.

Ik wist niet dat het verlangen naar iemand zo sterk kon zijn. Mijn lichaam leek een eigen leven te leiden, buiten mijn verstand om. Ik kuste hem vurig en drukte me tegen hem aan.

Nog heel even voelde ik Robs weerstand, toen kuste hij me terug.

Nooit meer zijn armen om me heen. Nooit meer zijn plagende lach. Nooit meer die liefhebbende blik.

Toen ik me eindelijk van het graf wegdraaide, stonden mijn vader en Niels in de boomgaard. Houterig kwam ik in beweging, elke stap kostte moeite. Vlak voor hen bleef ik staan en keek hen beurtelings aan. Vervolgens ging mijn blik naar mijn moeder, die met haar armen om zichzelf heen geslagen naar ons toe liep.

'Ik zal niet naar de politie gaan,' zei ik, 'maar ik wil jullie alle drie nooit meer zien.' Daarna liep ik weg.

In eerste instantie voelde ik niet veel. De hele terugreis legde ik af in een soort overlevingsstand.

Ik liep, reisde met de bus en de trein, totaal in shock.

Hoe dichter ik Amsterdam naderde, hoe meer barsten en scheuren er in mijn pantser ontstonden. Met kleine schokjes drong het verdriet erdoorheen, maar pas toen ik thuis was liet ik het toe.

Midden in de huiskamer, met niets dan leegte om me

heen, bleef ik staan en keek ik om me heen. Toen trok de rouw als een giftige golf door mijn lichaam en nam volledig bezit van me.

Ik had mezelf altijd als een sterke persoon gezien. Het leven had me over de bodem gesleurd, maar ik was daar nooit lang gebleven. Maar er zit een grens aan wat een mens kan verdragen, en dat punt had ik bereikt. De onthullingen van mijn moeder hadden elkaar zo snel opgevolgd dat ik ze nauwelijks kon verwerken.

Zonder opgave van redenen appte ik Casper dat ik mijn afspraken voor de komende maand wilde afzeggen.

Niet lang daarna had ik niet Casper maar Leon aan de telefoon.

'Wat is er aan de hand, Romée?' Zijn stem klonk vriendelijk, maar er was een geïrriteerde ondertoon in te bespeuren.

'Ik ben ziek, ik heb rust nodig.'

'Je bent net op vakantie geweest.'

'Dat was niet lang genoeg. Ik denk dat ik een burn-out heb.'

Even bleef het stil, toen zei Leon: 'Je hebt inderdaad erg hard gewerkt de afgelopen maanden. Weet je wat, we zeggen alle interviews, fotoshoots en andere onzin af. Concentreer je op Paradiso.'

'Dat wil ik ook afzeggen. Ik kan niet het podium op zoals ik me nu voel.' Alleen al bij de gedachte kreeg ik bijna een paniekaanval.

'Tegen die tijd zal het wel weer wat beter gaan. Zeker als je nu volledige rust neemt. Je hebt nog ruim twee weken.'

'Ik weet het niet. Ik geloof nooit dat ik dat red. Kunnen we het niet beter nu meteen cancelen?'

'Dat lijkt me niet verstandig. Het staat niet goed als je een benefiet afzegt. En je hoeft maar twee nummers te zingen. Dat gaat toch wel lukken?' Leon sprak me toe op de toon waarmee je een onredelijk kind probeert te overreden.

Ik zweeg. Ook al was er geen mens in de buurt, ik voelde me omsingeld. Zonder iets te zeggen verbrak ik de verbinding.

Laura kwam langs. Casper kwam langs. Tegen de tijd dat Leon weer belde was ik al omgepraat. Ze hadden natuurlijk gelijk, ik kon mijn fans en de organisatie van het benefiet niet in de steek laten.

Vooral omdat ik het naar buiten toe niet kon uitleggen. Ik kon het zelfs met de mensen met wie ik zo nauw samenwerkte niet eens delen.

Ik werd weer ziek. Heel mijn lichaam deed pijn en ik had het voortdurend koud. Ik sleepte mezelf door het huis, van de bank naar mijn bed, zonder rust te vinden. Vooral de nachten waren een kwelling. Wanhopig probeerde ik een paar uurtjes te slapen, maar zodra ik mijn ogen sloot, zag ik Rob.

Hij zat op de rand van mijn bed, hij stond in de deuropening of bij het raam. Welke kant ik ook uit keek, hij was er.

Het was mijn schuld dat hij dood was. Ik had de barrière die hij tussen ons had opgetrokken omvergeworpen, ik had hem verleid. En daarna had ik hem in de steek gelaten door uit het raam van mijn slaapkamer te klimmen en ervandoor te gaan.

In het binnenvallende ochtendlicht staarde ik naar de muur waar de film van onze jeugd op geprojecteerd werd. En van Robs dood. Ik zag hem liggen op de overloop, met een gat in zijn achterhoofd, en daarna zag ik voor me hoe hij in zijn graf lag.

Hoezeer ik ook mijn best deed om aan die beelden te ontkomen, ze bleven me achtervolgen.

Zelfs de paar uurtjes slaap die ik af en toe pakte, brachten niet de rust waar ik naar verlangde, omdat ze gevuld werden met nachtmerries.

Laura kwam langs en schrok zich dood. 'Wat is er met jou aan de hand? Moet ik de dokter bellen?'

'Nee, dat is niet nodig. Ik heb gewoon griep,' zei ik met krassende stem.

'Dat is dan een flinke griep. Zo kun je over tien dagen niet optreden.' Bezorgd voelde ze aan mijn voorhoofd. 'Je bent warm. Heb je wel gegeten de afgelopen dagen?'

'Niet echt. Geen trek.'

'Ik ga een pan soep maken. Heb je iets in huis? Laat maar, ik kijk wel even. Blijf jij maar lekker in bed liggen.' Laura verliet mijn slaapkamer en stak even later haar hoofd om de hoek van de deur. 'Ik ga boodschappen doen.'

Ik knikte en dommelde weg.

Niet lang daarna schrok ik op van de voordeur die openging. Ik hoorde Laura's stem en liet gerustgesteld mijn ogen weer dichtvallen. Ze liep mijn kamer in.

'Wil je iets drinken?'

'Nee, dank je. Ik ga douchen, ik voel me vies.'

'Heb je hulp nodig?'

Ik schudde mijn hoofd en liep naar de badkamer. Het hete water verwarmde mijn pijnlijke spieren. Toen ik eronder vandaan stapte, voelde ik me wat beter. Terwijl ik me afdroogde, hoorde ik Laura in de keuken rommelen. Met een badjas en pantoffels aan liep ik de gang in.

Een pijnscheut trok door mijn hoofd en ik zocht steun bij de muur. De paracetamol was op, ik had Laura moeten vragen nieuwe mee te nemen.

Mijn blik viel op haar tas, die op het tafeltje in de hal lag. Laura had altijd van alles bij zich, met een beetje geluk ook pijnstillers.

Ik rommelde tussen de doosjes tabletten en bekeek ze één voor één tot ik een strip paracetamol vond. Ik drukte er een uit en probeerde hem zonder water door te slikken.

Laura kwam de gang in en bleef staan. 'Gaat het?'

'Hoofdpijn,' zei ik.

Ze verdween in de badkamer en kwam terug met een bekertje water. 'Ga maar weer liggen,' zei ze. 'Ik zal iets te eten voor je maken.'

43

Stukje bij beetje ging het beter met me. Ik was nog wel erg moe, maar ik voelde me goed genoeg om op te treden in Paradiso.

Maar op de dag van het optreden ging het weer mis. 's Morgens toen ik wakker werd, voelde ik het al. De spierpijn was terug, en de hoofdpijn ook. Ik sleepte me uit bed en stond lang onder de douche. Door de stoom werd de bonzende pijn in mijn hoofd alleen maar erger.

Ik ging terug naar bed, zette mijn wekker en werd een uur voor Casper en Laura me kwamen halen wakker. De rust had me goedgedaan, maar ik voelde me nog steeds niet top.

Tegen vijven waren we bij Paradiso. De eerste fans stonden al in de rij, druk pratend en met blije gezichten.

Casper parkeerde op een vip-parkeerplaats en via een achteringang gingen we het gebouw in. Bij alle deuren stonden beveiligers, ook binnen, tot aan de toiletten toe.

Voor de soundcheck had ik een paar interviews voor televisie, en een ontmoeting met fans die een meet-and-greet hadden gewonnen.

Ik poseerde met hen voor hun camera's, Laura maakte de foto's. Ik kletste nog even met de meisjes, en toen nam Casper me mee.

'Zullen we je collega's gaan begroeten?' stelde hij voor.

Onder andere omstandigheden had ik dat helemaal te gek gevonden, nu moest ik er niet aan denken.

'Alsjeblieft niet. Ik voel me helemaal niet goed.'

'Maar je moet zo naar de soundcheck.'

'Kun je niet iemand voor me laten invallen? Alsjeblieft? Ik moet echt mijn energie sparen.' Smekend keek ik hem aan.

Met een zucht gaf Casper zich gewonnen. Iemand van de crew begeleidde ons naar de kleedkamers. In die van mij stond een groot kledingrek, waar Laura verschillende outfits had opgehangen. Op een tafel in de hoek stonden flesjes frisdrank en water, en schalen met broodjes, chips en koeken.

Misselijk wendde ik me af.

'Gaat het? Je ziet nog steeds erg bleek.' Bezorgd nam Laura me op.

'Ik heb hoofdpijn. Heb je paracetamol?'

Laura zocht in haar tas en haalde een strip pillen tevoorschijn. 'Heb je nog iets anders nodig?'

Ik schudde mijn hoofd, pakte een flesje water en nam de pil in.

Uiteindelijk deed ik de soundcheck toch zelf, maar ik bakte er niets van. Mijn hoofd deed pijn, ik voelde me slap en de enorme, lege ruimte lag voor me als een zwart gat, klaar om me te verzwelgen.

Over een paar uur zou die zaal gevuld zijn met dansende, zingende mensen. Een jaar geleden zou ik dolblij zijn geweest, nu voelde ik alleen paniek.

Ik kon die mensen geen waar voor hun geld geven. Niet zoals ik me nu voelde.

Met dichtgeknepen keel liet ik mijn ogen over de lichtinstallatie en de enorme videoschermen glijden. Daar zou straks elke beweging die ik maakte, elke uitdrukking op mijn gezicht op te zien zijn. Megagroot.

Toen ik het podium verliet haastte iedereen, zowel crew als collega's, zich om me gerust te stellen. Ilse kwam naar me toe en zei dat generale repetities slecht hóórden te gaan, dat bracht geluk. Marco gaf me een knuffel, Douwe hield een peptalk en verzekerde me dat ik straks, tijdens mijn optreden, zo'n adrenalinegolf zou krijgen dat ik niets meer van die griep zou merken.

Ik glimlachte en nam nog een paracetamol.

We aten met de crew – ik kreeg bijna niets binnen – en daarna was het tijd om me te gaan omkleden.

Laura maakte me op, deed mijn haar en hielp me met mijn kleding: een kort zwart rokje met metallic knopen en stiksel. Daarboven droeg ik een zilverkleurige top.

De laatste tien minuten voor ik op moest, liet iedereen me alleen. Ze wisten dat ik behoefte had aan rust.

Met mijn ogen op mijn spiegelbeeld gericht, haalde ik een paar keer diep adem. Tweeduizend man wachtten op me en ik moest ze helemaal alleen tegemoet treden.

Maar ik kon dit. Aan mijn stem mankeerde niets. Als ik niet te veel in het rond rende en danste, moest het lukken.

'Romée, opschieten!' riep Leon vanaf de gang.

Ik reageerde niet. Opeens zag ik mijn spiegelbeeld in een

waas. Mijn gezicht kwam heel dichtbij, schoof toen weer naar achteren en werd steeds kleiner. Ik knipperde met mijn ogen en mijn beeltenis was terug, alleen herkende ik mezelf niet meer. Een vreemd gezicht, zo wit als een geest, met grote, holle ogen, keek terug.

'Romée?' riep Leon. 'We gaan beginnen.'

Ik greep een flesje water en nam een paar flinke slokken. Vervolgens liet ik het vocht over mijn polsen lopen, zo op de vloer. Het koude water deed me goed. Ik dronk nog meer.

Met een tissue veegde ik het zweet van mijn voorhoofd en ik kwam overeind. De ruimte bewoog licht op en neer, de spiegel kwam op me af.

Adem in, adem uit.

Wankelend liep ik naar de deur en opende hem. Leon stond met zijn rug naar me toe te bellen. Toen hij mij hoorde, draaide hij zich om en lachte opgelucht, maar die lach verdween snel.

'Mijn god, wat zie je eruit! Gaat het wel?'

'Nee.' Ik liep de gang in.

'Kan ik iets voor je doen?' Hij haastte zich achter me aan.

'Niet echt. Laten we maar gewoon beginnen.'

Casper stond al klaar bij de deur die naar de coulissen leidde. Onderzoekend keek hij me aan. 'Je ogen staan raar. Wat heb je ingenomen?'

'Gewoon, paracetamol.'

Leon sloeg een arm om me heen. 'Romée, als het niet gaat, moet je het zeggen. Dan cancelen we de boel. Geen probleem, jouw gezondheid gaat voor.'

Opeens was het geen probleem meer. Wat een bullshit.

'Het gaat wel,' zei ik moeizaam.

Iedereen keek naar me toen ik aan kwam lopen in de georganiseerde chaos achter het podium. In de zaal klonk het gegons van het publiek.

De floormanager kwam voorbijlopen en gaf het teken dat we gingen beginnen. Samen met Casper en Leon liep ik de gang door die naar het podium leidde.

Het lawaai uit de zaal nam toe, mijn angst eveneens. De band, die na het voorprogramma een pauze had genomen, begon te spelen. Een gejuich steeg op.

Iemand van de crew begeleidde me naar de plek waar ik op zou komen. Gesis van vuurwerk, een stem die me schreeuwend en met veel superlatieven aankondigde. Oorverdovend gejuich.

'Nu!' zei de floormanager. 'Succes!'

Mijn hart roffelde in mijn borst, dreunde door mijn lichaam en bonsde in mijn oren, zodat ik bijna niets meer hoorde. Als in een mist onderging ik het lawaai dat over me heen kwam zodra ik het podium op rende en naar het publiek zwaaide.

Tweeduizend mensen stonden daar opeengepakt naar mij te kijken. Al die gezichten en ogen. Al die handen die zich naar mij uitstrekten. Mijn ademhaling zat te hoog, zo kon ik niet zingen.

Ik wilde lachen, maar mijn gezicht voelde als een masker dat zou breken als ik het zou bewegen.

De begintune van 'Homeless' werd ingezet. Ik moest invallen, maar liet het moment voorbijgaan. De band begon opnieuw.

Het massale geflits van de lichtshow en de fotografen voor aan het podium was als een explosie. Mijn hoofd zoemde als een overbelast netwerk.

En terwijl ik in het verblindend witte licht keek, zag ik

hem staan. Op het podium, recht voor me.

Rob.

Hij stond in de spotlight en lachte naar me.

Ik kon niet meer ademen, laat staan zingen. Het publiek golfde om me heen, kwam op me af en trok zich weer terug als een deinende zee. Mijn ademhaling kwam steeds hoger te zitten, zonder me zuurstof te geven.

Rob bleef naar me lachen, maar van het ene op het andere moment veranderde hij. Zijn knappe gezicht slonk, alsof het vlees onder zijn huid verdween. Zijn lach kreeg iets grotesks door het ontbreken van zijn mond. Alleen zijn tanden waren nog zichtbaar, maar ook die brokkelden af. Opeens waren zijn oogkassen leeg, zat er geen vel meer over zijn botten, hing zijn kleding versleten om zijn lijf. Maar hij bleef lachen, zo breed dat zijn schedel bijna spleet.

Een hoog gepiep vulde mijn hoofd, steeds scheller, alsof mijn microfoon buiten mij om was gaan zingen, zo hard dat ik zelfs het fluitende publiek niet meer kon horen en mijn hoofd uit elkaar leek te barsten. Ik zag vlekken voor mijn ogen en ik wist zeker dat ik zou stikken, voor het oog van de wereld, helemaal alleen.

44

Dit wordt geen goede dag. Ik heb slecht geslapen en die vreemde mist hangt weer in mijn hoofd. Waarschijnlijk door de slaappil die ik, na uren wakker te hebben gelegen, tegen de ochtend heb genomen. Ik probeer het zonder te doen, maar dat lukt niet altijd. Vooral gisteren niet, na dat uitputtende gesprek met Nicole.

Het is al licht. Ik trek het gordijn open en kijk versuft naar buiten. Onophoudelijk trek ik aan het elastiekje om mijn pols en laat het weer los.

Elles komt binnen en brengt me koffie. Ik ga in de fauteuil bij het raam zitten en trek mijn benen op.

Terwijl ik mijn koffie drink komt er een liedje mijn hoofd in drijven. Gistermiddag ben ik begonnen aan dat nummer, waarvoor de woorden en de melodie als vanzelf leken te ontstaan.

Snel pak ik mijn gitaar en zet de dictafoon op mijn telefoon aan. Ik sla een akkoord aan en begin zacht te zingen.

Het is een prettig idee dat zingen me weer rustig maakt.

Net als vroeger, voor ik bekend werd.

Het afgelopen jaar heb ik me vaak afgevraagd wat er van mij over zou blijven als alle aandacht zou wegvallen. Het antwoord is: genoeg.

Of ik ooit nog op een podium zal staan weet ik niet. Het is ook niet belangrijk. Eerst moet ik aan mezelf werken, tot rust komen.

Net als ik lekker bezig ben, klinkt er een klopje op de deur. Dat zal Nicole wel zijn. Voor ik iets kan zeggen, gaat de deur open en komt Laura binnen.

'Hoi,' zegt ze.

Ik begroet haar verrast.

'Hoe gaat het nu met je?' vraagt ze, terwijl ze gaat zitten.

'Goed. Ik heb je een tijd niet gezien.'

'Ik had het druk. Er moest veel geregeld worden. Het is ongelooflijk, maar de media zijn nóg niet over je uitgepraat. Er staan continu journalisten en fotografen voor het hek.' Laura bukt en haalt een stapeltje krantenartikelen uit haar tas. 'Voor het geval je ze wilt lezen.'

Mijn ogen dwalen naar de artikelen die ze op tafel legt.

'Ze speculeren erop los,' zegt Laura. 'Vooral over je drugsgebruik. De bladen staan vol foto's van je optreden in Paradiso. Je had enorme pupillen. We konden het niet ontkennen.'

Ik buig me over mijn gitaar en speel een stukje.

Laura luistert en zegt na een tijdje: 'Dat nummer ken ik niet.'

'Ik heb het gisteren gemaakt.'

'Heb jij dat nummer geschreven? Zelf?'

Ik knik.

'Dus je kunt het wel.'

'Ja. Het kwam opeens, vanzelf.' Ik laat mijn gitaar zakken, kijk voor me uit en zeg dan: 'Ik gebruik geen drugs, Laura. Dat weet je.'

'Er zijn sporen van amfetamine in je bloed gevonden.'

'Speed? Dat kan niet, dat heb ik nooit gebruikt.'

'Het lag wel in je huis. In het kastje in de badkamer.'

Ik frons mijn wenkbrauwen. De mist in mijn hoofd trekt een beetje weg en een herinnering overvalt me. 'Jij gebruikt toch amfetamine?'

Er valt een stilte.

'Hoe kom je daar nou bij?' vraagt Laura na een paar seconden.

'Ik vond ze een keer in je tas, toen ik ziek was en jij voor me kwam zorgen.'

Weer is het even stil.

'Ik denk dat je je vergist hebt. Je zei het zelf, je was ziek.'

'Niet zó ziek. Ik weet het zeker, ik heb het label gelezen.' Ik leg mijn gitaar weg, de lust om te spelen is verdwenen. Iets anders vult mijn hoofd, zeurend om aandacht. Fronsend kijk ik Laura aan. 'Heb jij het me soms gegeven?'

Ze reageert snel, te snel. 'Ik? Nee, natuurlijk niet.'

'Maar je had het dus wel?'

Tot mijn verbazing begint ze te lachen, al doen haar ogen niet mee. 'Oké, ik heb het je een paar keer gegeven, omdat je zo gestrest was. Het stelde niet veel voor. Ik wilde alleen dat je wat zou ontspannen.'

'En dus gaf je me drugs, zonder dat ik het wist.'

'Anders had je het geweigerd.'

'Ja, natuurlijk had ik het anders geweigerd. Van speed ontspan je niet, je raakt er juist opgefokt van.'

Laura zegt niets, kijkt me ook niet meer aan. Ik kijk wel

naar haar, onafgebroken. Hoofdpijn komt opzetten en belet me helder na te denken, al dringen er wel vlagen van inzicht doorheen. Het is alsof mijn onderbewustzijn haastig alle ruis probeert op te ruimen.

'Op het podium ging het misschien beter, maar privé juist slechter. Ik werd er ziek van. Dat zag je toch wel?'

Ze kijkt op, en ik verwacht een verontschuldiging, maar haar blik is koel.

'Misschien begrijp jij dan ook eens hoe het voelt om alles te verliezen.'

'Wat bedoel je? Wat heb jij dan allemaal verloren?'

'Ik niet, Axel.'

'Axel?'

'Ik ben naar hem toe gegaan nadat hij jou wilde aanklagen wegens plagiaat, om hem over te halen dat niet te doen. En toen we zo met elkaar in gesprek waren, kreeg ik het gevoel dat hij de waarheid sprak. Dat zijn claim terecht was. Sindsdien zijn we elkaar blijven zien.'

Die informatie moet ik even op me laten inwerken. Ik voel me verward.

Laura lijkt opeens een vreemde, zoals ze daar zit, achterovergeleund in haar stoel, kalm en beheerst, haar ene been over het andere geslagen.

'Alles moet om jou draaien, hè Romée? Om jouw carrière, jouw leven, jouw succes. Je gunt een ander niets. Of misschien is het niet eens een kwestie van misgunnen, je denkt gewoon niet over anderen na. Je staat er niet bij stil dat zij ook een leven hebben, en verlangens en problemen. Aan wat voor ziekte lijdt Caspers dochtertje precies? Ik heb je daar nooit naar horen vragen. Volgens Casper heb je dat ook niet gedaan. En nu we het er toch over hebben, heb je ooit gevraagd hoe het met mij ging? Ergens interesse in getoond? Wat weet jij eigenlijk van mij? Niets. Je bent altijd alleen maar met jezelf bezig.'

De woordenstroom gaat maar door. Snel pak ik mijn gitaar weer op, maar Laura laat me niet met rust.

'Ja, ga maar liedjes schrijven. Nu wel! Ik heb het schrift gevonden waar Axel zijn ingevingen in noteerde. De opzet voor "The Hard Way" stond erin, in zijn handschrift. Het lag onder in je schoenenkast. De muziek van Mahmoud trouwens ook. Daar wilde je zeker nog meer van gaan gebruiken. Wat dacht je, daar komt hij toch nooit achter? Ik heb er foto's van gemaakt. Dan weet je dat.'

Ik bijt op mijn lip en sla een akkoord aan. Dit is een vreemd gesprek. Wat heeft mijn succes met die drugs te maken? Het is vervelend dat ik een slaappil heb ingenomen en mijn hersenen niet doen wat ik wil.

Ik sluit mijn ogen en concentreer me. Er is zoveel gebeurd het afgelopen jaar. Rob, de inbraak, de stalker. Beelden komen op me af, draaien om elkaar heen als een duizelingwekkende carrousel. Dan komt hij opeens tot stilstand en wordt mijn hoofd weer helder. Opeens zie ik alles heel scherp.

'Ik gebruikte geen drugs. En ik had ook geen insluiper. Dat was jij. Jij had een sleutel van mijn huis.'

'Hoe kom je daar nou bij? Er lag sperma in je bed, weet je nog?'

'Daar liggen bepaalde parken van Amsterdam vol mee.'

Er valt een zware stilte.

'Jij hebt je succes niet verdiend, Romée!' zegt Laura na enige tijd. 'We weten allebei waarom.'

Ze zegt nog veel meer, maar ik luister niet. Haar stem

klinkt afstandelijk, als die van een vreemde. Ik vind de klank ervan niet prettig.

'Ik wil dat je weggaat,' zeg ik.

Om duidelijk te maken dat ik het meen, begin ik te spelen en kijk intussen op mijn telefoon. De dictafoon loopt nog en ik zet hem uit.

'Wat doe je? Was je aan het opnemen?' Laura's stem klinkt een beetje vreemd.

'Ja, ik was net bezig toen jij kwam.'

'Heeft hij al die tijd aan gestaan?'

Ik knik.

Laura wil mijn telefoon pakken, maar ze kan er net niet bij. Op dat moment gaat de deur open en komt Nicole binnen. 'O, je hebt bezoek. Dat is eigenlijk niet de bedoeling.' Ze steekt haar hand uit naar Laura. 'Nicole Verbeek. Romée is bij mij onder behandeling. Zou je onder bezoektijd willen terugkomen? We hebben zo een sessie.'

'Ik ging net weg.' Laura kijkt naar mijn telefoon, en dan naar mij. 'Ik kom nog wel een keer terug, Romée.' Er ligt iets dreigends in haar stem.

Ik reageer niet.

Bij de deur blijft ze staan en kijkt nog een keer om, dan loopt ze weg. Gelijk met haar verdwijnt de zwaarte uit de kamer, en uit mijn hoofd. Ik zucht diep en ontspan me.

Nicole sluit de deur en loopt met de handen in de zakken van haar jasje naar me toe. 'Gaat het?'

'Ja, nu wel.'

'Mooi. Ik dacht dat ik je net hoorde zingen.'

'Ja, ik ben een liedje aan het schrijven. Voor mijn broer.'

'Mag ik het horen?'

Ik knik en zing het eerste couplet en het refrein.

Als ik klaar ben, is Nicoles gezicht zachter geworden. 'Heb je het zelf geschreven?'

'Ja. Het heet "Gone and died".'

'Ik vind het heel mooi.'

'Zal ik het naar je toe sturen? Ik heb het opgenomen.'

'Graag.' Nicole gaat zitten, slaat haar ene been over het andere en legt haar schrijfblok erop. 'Dus dat liedje is voor je broer? Zullen we het vandaag dan maar eens over Rob hebben? Want volgens mij zit daar nog veel onverwerkt verdriet.'

Woord van dank

Graag wil ik een paar mensen bedanken die me geholpen hebben met *De doorbraak*.

Om te beginnen Edsilia Rombley, die me backstage uitnodigde voor haar theatertour, en Carina de Knegt, die me in de coulissen een kijkje in de keuken gaf.

Karin Bloemen, heel lief dat je me zo hartelijk ontvangen hebt. We hebben een goed gesprek gehad. De scène waarin Romée optreedt in Huis ter Duin in Scheveningen is geïnspireerd op jouw optreden.

Paul Jong van Artist & Company, bedankt voor je uitnodiging om backstage aanwezig te zijn bij het concert van Nick en Simon. Klaas Bond, voor het schrijven van *10 jaar Nick & Simon*, en Rachel Sontag voor *Huisregels*.

Marco Borsato, fijn om samen koffie te hebben gedronken en zo lang te hebben gepraat over het artiestenvak. Daardoor heb ik er een beter beeld van gekregen.

Lieve Kim de Boer, de muziek die je voor *De doorbraak* hebt gemaakt is prachtig en een mooie aanvulling op het boek. We hebben veel gepraat over jouw ervaringen bij *The Voice of Holland*, over je bestaan als zangeres en over muziek. Ik heb zelfs zangles van je gehad! Na een paar lessen besloot ik dat ik het toch beter bij schrijven kon houden, maar onze samenwerking was heel bijzonder.

Natuurlijk wil ik ook het team van Uitgeverij Prometheus bedanken voor hun enthousiasme en inzet voor het eerste boek van mijn hand dat bij hen is verschenen.

Een laatste, maar wel heel speciaal bedankje is voor mijn geweldige redacteurs Monique Postma en Marieke van Oostrom, die *De doorbraak* naar een hoger plan hebben getild.